Diogenes Taschenbuch 22575

Ingrid Noll

Der Hahn ist tot

Roman

Diogenes

Die Erstausgabe erschien 1991
im Diogenes Verlag
Umschlagillustration:
Hans Baldung Grien, ›Eva, die Schlange
und der Tod‹, um 1525
(Ausschnitt)

Veröffentlicht als Diogenes Taschenbuch, 1993
Alle Rechte vorbehalten
Copyright © 1991
Diogenes Verlag AG Zürich
500/96/8/18
ISBN 3 257 22575 X

Altweibersommer

Septembergold
Und neuer Wein.
Ich hab' gewollt
Es wär aus Stein,
Mein Herz aus Gold.

Oktoberrot
Und Hasenjagd.
Die Liebe tot.
Die Leiche fragt
Nach Lippenrot.

Novembergrau,
Die Toten ruhn.
Mein Haar wird grau.
Ich färb' es nun:
Altweiberblau.

In der Schule hatte ich zwei altjüngferliche Lehrerinnen, die behaupteten, ihre Verlobten seien im Krieg gefallen. Wenn man wie ich nicht verheiratet, verwitwet, geschieden ist, keinen Lebensgefährten oder Freund hat – von Kindern ganz zu schweigen – und nicht mal mit kurzfristigen Männerbekanntschaften aufwarten kann, dann kriegt man heute wie damals einen abwertenden Spitznamen angehängt. Aber eine alte Jungfer wie meine Lehrerinnen bin ich nicht. Und es gibt auch Leute, die meinen Status positiv sehen: Verheiratete Kolleginnen betrachten meine Unabhängigkeit, meine Reisen, meine berufliche Karriere oft mit Neid und dichten mir so manches romantische Urlaubserlebnis an, wozu ich vielsagend lächle.

Ich verdiene gut, ich halte mich gut. Mit meinen zweiundfünfzig Jahren sehe ich besser aus als in meiner Jugend. Mein Gott, wenn ich die Fotos von damals sehe! Gute zwanzig Pfund zuviel, eine unvorteilhafte Brille, diese plumpen Schnürschuhe und der Bordürenrock. Ich war die Frau, mit der man angeblich Pferde stehlen kann und die schließlich selbst einem Pferd immer ähnlicher wurde. Warum hat mir damals keiner gesagt, daß es auch anders geht! Make-up habe ich verachtet, ohne dabei »natürlich« auszusehen. Ich war voller Komplexe. Heute bin ich schlank und gepflegt, meine Kleider, mein Parfum und erst recht meine Schuhe sind teuer. Hat es was gebracht?

Damals im Bordürenrock studierte ich Jura. Warum gerade das? Vielleicht weil ich keine ausgesprochene Begabung für Sprachen hatte und, ehrlich gesagt, auch sonst keine. Ich dachte etwas naiv, in diesem neutralen Fach wäre ich gut untergebracht. Viele Jahre war ich befreundet mit Hartmut. Wir lernten uns gleich im ersten Semester kennen. Eine zündende Leidenschaft war es nicht; wir paukten zusammen bis in die Nacht, und schließlich war es zu spät zum Heimgehen. So entwickelte sich ein festes Verhältnis, und eigentlich war mir klar, daß es auf eine Ehe mit zwei Kindern und einer gemeinsamen Anwaltspraxis hinauslief. Kurz vorm Examen, ich hatte damals nur Paragraphen im Kopf, teilte mir Hartmut schriftlich mit, daß er demnächst heiraten würde. Ich fiel aus allen Wolken und durch die Prüfung. Hartmut bestand und wurde bald darauf Vater. Ich sah ihn zuweilen mit Frau und Kinderwagen durch unseren Park spazieren.

Mir ging's schlecht damals, ich nahm dramatisch zu und wieder ab und wollte um keinen Preis ein zweites Mal zum Examen antreten. Meine Mutter starb in jener Zeit, mein Vater war schon lange tot. Geschwister habe ich nicht; ich war sehr einsam.

In den Semesterferien hatte ich häufig bei einer Rechtsschutzversicherung gearbeitet. Man bot mir dort eine Stelle als Sachbearbeiterin an; es war nichts Aufregendes und wurde schlecht bezahlt. Trotzdem nahm ich an, denn schließlich mußte ich auf eigenen Füßen stehen, obgleich ich von meiner Mutter eine kleine Erbschaft hatte. So sah es mit mir aus vor siebenundzwanzig Jahren.

Ich blieb noch acht Jahre in Berlin. Bei meiner Versicherung machte ich ein wenig Karriere; ich war bienenfleißig, ich hatte den Ehrgeiz einer Beinah-Akademikerin, und schließlich hatte ich kaum andere Ablenkungen. Der berufliche Erfolg tat wenigstens gut, ich mauserte mich auch äußerlich, wurde selbstbewußter, tat viel für die gute Figur, ging ständig zu Frisör und Kosmetikerin, kaufte mir eine teure und sehr englische Garderobe. In den letzten Berliner Jahren wurde einer der Chefs auf mich aufmerksam und förderte mich.

Nach fünfjähriger Pause hatte ich meine zweite Männergeschichte. Vielleicht war ich sogar etwas verliebt, aber im Vordergrund stand für mich die Anerkennung. Dieser Mann fand mich klug, schick, nett und sogar hübsch, und ich blühte richtig auf. Es war mir egal, daß er verheiratet war. Als nach zwei Jahren schließlich jeder bis zum jüngsten Büroboten von unserer Affäre wußte, erfuhr es als letzte auch seine Frau. Die Sache war an und für sich bereits am Abklingen, als der Terror losging. Nachts wurde ich vom Telefon hochgeschreckt, im Briefkasten lagen anonyme Drohbriefe, auf meinem Wagen klebten Kaugummis, und einmal hatte sie sogar eine Tube Alleskleber in die Autoschlüssellöcher gequetscht – es war mir klar, daß nur sie das gewesen sein konnte. Da er aber nachts nie bei mir blieb, verstand ich nicht, wieso sie zu Hause um vier Uhr morgens telefonieren konnte, ohne von ihm ertappt zu werden. Später bekam ich auch das zu hören: Er hatte bereits eine Neue, und dort übernachtete er sehr wohl. Wenn seine Frau wieder einmal allein im Bett lag, wollte sie ihn wenigstens durch Telefongeklingel stören. Natürlich dachte sie, er wäre bei mir.

Ich habe mich in jenen Tagen gleichzeitig bei vielen Versicherungen in allen möglichen Städten beworben, aber es dauerte ein ganzes Jahr, bis es klappte. Mir war es einerlei, wohin ich kam, ich wollte nur weg und neu beginnen.

Als ich Mitte Dreißig war, zog ich nach Mannheim. Ich kannte weder die Stadt noch einen Menschen dort. Nach einem halben Jahr fiel mir allerdings ein, daß meine Schulfreundin Beate hier irgendwo in der Nähe, in einer Kleinstadt an der Bergstraße, leben müsse. Seit ich nach dem Abitur nach Berlin gezogen war, hatten wir uns aus den Augen verloren und in der ganzen Zeit nur einmal bei einem Klassentreffen gesehen.

In unserer Jugendzeit in Kassel wohnte Beate am Ende meiner Straße. Ob sie sonst meine Freundin geworden wäre, kann ich nicht sagen. Auf dem Schulweg kam ich zwangsweise an ihrem Haus vorbei. Dort blieb ich stehen und pfiff. Ich war immer sehr pünktlich, Beate dagegen gar nicht. Manchmal hatte ich fast das Gefühl, sie durch mein Pfeifen erst geweckt zu haben. Ich mußte immer lange warten, bis sie endlich an der Haustür erschien, oft kam ich durch ihre Schuld zu spät. Aber nie ging ich allein, zwanghaft habe ich vor ihrem Haus gestanden. Beate hatte eine beste und eine zweitbeste Freundin, dann kamen mehrere Nebenfreundinnen, und zu denen gehörte ich. Ich dagegen hatte wahrscheinlich nur zwei oder drei von dieser letzten Sorte und überhaupt keine Busenfreundin.

Beate hatte einen Architekten geheiratet, viel mehr wußte ich nicht über ihr Schicksal. Als ich sie anrief, lud sie mich sofort zu einer Party ein, die in wenigen Tagen geplant war. Ich ging auch hin und sah das Familienglück: drei süße Kinder, ein gutaussehender charmanter Mann, ein wunderschönes Haus, eine strahlende Beate, die ein vorzügliches Essen für die vielen netten Leute gekocht hatte. Alles wie im Bilderbuch. Im Grunde war ich voller Animosität wegen so viel Sonnenschein. Ich fuhr in schlechter Laune und unversöhnlichem Neid nach Hause. Aber trotz allem habe ich Beate auch eingeladen, und wenn sie in Mannheim einkaufen ging, kam sie gelegentlich nach Ladenschluß auf einen Sprung vorbei. Oft war das nicht.

Dieses nicht sehr enge Verhältnis änderte sich schlagartig, als Beates heile Welt zehn Jahre später in die Brüche ging. Die süßen Kinder wurden schwierig und aufsässig, blieben sitzen, haschten, klauten, kamen nicht heim. Der charmante Mann hatte ein Verhältnis mit einer viel jüngeren Kollegin. Wie damals in meinem lang zurückliegenden Hartmut-Drama wurde diese Kollegin schließlich schwanger, er ließ sich scheiden und gründete eine neue Familie. Beate wurde depressiv und heulte mir wochenlang am Telefon und in natura die Ohren voll. Irgendwie fühlte sie sich von mir verstanden, und ich hatte auf einmal das gute Gefühl, helfen und trösten zu können. Seitdem erst wurden wir echte Freundinnen.

Übrigens war Beate nicht allzulange so ein Jammerlappen, das war nicht ihre Natur. Sie blieb auch nicht verbittert und menschenscheu, sondern kämpfte und arbeitete. Natürlich mußte sie aus dem Haus ausziehen, als die Kinder zum Studieren wegzogen. Es wurde verkauft. Beate bekam vom Exmann eine Dreizimmereigentumswohnung und auch eine angemessene Versorgung. Sie wollte aber selbst Geld verdienen und fing mit vierundvierzig Jahren zum ersten Mal im Leben an, für ein Gehalt zu arbeiten. Natürlich war sie die Jahre zuvor auch nicht untätig gewesen, denn es hatte schon Fleiß und Organisationstalent gefordert, den großen Haushalt, die Geschäftsbuchführung und den überforderten Mann im Griff zu haben; im letzteren Fall war es ja auch nicht gelungen. Nun wurde Beate halbtags Sekretärin in der Volkshochschule, anfangs nur aushilfsweise. Nach zwei Jahren schmiß sie den Laden und ging ganz in ihrem neuen Beruf auf. Beate begeisterte sich für immer neue Kurse, an denen sie kostenlos teilnehmen konnte. Sie begann mit Töpfern und Seidenmalerei, fuhr fort mit Bauchtanz und transzendentaler Meditation, lernte Italienisch und diskutierte mit anderen Frauen über ihre Stellung in der Gesellschaft.

Außer von Beate bekam ich fast nie Besuch. Meine Wohnung war auch zu klein, um viele Leute aufzunehmen. Beate besuchte mich manchmal unangemeldet, und ich hatte auch nichts dagegen. Eine zweite Ausnahme war eine ältere Kollegin, Frau Römer. Sie stand kurz vor dem Rentenantritt und arbeitete schon seit einer Ewigkeit in unserem Betrieb. Frau Römer wußte alles, kannte jeden und genoß allerhand Privilegien: Sie hatte ein gemütliches Einzelzimmer, was eigentlich von ihrer Arbeit her nicht gerechtfertigt war, und durfte außerdem ihren alten Hund mitbringen. Als vor Jahren ihre Tochter heiratete und wegzog, kriegte Frau Römer zum ersten und einzigen Mal einen Rappel, weil der Hund, nach dem bisher die Tochter gesehen hatte, nicht den ganzen Tag allein bleiben konnte.

Sie müsse den Hund also abschaffen, lamentierte sie, denn sie wohne zu weit, um mittags heimzugehen (ein Auto hatte sie nicht) und den Hund auszuführen. Schließlich war sie so fertig, daß abwechselnd alle Kolleginnen und Kollegen beim Chef vorstellig wurden und ihn mit Frau Römers Hund nervten. Probeweise durfte sie ihn mitnehmen; er war alt, dick und faul, lag unter ihrem Schreibtisch und muckste nicht. Der Chef hatte aber eindringlich an alle appelliert, daß dies ein Einzelfall bleiben müsse.

Frau Römer hatte noch eine Besonderheit: eine uneheliche Tochter. In ihrer Generation war ein Fehltritt mit Folgen katastrophal, und sie hatte mir erzählt, daß sie vom Vater damals regelrecht verstoßen worden war. Erst als er starb, hatte die Mutter gewagt, wieder mit ihr Kontakt aufzunehmen. Über den Vater ihrer Tochter sprach Frau Römer nie; wenn man sie auf Betriebsfeiern, wenn sich die Stimmung gelockert hatte, danach fragte, meinte sie nur, das sei eine lange Geschichte, aber sie wolle sie nicht erzählen. Auch mir sagte sie nie etwas darüber, obgleich wir mit der Zeit ganz vertraut und beinahe befreundet waren. Eines Tages hatte sie nämlich wieder ein Problem mit dem Hund. Ich bot ihr spontan an, ihren Liebling gelegentlich bei mir zu lassen. Im Grunde mag ich keine Tiere, habe sogar etwas Angst vor Hunden – aber diesen alten Kerl kannte ich ja vom Büro her zur Genüge, und ich traute mir schon zu, ein Wochenende mit ihm zu verbringen. Frau Römer war überglücklich. Alle vier Wochen fuhr sie also ohne Hund davon, und ich hatte dann den dicken Spaniel unterm Bett. Mit der Zeit entwickelte sich sogar eine freundschaftliche Beziehung zwischen uns, und ich ertappte mich, daß ich ekelhafterweise in Babysprache auf ihn einredete.

Irgendwie bewunderte ich Frau Römer, die damals ein uneheliches Kind bekommen hatte. Ich hatte in jungen Jahren, noch vor der Pillenära, zwar immer in Angst vor einer möglichen Schwangerschaft gelebt, aber heute, wo ich keine Kinder mehr kriegen kann, bedauere ich das. Ja, fast tut es mir leid, nicht wie so viele Frauen wenigstens eine Abtreibung oder Fehlgeburt durchgemacht zu haben, denn selbst so ein Negativerlebnis hätte mich doch einige Wochen Schwangerschaft erfahren lassen. In meinem Leben als Frau fehlt das ganz. Und meine Männergeschichten waren auch nicht gerade erfreulich. Die Hartmut-Story hatte eine eiternde Wunde hinterlassen. Die Sache mit dem Berliner Chef war ebenfalls nicht wohltuend gewesen, fast war es erniedrigend, daran zurückzudenken. Später habe ich nie mehr etwas mit Kollegen gehabt, weil ich diesem Klatsch und Tratsch nicht ausgesetzt sein wollte. Ich gelte in der Firma als sehr anständig, man hat Respekt vor mir, sogar Vertrauen. Im Urlaub habe ich in früheren Jahren öfters einen Mann kennengelernt, aber das letzte derartige Abenteuer liegt nun auch schon fünf Jahre zurück und hinterließ einen bitteren Nachgeschmack. Nun war ich wahrscheinlich zu alt für die Liebe und mußte dieses Kapitel mit einem gewaltigen Defizit abschließen.

Frau Römer und Beate waren also meine einzigen Besucherinnen. Meine Wohnung ist eng, ordentlich und vielleicht ein bißchen unpersönlich. Ich bin kein kreativer Mensch. Aus Musik, Theater, Malerei und so weiter mache ich mir leider gar nichts. Lesen tue ich natürlich schon, aber mir sind ein Sachbuch, eine Wirtschaftszeitung oder ein Kriminalroman lieber als die sogenannte Literatur. Beate wollte manchmal in mein Leben eingreifen, sie fand meine Kleidung, meine Möbel, meinen Geschmack insgesamt viel zu langweilig. Dabei spielen Geschmacksfragen in meinem Leben eine unendlich wichtige Rolle, nur bin ich unfähig, meine ausgefallenen Vorstellungen auf mich selbst anzuwenden.

Bei Beate sieht es natürlich ganz anders aus als bei mir, ziemlich chaotisch. Mir würden die vielen Trockensträuße auf den Geist gehen, die poppigen Plakate, der selbstgebastelte Kram. Ich finde meinerseits, daß sich Beate zu jugendlich anzieht. Ich halte es für würdiger, zu meinem Alter zu stehen. Aber wir sind trotzdem gute Freundinnen, ich im grauen Tweedrock mit elfenbeinfarbener Seidenbluse, Perlenkette und Twinset – Grace-Kelly-Look, sagt Beate –, sie mit ihren verrückten Reithosen und den bunten Westen. Meine Möbel: schwarz und weiß, japanisch streng und zeitlos, von bester Qualität; die ihren: immer wieder anders, mal Ikea – alles Naturholz –, dann selbstangestrichen in Gold und Violett. Beate will mich auch sonst zu ihrem way of life bekehren. Sie schleppt mich gern mit, lädt mich zu ihren Partys ein, will mich immer wieder zu ihren geliebten Volkshochschulkursen anwerben. Ich versprach ihr, hin und wieder zu einem Einzelvortrag mitzukommen.

Schließlich, nach längerer Pause, beschlossen wir, einen Vortrag über die Lyrik der Befreiungskriege zu besuchen. Es fing um zwanzig Uhr an, und ich war pünktlich um halb acht bei Beate. Schon auf der Treppe hörte ich das verstimmte Klavier, das eines ihrer Kinder zurückgelassen hatte. Beate machte auf. »Heidi, Heidi, deine Welt sind die Berge«, erklang es durchdringend. Die jüngste Tochter hatte Semesterferien, eine für mein Gefühl reichlich infantile Zwanzigjährige. Beate machte ein seltsames Gesicht. »Du, ich werde Großmutter!«

Ich trat ein und sah die singende Lenore am Klavier. Ich schaute Beate fragend an. Sie nickte: »Ja, Lessi ist schwanger!«

Mir entfuhr es entsetzt: »Aber da kann man doch noch etwas machen!«

Lessi schnellte herum und sagte einstimmig mit ihrer Mutter: »Wie bitte?«

Die beiden dachten gar nicht an eine Unterbrechung, sondern schienen sich zu freuen. Dabei stimmte in Lessis Leben noch gar nichts: kein fester Freund, am Anfang der Ausbildung zur Sportlehrerin und grün bis hinter beide Ohren. Ich ärgerte mich über die Unvernunft, aber irgendwo war auch Neid auf diese beiden Unschuldslämmer.

»Sei mir nicht böse«, sagte Beate, »ich habe diese Neuigkeit erst vor zehn Minuten erfahren, ich kann jetzt nicht weggehen. Sei so lieb, geh allein und erzähl mir morgen, wie es war!«

Ich machte, daß ich fortkam, am liebsten wäre ich gleich wieder heimgefahren. Eigentlich wollte ich doch nur Beate zuliebe dieses Literaturgeschwätz anhören. Wenn ich damals sofort nach Hause gefahren wäre, hätte sich das Schicksal von einigen Menschen auf andere Weise erfüllt. Aber ich ging doch hin, ziemlich zerstreut. Nun hatte ich diesen Abend so geplant, jetzt war es auch egal. Der kleine Saal war ganz voll. Als der Redner eintrat, wurde sofort geklatscht. Er sah gut aus: grau-brauner Wuschelkopf, tiefblaue Augen. Lässig angezogen, aber durchaus überlegt. Mittelgroß, eher zierlich. Ein schöner Mann, ich vergaß Beate und Lessi. Als er dann anfing zu reden, vergaß ich überhaupt alles um mich und weiß auch nichts mehr von dem, was er über Ernst Moritz Arndt, Theodor Körner und Friedrich Rückert sagte. Seine Stimme tönte in meinen Ohren, daß es mir schwindelig wurde, mein Herz klopfte, mein Magen flatterte. Es war nicht die berühmte Liebe auf den ersten Blick, sondern auf den ersten Ton. Seine warme Stimme war es, die auf mich einen derartigen erotischen Zauber ausübte, daß ich völlig ins Träumen geriet und nach anderthalb Stunden halb betäubt nach Hause fuhr.

So plötzlich hatte es mich erwischt, mich alte Schachtel, die fest geglaubt hatte, völlig immun gegen schöne Männer und aufregende Stimmen zu sein. »Wenn alte Scheunen brennen...«

Am nächsten Tag rief ich Beate gleich in der Mittagspause an. Doch sie wollte nur von ihrer schwangeren Tochter reden, und ich mußte mir das wohl oder übel eine Zeitlang anhören. Schließlich erkundigte sie sich doch nach dem gestrigen Vortrag, und ich konnte sie endlich fragen, was sie über den Redner wüßte.

»Ach, weißt du, die hiesigen Dozenten kenne ich alle mehr oder weniger gut. Aber der ist ja nicht von hier, er hält höchstens einmal pro Semester einen Vortrag bei uns. Ich weiß eigentlich gar nichts über ihn.«

Natürlich bin ich nicht der Mensch, der selbst der besten Freundin seine verwirrten Gefühle gleich unter die Nase reibt. Nichts wäre mir schlimmer, als mich lächerlich zu machen. Ich drückte mich recht vorsichtig aus, um mehr aus Beate herauszuquetschen.

»Ich kann ja mal rumfragen«, erbot sie sich schließlich, »sicher kennt ihn irgend jemand. Außerdem soll er mal ein Buch geschrieben haben.«

Am nächsten Tag war Samstag. Ich trat in eine Mannheimer Buchhandlung, vorsichtshalber nicht in die, in der ich sonst meine Bücher kaufe, und fragte nach dem Autor Rainer Engstern. Die Buchhändlerin blätterte in ihrem dicken Katalog. Schließlich sagte sie, ja, den Autor Rainer Witold Engstern gebe es, und er hätte eine kleine Abhandlung über Malerei im vierzehnten Jahrhundert geschrieben, ob ich das Büchlein bestellen wolle. Das tat ich natürlich und konnte es am nächsten Dienstag abholen.

Inzwischen kam ich mir vor, als wäre ich wieder jung, nein geradezu pubertär geworden. Nur damals war ich so oft ins Phantasieren geraten und hatte derart unrealistische Wünsche gehabt. Wurde ich jetzt kindisch?

Das ganze Wochenende verbrachte ich mit Trödeln, Lächeln, Summen und vor dem Spiegel. Ob ich mich wirklich zu alt zurechtmachte? Ich beschloß, mir etwas Hinreißendes zu kaufen, eventuell ein duftiges Sommerkleid mit weit schwingendem Rock. Ich hatte eigentlich immer nur gerade Röcke, strenge Kostüme und Hosenanzüge besessen, vielleicht sollte ich auf romantisch-verspielt setzen? Ob ich meine Frisur, die seit dreißig Jahren ein Garçonne-Schnitt war, abschaffen sollte? Aber wofür eigentlich? Ich kannte diesen Mann ja noch gar nicht und er mich erst recht nicht. Sicher war er verheiratet, hatte Kinder und einen völlig anderen Bekanntenkreis als ich. Aber dieses Wahnsinnsgefühl, verliebt zu sein, hatte schon einen Wert an sich, denn ich hatte fest geglaubt, dazu nie mehr fähig zu sein.

Ich holte das bestellte Büchlein ab. Vielseitiger Mensch, dachte ich: Sein Vortrag hatte von romantischer Literatur gehandelt, in diesem Bändchen ging es dagegen um die reale Welt in der Malerei des vierzehnten Jahrhunderts. Vielseitig – oder neigte er zum Verzetteln? Hinten auf der Umschlagklappe war eine Kurzbiographie des Autors mit Foto. Toller Mann, dachte ich ohne Unterlaß. Er war drei Jahre jünger als ich, verheiratet, Lehrer, lebte in der Nähe von Heidelberg. Studiert hatte er Germanistik, Kunstgeschichte und Französisch.

Ich las die Broschüre zweimal. Der Verlag war mir unbekannt, die Auflage klein. Den Text fand ich gescheit, aber nicht wissenschaftlich, soweit ich das überhaupt beurteilen konnte. Wie schon erwähnt, interessiere ich mich nicht für Kunst, aber diese abgebildeten Pantoffeln, Leuchter, Stoffe und Gebäude waren eigentlich für jeden attraktiv anzusehen und die Ausführungen über den kulturellen Hintergrund interessant zu lesen. Sicher ein exzellenter Lehrer!

Frau Römer riß mich aus meinen Träumen. Sie war zur Vorsorgeuntersuchung gegangen und mußte schon in der nächsten Woche ins Krankenhaus, Verdacht auf Brustkrebs. Sie war gefaßt und tapfer. Flehend sah sie mich an: Ich wußte schon, es ging um den Hund. Natürlich wäre ich sehr egoistisch gewesen, wenn ich ihr nicht sofort angeboten hätte, den Vierbeiner während ihres Krankenhausaufenthaltes aufzunehmen. Ich log sogar und behauptete, mich auf ihn zu freuen, da er mir die einsamen Stunden vertreiben würde. Im nachhinein stelle ich fest, daß vielleicht alles anders gekommen wäre, wenn ich damals nicht Frau Römers Spaniel gehütet hätte.

Wenn ich sonst vom Büro nach Hause komme, habe ich eigentlich keine Motivation, noch mal die Wohnung zu verlassen. Ich bade, ziehe mir einen Morgenrock an, wasche oder bügle vielleicht, mache mir ein Brot und lege mich vor den Fernseher. Nicht besonders aufregend, aber die meisten Menschen machen es wohl genauso. Der Hund war damit aber nicht zufrieden. Zwar wollte er auch heim, um zu fressen und zu saufen – schließlich hatte er ebenfalls den Tag im Büro verbracht –, aber dann meinte er wohl, ein Gewohnheitsrecht auf einen Spaziergang zu haben. Wenn er übers Wochenende bei mir war, ging ich regelmäßig mittags in den Park, am Abend hatte ich dazu wenig Lust. Nun kam mir ein abenteuerlicher Gedanke. Ich wälzte das Telefonbuch. Wo wohnte mein Rainer Witold Engstern? Oder sollte ich ihn nur Witold nennen? Ich blätterte anfangs vergeblich, doch schließlich wurde ich fündig. R. Engstern, Ladenburg – da hatten wir ihn ja. Mein Gott, das war jetzt ohne Berufsverkehr in einer Viertelstunde mit dem Auto zu erreichen. Ich fand sogar eine Ladenburger Straßenkarte und entdeckte schließlich auch seine Straße, etwas außerhalb der Altstadt. Der Hund sah mich fragend an. Ich fühlte mich jung und abenteuerlustig. Von meiner letzten Kur in Bad Saßbach besaß ich einen Jogginganzug, den ich sonst nie anzog. Also her damit, Hund angeleint, Treppe wieder runter, rein ins Auto und losgefahren!

Mit Herzklopfen sah ich die Doppeltürme der St. Gallus-Kirche in Ladenburg auftauchen. Ich bog in der Weinheimer Straße ab und parkte schließlich in der Trajan-Straße, das war nicht in unmittelbarer Nähe seines Hauses, sondern mindestens drei Blocks weiter. Dann stieg ich aus, ließ den Spaniel am Straßenrand schnüffeln und machte einen unauffälligen Hundespaziergang. Die Gegend, in der Witold wohnte, war jedenfalls sehr schön: bäuerliche Häuser, mäßig und zum Glück nicht gar so geleckt renoviert wie in der Altstadt. In der bewußten Straße standen Neubauten, und fast an ihrem Ende die Nummer 29, mit wildem Wein bewachsen. Natürlich konnte ich nicht einfach stehenbleiben und dieses Haus inspizieren. Es war noch hell; ich ging auf der gegenüberliegenden Straßenseite und hatte das Einfamilienhaus scharf im Blick. Kein Licht, es sah ein wenig verlassen aus, aber ein Auto stand vor der Tür. Mir klopfte mein verwegenes Herz immer weiter, als ob ich eine tollkühne Tat vollbringen würde. Ich ging das kurze Stück bis ans Ende der Straße und kehrte dann um. Auf der anderen Straßenseite – also seiner! – trat ich den Rückweg an und sah das Haus jetzt noch einmal aus einer neuen Perspektive. Fingerhut und Malven im Vorgarten, hinterm Haus ein leicht verwilderter Obstgarten. Das Nachbargrundstück war unbebaut. Ich ließ den Hund frei und erlaubte ihm, auf diesem Stück voller Brennesseln und Goldraute ein bißchen herumzustöbern. So konnte ich kurz stehenbleiben.

Der Hund wollte aber gar nicht mehr lange trödeln, also zogen wir gemeinsam Leine.

Ich war immer noch ziemlich aufgeregt. Die übernächste Straße mußten wir überqueren. Weil es eine stille, feierabendfriedliche Gegend war, paßte ich nicht sonderlich auf. Eine Fahrradklingel schreckte mich aus meinen Träumen.

Mir stockte der Atem. Witold! Ich wäre fast in sein Fahrrad gelaufen. Er bremste, sah mich an und lächelte. Ich lächelte zurück, völlig verwirrt und wieder mit diesem Dröhnen in den Ohren. Er hatte wohl so etwas gesagt wie »Aufpassen!«, dann war er schon wieder weg. Er hatte mich angesehen! Angelächelt! Ich war selig wie ein Kleinkind. Singend fuhr ich heim, umarmte den Hund, küßte ihn, legte mich ins Bett und tat kein Auge zu. Die ganze Nacht über sah mich Witold an, auf dem Fahrrad sitzend, lässig in Jeans und rotem Pullover, lächelnd.

Am nächsten Abend machte ich wieder die gleiche Tour zur gleichen Zeit, doch in vorteilhafteren Kleidern. Im Haus waren diesmal die Fenster im oberen Stock geöffnet, ich hörte schwach ein Radio. Nun, ich hatte Geduld; täglich konnte ich aufs neue versuchen, einen Blick und ein Lächeln zu erwischen. Vielleicht lief der Hund in seinen Garten, und ich mußte ihn einfangen, Witold stände mit einer Gartenschere vor einem duftenden Rosenstrauch, würde mir in die Augen blicken, lächeln, vielleicht ein wenig mit mir plaudern. Immer neue glückliche Möglichkeiten fielen mir ein.

Wieder ein Tag später. Ich hatte Frau Römer versprochen, sie heute im Krankenhaus zu besuchen. Inzwischen wußte ich, daß man ihr die rechte Brust abgenommen hatte, was mich tief bestürzte. Pünktlich hörte ich im Büro auf. In diesen Tagen saß ich in Frau Römers Zimmer, weil der Hund an den dortigen Platz unterm Schreibtisch gewöhnt war, geduldet vom Chef. Als er vor Jahren hier eingezogen war und sich immer mäuschenstill verhalten hatte, kam der Chef eines Tages herein, um sich leutselig nach dem Tier zu erkundigen. Damals hieß der Hund noch Micki oder ähnlich ordinär. Als er den Chef vor dem Schreibtisch stehen sah, fing er mit samtener Stimme an zu heulen.

»Nanu«, wunderte sich der Chef, »du hast ja einen sehr gepflegten Bariton. Bist du ein tierischer Fischer-Dieskau?« Von da an hieß Micki nur noch der Dieskau.

Ich fuhr mit dem Dieskau direkt vom Büro ins Krankenhaus, kaufte unterwegs Blumen, ließ den Hund im Wagen und stieg die blanken Krankenhaustreppen hoch zu Frau Römer. Da lag sie, ein Drainageschlauch ragte aus ihrem Nachthemd heraus, aber sonst sah sie ziemlich aus wie immer. Sie fand alles nicht so schlimm.

»Wissen Sie, ich bin schon über sechzig, da definiert man sich nicht mehr so stark vom Körperlichen her. Wenn mit dieser Operation der Krebs wirklich weg ist, werde ich nie mehr ein Wort darüber verlieren.«

Sie fragte vor allem nach ihrem Dieskau und freute sich, daß ich ihr von tollen abendlichen Exkursionen erzählte, natürlich ohne zu sagen, wohin wir gingen.

An diesem Tag wurde alles später. Ich war erst nach sieben zu Hause, wollte noch baden und essen und stand schließlich lange vor dem Kleiderschrank. Was sollte ich diesmal anziehen? Auf keinen Fall den Jogginganzug, der war mausgrau und langweilig. Ein Kostüm? Auch nicht, dann sah ich schon wieder wie eine korrekte Bürofrau aus. Schließlich zog ich eine weiße Hose an, einen dunkelblauen Pullover und flache Schuhe. Es war schon leicht dämmrig, und diesmal traf ich Witold in der Parallelstraße, jedoch nicht auf dem Rad. Er hastete an mir vorbei, sah mich nicht an, machte ein abwesendes Gesicht; offensichtlich wollte er noch mal ins Städtchen gehen. Das Auto stand vor seinem Haus, die Fenster waren geschlossen, nirgends Licht. Ich ging mit dem Dieskau wieder zu meinem Wagen. Als wir beide drin saßen, stieg ich kurz entschlossen von neuem aus und ließ den Hund allein zurück. Er hatte nie etwas dagegen, akzeptierte das Auto als Zweitbett.

Ich ging zu Fuß in die Altstadt. Die Straßen waren naß, es mußte vor kurzem geregnet haben. Gut, daß ich bequeme Schuhe trug, das Kopfsteinpflaster war nichts für Stöckelschuhe. Witold mußte hier irgendwo sein, vielleicht in einer Kneipe. Sonst ging ich nie abends allein in Kneipen, ganz selten nur mit Bekannten. Ich war sehr unsicher. Die erste Wirtschaft war gut zu beobachten, man konnte von draußen durch die niedrigen, offenstehenden Fenster schauen, aber ich entdeckte ihn nicht.

In eine zweite trat ich ein und sah mich suchend um. »Na, Mutter, kommst du deinen Ollen holen?« fragte mich ein angetrunkener Mensch. Ich ging sofort wieder und hatte keinen Mut mehr, die nächsten Lokale zu betreten. Endlich suchte ich mir eine Edelkneipe, setzte mich in eine Ecke und bestellte eine Weinschorle. Natürlich war er auch nicht hier. Ich bezahlte und bummelte über den Marktplatz, besah mir den Brunnen mit einer Marienstatue auf hoher Säule. Überall Stadtmauerreste; vor einer Schule – war es seine? – las ich: *Um 90 nach Chr. errichteten römische Soldaten unweit der keltischen Siedlung Lopodunum ein Steinkastell.*

Vielleicht war Witold im Kino? Ich sah mir das Kinoprogramm an und überlegte, ob ich noch in eine Spätvorstellung gehen sollte. Dann betrachtete ich wieder Schaufenster, trödelte herum. In einem alten Fachwerkhaus wurde eine Hochzeit gefeiert, über dem Torbogen hing eine Wäscheleine voller Babykram.

Als es dunkel war, ging ich noch einmal zu Witolds Haus. Im Erdgeschoß brannte jetzt Licht. Niemand war auf der Straße zu sehen, das ganze Viertel schien ziemlich ausgestorben, schließlich war Sommer und Urlaubszeit. Ich schlich über das Nachbargrundstück mit Kirsch- und Nußbäumen, bis ich Witolds Garten erreichte. Es war nicht schwer, den defekten Drahtzaun hochzuheben und ohne turnerische Anstrengung darunter durchzuschlüpfen. Allerdings war die weiße Hose nicht gut gewählt: Erstens wurde sie schmutzig, zweitens leuchtete sie vielleicht im Dunkeln.

Die Blätter der Walnußbäume hoben sich schwarz gegen den dunklen Himmel ab. Hinter einem dicken Apfelbaum glaubte ich mich ganz gut getarnt. Mein Puls ratterte. Ich kam mir wie eine Einbrecherin vor, wie eine andere Person, die nichts mehr mit der korrekten Sachbearbeiterin zu tun hatte.

Das Haus öffnete sich mit der Breitseite nach hinten

zum Garten hin. Die Vorderseite war dagegen ziemlich verschlossen, wahrscheinlich lagen Flur, Klo und Küche nach vorn. Man sah durch eine große Glasschiebetür in ein erleuchtetes Wohnzimmer. Ein Schreibtisch war direkt an die Glasfront gerückt, eine Gestalt saß daran, wahrscheinlich Witold. Ich tastete mich sehr vorsichtig, sehr langsam, näher heran. Nasse Zweige wischten mir übers Gesicht, ein zertretenes Schneckenhaus knirschte unter meinen Füßen. Zum Glück standen die Obstbäume dicht und buschig um mich herum, der Lichtschein erreichte mich nicht. Nun konnte ich das Objekt meiner Sehnsucht gut erkennen. Es arbeitete am Schreibtisch. Schulhefte? Nein, es waren ja Ferien. Vielleicht ein neues Buch, ein Vortrag für die Volkshochschule, ein Brief. Er hielt immer mal wieder inne und blickte nachdenklich in den dunklen Garten hinaus – wie mir schien, geradezu in mein Gesicht. Aber sehen konnte er mich bestimmt nicht.

Ich konnte mich von diesem Bild nicht lösen. Ich bin ein weiblicher Spanner! schoß es mir durch den Kopf. Witold hatte Cordhosen an, heruntergetretene schwarze Hongkong-Stoffschlappen, eine grüne Strickjacke mit fehlendem Knopf und durchlöcherten Ellbogen. Bei mir kann ich solche Schlampereien nicht ausstehen. Fehlende Knöpfe werden sofort angenäht, zerrissene Pullover kommen in den Rotkreuzsack. Seine Frau war wohl nicht so penibel. Im übrigen, wo war sie überhaupt? Im Wohnzimmer war es reichlich unordentlich, eine heruntergerutschte Wolldecke neben dem Sofa, eine vertrocknete Azalee auf der Fensterbank, volle Aschenbecher, Zeitungshaufen. Entweder war die Hausfrau eine Schlampe oder verreist oder krank, oder sie war beruflich total überfordert. Ich hoffte, sie wäre überhaupt nicht vorhanden.

Witold schrieb und schrieb. Dazwischen nahm er die Halbbrille ab, rauchte zuweilen eine Zigarette, ging auch manchmal auf und ab. Einmal klingelte das Telefon. Er sprach mit aufgeregtem, ja bösem Gesicht, knallte plötzlich den Hörer auf die Gabel und steckte sich sofort eine neue Zigarette an. Danach nahm er die Schreibarbeit nicht mehr auf, sondern tigerte im Zimmer herum wie im Zwinger. Dann rief er seinerseits jemanden an, sprach lange, schwieg, redete wieder lange und hörte sehr abrupt auf. Als er das Zimmer verließ, kroch ich aus dem Labyrinth der Bäume heraus und fiel dabei fast über einen abgebrochenen Ast. Es gewitterte. Ich machte mich endlich auf den Heimweg; es war spät, und ich war ganz durcheinander.

Ich nahm in diesen Tagen ab, obgleich ich das schon lange nicht mehr nötig hatte, ich schlief schlecht, hatte bläuliche Ringe und, wie ich fand, viel mehr Falten unter den Augen, mich quälten Wallungen, von denen ich bisher verschont geblieben war. Im Büro saß ich unkonzentriert vor meiner Arbeit, machte keine Überstunden mehr und hatte Mühe mit Formulierungen. Dem Chef entging das nicht. Freundlich stellte er fest, die Krankheit von Frau Römer gehe mir wohl sehr nahe.

»Sie sind ein vorzüglicher Psychologe«, sagte ich so herzlich, wie ich konnte, und er lächelte geschmeichelt.

Am Wochenende ging ich mit Beate einkaufen. Sie sollte mich beraten. Das wurde allerdings schwierig. Am Ende hatte sie zwei schillernde Blusen bei C & A gekauft, ein

Babyjäckchen fürs drohende Enkelkind, einen Hosen-rock im Ausverkauf und merkwürdige Schnabelschuhe. Ich hatte ein veilchenblaugeblümtes teures Sommerkleid erstanden und gleich anbehalten, das einzige Stück, auf das wir uns hatten einigen können.

Auf der Straße trafen wir zwei Männer, Beate kannte ja Gott und die Welt. Anscheinend hatte ihr Mann früher einmal ein Haus für sie gebaut. Der eine war Graphiker, der andere Einkäufer für ein Kaufhaus. Wir gingen einen Espresso trinken, und Beate flirtete ungeniert mit den beiden. Überhaupt hatte ich den Eindruck, daß sie seit ihrer Scheidung nicht gerade wie eine Nonne lebte, aber sie erzählte mir nichts darüber, wahrscheinlich aus Takt-gefühl. In meinem schönen Kleid, mit von Kaffee gerö-teten Wangen und dem neuen, überdrehten Gefühl im Bauch entdeckte ich auf einmal, daß ich durch bedeu-tungsvolles Lächeln, gurrendes Lachen und intensives Wimperngeklappere auch beachtet wurde. Mein Gott, warum hatte ich das nicht dreißig Jahre früher kapiert.

Als die Männer weg waren, sagte Beate: »Das ist ein wahnsinnig nettes Paar, sie leben seit zehn Jahren zusam-men. Mit denen läßt sich wunderbar quatschen. Übrigens habe ich neulich was über diesen Rainer Engstern ge-hört.«

Am liebsten hätte ich gebrüllt: »Warum sagst du mir das nicht gleich!« Und dann der Schreck: War er etwa schwul, weil Beate ihn in diesem Zusammenhang er-wähnte? Ich hätte diese flirtfreudigen Männer niemals richtig einordnen können, darin hatte ich keine Erfah-rung.

»Also, paß auf«, begann Beate, »die Lessi hat eine Freundin, die Eva, die ist mit einem Sohn vom Engstern befreundet.«

»Und wie ist er?« fragte ich sofort.

»Weiß nicht, wahrscheinlich ein netter Junge, macht gerade Zivildienst.«

»Also, ich meinte doch den Vater!«

»Ja, der ist Lehrer in Ladenburg (das habe ich auch schon rausgekriegt, dachte ich), die Schüler nennen ihn ENGSTIRN, aber er ist ganz beliebt, meint Lessi. Sie war nämlich mal dort.«

»Und die Mutter?« fragte ich.

»Ach ja«, bedeutete mir Beate, »irgend etwas stimmt da nicht, sie ist angeblich schon lange verreist.«

Mehr wagte ich nicht zu fragen, aber innerlich tat ich einen Freudensprung. Da stimmt was nicht! Ganz ausgezeichnet, dann war mein Witold vielleicht zu haben.

Zu Hause war ich wieder von Zweifeln geplagt. Und wenn er nun wirklich zu haben war, ob er dann ausgerechnet mich haben wollte, vorausgesetzt natürlich, wir würden uns überhaupt kennenlernen. Ich stand jetzt so oft vor dem Spiegel wie in den ganzen letzten zwanzig Jahren nicht. Ich besah mich kritisch. Ob ich mich im Gesicht liften lassen sollte, obgleich ich so etwas immer verachtet hatte? Er war neunundvierzig und sah unerhört gut aus – Männer in diesem Alter, so hört man immer wieder, bevorzugen nicht gerade Frauen in meinem Alter.

Abends hatte ich jetzt ein festes Programm: In der Dämmerung versuchte ich mit dem Dieskau meinem Traummann zu begegnen. In der Dunkelheit kroch ich ohne Hund in seinem Garten herum – übrigens nur noch in dunklen Hosen; wie ein Einbrecher hatte ich eine Art Berufskleidung angezogen. Darüber hinaus wählte ich manchmal seine Telefonnummer, allerdings aus Ängstlichkeit nie von meinem Apparat aus (ich hatte zu oft von Fangschaltungen gelesen), sondern aus einer Zelle. Ich hörte ihn dann seinen Namen sagen, manchmal mit heiterer Stimme, manchmal müde. Ich legte immer sofort auf und wußte, er ist zu Hause, sitzt vielleicht am Schreibtisch. Einmal prallte ich wieder, allerdings in voller Absicht, fast mit seinem Fahrrad zusammen. Er lächelte wieder, wie beim ersten Mal, und sagte mit seiner atemberaubenden Stimme: »Guten Abend, immer ganz in Gedanken, nicht wahr?«

Ich lächelte zurück, konnte aber leider nichts Kluges oder Schlagfertiges entgegnen.

Nach zwei Wochen wurde Frau Römer entlassen, und ich brachte ihr den Dieskau zurück. Halb war ich froh, halb traurig, daß ich nun keinen Gefährten mehr hatte. Aber warum sollte ich nicht auch ohne Hund abends spazierengehen? Frau Römer hatte noch etwas auf dem Herzen: Sie sollte schon bald in Kur gehen, und da gab es schon wieder das Hundeproblem. Ihre Schwester hatte eine Allergie gegen Tierhaare, ihre Tochter war für ein Jahr in den Staaten. Klar, ich erklärte mich sofort bereit, den Hund weitere vier Wochen zu beherbergen.

An diesem ersten Abend ohne den Dieskau ging ich nicht mehr weg. Es war auch allerhand liegengeblieben, was ich in diesen zwei Wochen nicht erledigt hatte. Mein kleiner Haushalt war fast ein wenig verlottert, meine Wäschetruhe war voll bis zum Rand, ich mußte mir dringend eine Haarpackung auflegen, eine pflegende Gesichtsmaske einwirken lassen. Aber ich hatte das Gefühl einer Süchtigen, die sich nur mit äußerster Willensanstrengung zurückhalten kann, das Ziel ihrer Begierden aufzusuchen. Ich alte Scheune brannte.

Am nächsten Tag fuhr ich aber wieder los, ohne Hundebegleitung. Es dämmerte, als ich an Witolds Haus vorbeikam, ein zweites Auto stand vor der Tür. Besuch! Mich erschreckte der Gedanke, Beates Tochter Lessi, die ja schon eimal mit ihrer Freundin hier gewesen war, könnte zufällig da sein und mich sehen. Aber es wäre schon ein großer Zufall; der Wagen sah jedenfalls nicht nach jungen Leuten aus, viel zu spießig. Ich lief in Ladenburg herum, bis es vollkommen dunkel war. Inzwischen kannte ich mich gut aus. Im Schutze der Nacht trat ich die zweite Runde an. Wie letztes Mal kroch ich auch wieder in der Apfelplantage herum, bekam Dreck in die Augen und erlebte mein laut pochendes Herz als Zeichen einer neuen Lebendigkeit. Ja, es war Besuch da. Offensichtlich nicht der Sohn, sondern eine Frau. Die große Glastür stand offen, und man konnte Gesprächsfetzen verstehen. Ob es seine Frau war? Gebückt, ja fast auf allen vieren, schlich ich noch ein wenig näher. Die Fremde mochte Anfang Vierzig sein, sah aber schlecht aus. Sie war mager, schwarzhaarig, hatte ein interessantes, aber durchaus nicht schönes Gesicht. Auf einer melonengrünen Bluse trug sie einen auffälligen orientalischen Schmuck. Sie rauchte pausenlos, und Witold schien sich auch schon viele Zigaretten angesteckt zu haben. Ich hasse dieses Gequalme. Wäre ich seine Frau, hätte er sich das längst abgewöhnt. Eine leere Weinflasche rollte auf dem Boden, gegen die die Frau einmal aggressiv mit den Füßen trat, eine angebrochene stand auf dem Tisch, zwei halbvolle Gläser daneben.

Witold sprach wenig und immer nur sehr leise, so daß ich ihn überhaupt nicht verstehen konnte. Aber die Frau schrie mit fast hysterischem, schrillem Diskant. Auf einmal wußte ich, was mit ihr los war: klar, eine Alkoholikerin. Nicht, daß sie direkt betrunken war, aber ich hatte den Abstieg einer trunksüchtigen Tante meine ganzen Jugendjahre über hautnah mitgekriegt, und mir war, als wäre sie hier wieder auferstanden.

Sie war wohl wirklich seine Ehefrau. Soweit ich verstehen konnte, machte sie ihm schwere Vorwürfe und gab ihm die Schuld am Scheitern der Beziehung. Einmal konnte ich auch Witold deutlich hören:

»Hilke, es war deine letzte Chance, du hättest auf keinen Fall abbrechen dürfen! Jetzt fängt doch alles wieder von vorn an!«

Aha, die Hilke hatte eine Entziehungskur nicht durchgehalten, sie war geflüchtet. Hinten im Flur sah man übrigens zwei unausgepackte Reisetaschen. Ich hatte großes Mitleid mit Witold, eine solche Frau hatte er nicht verdient, der Ärmste. Sie hatte den Haushalt verkommen lassen, Mann und Kinder nicht versorgt! Mir wurde Witolds Unglück allmählich richtig klar.

Obgleich es Hochsommer war, fror ich unter den feuchten Apfelbäumen. Wieder kroch ich einen Meter näher. Ein Apfel fiel durch knackende Äste zu Boden. Witold und Hilke schienen dem Geräusch sekundenlang nachzulauschen, aber dann redeten, rauchten, tranken sie weiter. Ich hatte solche Szenen bisher nur im Film gesehen. Beide packten aus, beschuldigten sich, zerfleischten sich, haßten sich abgrundtief. Sie nannte ihn »Rainer«, das war mir sehr recht, für mich war er »Witold«.

Lang hatte ich gelauscht und versucht, mein schepperndes Herz nicht zu laut werden zu lassen, damit die beiden im Wohnzimmer es nicht wie eine Bombe ticken hörten. Witold wanderte nach seiner Gewohnheit manchmal quer durchs Zimmer und warf einmal den glühenden Zigarettenstummel durch die offene Tür in den Garten; ganz in meiner Nähe ging er nieder, und ich befürchtete schon, das Glimmen könnte stärker werden und mich sichtbar machen. Die Zigarette erlosch, und ich beschloß, nun zu gehen. Trotz der großen Aufregung war ich sehr müde, schließlich war es recht spät.

Gerade als ich mich umdrehen wollte, schrie Hilke plötzlich laut: »Dann bring' ich uns beide um!« und zog einen Revolver aus der Jackentasche. Ich fiel vor Schreck aufs rechte Knie und tat mir ziemlich weh. Um Gottes willen, war sie verrückt geworden! Ich wollte hervorstürzen und mich vor Witold stellen. Er war aber schon mit zwei großen Schritten bei ihr und nahm ihr das Ding einfach ab. Sie ließ es widerstandslos geschehen.

Nun ging ich doch nicht heim. Alles fing nach vielleicht fünfminütigem Schweigen, während dem sich beide nur angewidert anblickten, wieder von vorn an. Witold saß auf dem Sofa, den Revolver in der Hand. Woher sie ihn überhaupt hatte, schien ihn nicht weiter zu interessieren. Es ging wieder um Vergangenes, um andere Männer, andere

Frauen, um die Schwiegermutter und die Söhne, um Geld, ja auch um dieses weinbewachsene Haus. Ich konnte das meiste nicht kapieren, weil ich die Vorgeschichte nicht kannte. Aber plötzlich sagte Hilke eiskalt und schneidend: »Wenn ich nicht mit ihm geschlafen hätte, wäre deine Scheiße nie gedruckt worden.«

Witold wurde leichenblaß.

Er hob den Revolver und schoß auf sie. Der Knall riß mich hoch, ich rannte ins volle Licht auf die Terrasse. Hilke kippte um, verdrehte die Augen, Blut quoll aus ihrer grünen Bluse.

Witold war sofort bei ihr, schrie auf sie ein, rannte ans Telefon, hielt wieder inne, nahm das Telefonbuch, blätterte, stellte fest, daß er keine Brille griffbereit hatte, fluchte, sah wieder zu der blutenden Frau und schien den Verstand zu verlieren.

Ich betrat das Zimmer. Es schien ihn überhaupt nicht zu verwundern.

»Schnell, rufen Sie einen Arzt«, sagte er kreidebleich und taumelte auf einen Stuhl. Ich machte ihm eine Zigarette an, drückte ihm das Glas in die Hand.

»Ich kümmere mich jetzt um alles«, sagte ich so ruhig, wie ich konnte. Er sah mich mit einem leeren Ausdruck an, als schwimme er unter einer dicken Glasglocke, trank und rauchte nicht. Unter Schock, dachte ich. Dann sah ich nach der Frau. Fahl die Haut, kein hörbarer Atem. Wie in einer Großaufnahme sah ich, daß sich ihr Schmuck aus Koralle, Silber und Perlmutt jetzt nicht mehr von einem grünen Untergrund, sondern von der gänzlich durchgebluteten, dunkelglänzenden Bluse abhob.

»Ihre Frau ist tot«, sagte ich. Er stöhnte laut auf.

»Die Polizei«, preßte er heraus und wies mit dem Weinglas aufs Telefon. Ich ging auf den Apparat zu. Nein, das kannst du nicht machen, fuhr es mir durch den Kopf, er wird verurteilt, jetzt, wo wir uns gerade erst kennenlernen. Er kommt für Jahre ins Gefängnis!

»Sie müssen es anders machen«, sagte ich. »Sie kriegen ja lebenslänglich für Mord, es muß wenigstens als Totschlag gelten.«

Er sah mich wieder hilflos an und würgte plötzlich.

»Haben Sie Schnaps im Haus?« fragte ich, denn ich hatte schon wiederholt gelesen, daß eine Tat im Vollrausch nicht als geplant und vorsätzlich gelten kann. Er tappte nach dem Schrank, griff nach einer angebrochenen Flasche Whisky und hielt sie mir hin.

»Jetzt passen Sie mal gut auf«, sagte ich und bemühte mich, recht suggestiv zu wirken, »trinken Sie jetzt die ganze Flasche leer. Wenn Sie zu Boden gehen und das Bewußtsein verlieren, rufe ich zehn Minuten später die Polizei an. Sie sagen beim Verhör, daß Sie sich an nichts mehr erinnern können.«

Witold wollte widersprechen, trotz Schockzustand schien ihm irgend etwas an diesem Plan nicht logisch oder nicht anständig zu sein. Er sagte mehrmals »aber« und setzte dann die Flasche an. Irgendwie schien ihm die Vorstellung, gleich benebelt am Boden zu liegen und für Stunden aus dem Verkehr gezogen zu sein, noch eine der besten Möglichkeiten. Er trank und trank, würgte dazwischen, und ich hatte große Angst, er würde gleich alles wieder von sich geben.

In fünf Minuten, in denen wir uns nur ansahen, trank er den ganzen Whisky aus. Ich legte meine Hand auf seine. »Alles wird wieder gut«, sagte ich mütterlich. Er grinste plötzlich wie ein zurückgebliebenes Kind und hatte das abrupte Bedürfnis, sich auf den Teppich zu legen.

So, was nun. Jetzt also die Polizei, dachte ich. Da hörte ich hinter mir einen röchelnden Ton. Mir stockte das Blut in den Adern. Ich drehte mich um: Hilke bewegte sich, wimmerte, lebte. Das durfte nicht sein, Witold mußte für immer von ihr befreit werden. Ich nahm den Revolver, er lag direkt vor mir auf dem Couchtisch, ging zur Balkontür, zielte aufs Herz, schoß – und traf sie am Kopf. Sie sackte zusammen. Witold stöhnte auf, aber er hatte nichts verstanden.

Sofort war mir klar, daß ich einen Fehler gemacht hatte. Ein zweites Mal schießen, wenn man beim ersten Mal nicht getroffen hat, das wirkt nicht mehr wie Totschlag im Affekt. Jetzt mußte es also nach Notwehr aussehen, schließlich hatte Hilke ja auch zuerst feuern wollen. Ich mußte von ihrem Sitzplatz aus in Witolds Richtung schießen.

Nun wurde ich aber langsam hysterisch, ich hatte auf einmal nur noch das panische Bedürfnis wegzulaufen. Aber es mußte sein. Ich stellte mich an Hilkes Stuhl und schoß neben Witolds Bein auf den Teppich. Witold schrie und ächzte wieder auf, und nun sah ich, daß sein Bein blutete. Ich mußte ihn getroffen oder gestreift haben. Ich schob das Hosenbein hoch, aber Gott sei Dank – das war nur eine Bagatelle, da brauchte ich mich weiter nicht drum zu kümmern.

Ob jemand die Schüsse gehört hatte? Witolds Haus lag ja zum Glück etwas abseits, nebenan das freie Grundstück, die anderen Nachbarn im Urlaub. Aber wirklich alle? Ich mußte schleunigst weg. Ich verließ das Haus durch die Terrassentür, kroch wieder durch die Apfelbäume. Stop! sagte ich mir plötzlich. Fingerabdrücke! Was hatte ich eigentlich angefaßt? Ich ging wieder zurück. Klar, die Waffe, das Glas, den Witold. Revolver und Glas steckte ich in meine Handtasche, ich hatte jetzt einfach nicht mehr die Kraft, beides blankzupolieren. Ich rannte fast weg. Ob mich irgend jemand gesehen hatte? Endlich war ich beim Auto, stieg ein und fuhr am ganzen Leibe zitternd los. Ich hatte das dumpfe Gefühl, daß ich alles von Grund auf falsch gemacht hatte. Dann fiel mir ein, daß ich ja unbedingt die Polizei anrufen mußte, ich hatte es Witold versprochen.

Ich hielt an einer Telefonzelle, die ich schon gut kannte. Der Notruf stand glücklicherweise gut sichtbar vorn im Telefonbuch, mir wäre im Augenblick selbst meine eigene Nummer nicht eingefallen. Mit einer mir ganz fremden Stimme hörte ich mich sagen: »Ich habe soeben Schüsse gehört...« Man unterbrach mich sofort, wollte zuerst meinen Namen und meine Anschrift wissen. Ich antwortete aber nicht darauf, sondern schrie: »Fahren Sie sofort hin«, nannte Witolds Adresse und legte auf. Ich stieg eilig ins Auto und fuhr heim. Zu Hause bekam ich einen Heulkrampf, der nicht enden wollte.

Meine Zähne klapperten, ich war völlig erschöpft, gleichzeitig wach und glasklar. Ich konnte mir nicht vorstellen, in wenigen Stunden im Büro zu sitzen und zu arbeiten, und doch war es nötig, denn ich war sonst nie krank und durfte auf keinen Fall jetzt auffallen. Ich ließ mir ein heißes Bad ein, legte mich hinein, um aufzutauen, um das Klappern meiner Zähne zu dämpfen. Kaum war ich im warmen Wasser, als mir mit Entsetzen einfiel, die Polizei könne die Adresse nicht richtig verstanden haben, Witold würde vielleicht immer heftiger bluten, am Ende sterben – verbluten durch meine Schuld, ohne mich jemals wieder angesehen und gelächelt zu haben. Ich mußte mich vergewissern, bei ihm anrufen. Aber ich hatte immer die fixe Idee mit der Fangschaltung. Also raus auf die Straße, in eine Telefonzelle und von dort anrufen! Wenn mich aber jetzt jemand aus der Nachbarschaft mitten in der Nacht in einer Telefonzelle sah, dann mußte das unter allen Umständen Verdacht erwecken. Aber ich konnte doch Witold nicht verbluten lassen!

Ich quälte mich aus der Wanne, trocknete mich kaum ab, zog den Bademantel über und nahm die Wohnungsschlüssel meiner Nachbarin. Sie war im Urlaub, und ich goß täglich ihre Blumen. Ich ging über den Flur, schloß auf, nahm das Telefon, wählte Witolds Nummer. »Ja, wer ist da?« fragte eine fremde Männerstimme. Ich legte auf, alles war in Ordnung, Witold wurde jetzt verarztet und in ein Bett gebracht. Ich war ein wenig erleichtert, schloß die fremde Wohnung wieder ab, legte mich aufs neue in die warme Wanne.

Wenn aber jemand gesehen hat, daß bei der Nachbarin Licht angeht, wo sie doch verreist ist – schoß es mir durch den Kopf –, dann muß das doch auch Befremden auslösen! Und wenn sie eine Fangschaltung haben, dann ist es erst recht auffällig, wenn aus der Wohnung einer Frau angerufen wird, die gerade in Italien ist.

Und, o Gott! In meiner Handtasche befanden sich ein fremdes Glas und vor allem die Mordwaffe. Ich hatte keine Ruhe mehr in der Wanne. Raus, zum zweiten Mal abtrocknen, Bademantel wieder an. Das Glas wickelte ich in ein Handtuch und schlug damit ein paarmal auf den Küchentisch. Die Scherben kamen in den Mülleimer, und den würde ich morgen ausleeren. Sollte der Revolver auch gleich diesen Weg gehen? Das wäre allerdings sehr unvorsichtig, den mußte ich auf raffiniertere Art loswerden.

Schließlich überlegte ich mir aber, daß mir keine unmittelbare Gefahr drohte. Niemand konnte mich mit dieser Sache in Verbindung bringen, niemand kannte mich in Ladenburg. Witold wußte nicht, wer ich war, hatte mich bewußt nur dreimal gesehen, davon zweimal ohne Interesse, das dritte Mal unter Schock. Außerdem würde er sich wirklich nicht an alles erinnern können, die zwei Schüsse von mir hatte er nicht mehr mit Bewußtsein mitgekriegt.

Was sollte die Polizei von alldem halten? Hatte ich darüber hinaus Fehler gemacht, irgend etwas liegen gelassen? Nein, ich rauche nicht und lasse keine Zigarettenstummel als Beweis am Tatort, ich verliere auch keine Taschentücher mit Monogramm. Siedendheiß fiel mir aber ein: meine Spuren im feuchten Garten, am Ende sogar auf dem Teppich. Ich hatte Turnschuhe angehabt, um besonders gut schleichen zu können. Sonst trage ich sie nie, sie sind ebenso wie der mausgraue Jogginganzug von der Kur übriggeblieben. Die müssen weg! dachte ich. Ich nahm sie sofort und tat sie in den halbvollen Rotkreuz-

sack. Nächste Woche würde er abgeholt. Den Revolver
legte ich in einen Koffer in der Rumpelkammer und beschloß, mir am nächsten Tag ein besseres Versteck auszu-
denken.

2

Was tut man, wenn man nicht geschlafen hat, wie ausgespuckt aussieht und trotzdem frisch und munter im Büro erscheinen soll? Ich wusch mir die Haare, zog meine freundlichsten Kleider an, verwendete viel Zeit für ein makelloses Make-up. Zum Glück war Frau Römer noch länger krankgeschrieben, und ich blieb vorerst in ihrem Zimmer (auch ohne den Dieskau), wo ich nicht so sehr den neugierigen Blicken der Kollegen ausgesetzt war. Aber schon früh trat der Chef ein. »Nein, wie sehen Sie heute gut aus, man merkt doch gleich, daß Sie aufblühen, wenn es Frau Römer wieder besser geht. Der Dieskau und die täglichen Krankenhausbesuche waren sicher eine große Belastung für Sie. Aber heute sehen Sie aus wie das blühende Leben!«

»Ihnen entgeht ja nie etwas«, konterte ich möglichst locker, dabei trat mir der Schweiß aus allen Poren. Hatte ich die Nacht über mit den Zähnen geklappert, so wurde ich jetzt reichlich durch Hitzewellen entschädigt.

»Ich kenn' doch meine Pappenheimer«, versicherte der Chef, »aber jetzt haben Sie sicher ein bißchen mehr Zeit und können sich mit diesem Schadenfall beschäftigen«, und er legte mir väterlich-gütig eine Akte auf den Schreibtisch. Dann ließ er mich allein. Ich hatte unterwegs die Rhein-Neckar-Zeitung gekauft, aber noch keine Gelegenheit gefunden, sie aufzuschlagen. Zum Glück stand noch kein Wort über die Ereignisse der vergangenen Nacht darin.

Als ich mittags in der Kantine auftauchte, hörten zwei junge Stenotypistinnen auf zu schwatzen, sahen mich und kicherten unterdrückt. Sie hatten über mich geredet, das war klar. An und für sich hatte ich zu den meisten Personen unserer Firma ein kollegiales, aber nicht allzu enges Verhältnis. Die Azubis und jungen Angestellten hatten ein wenig Angst vor mir, weil ich ihnen keine Schlampereien durchgehen ließ. War irgend etwas nicht korrekt, so mußten sie es eben noch einmal machen. Im Grunde konnten sie mir dankbar dafür sein, denn wenn man sich nicht beizeiten angewöhnt, diszipliniert zu arbeiten, wird es später immer damit hapern. Was Hänschen nicht lernt und so weiter. Sicher fanden mich einige aber allzu streng und hetzten gelegentlich über mich.

Ich wußte auch jetzt, daß sie über meine Kleidung sprachen. Diese jungen Dinger hatten natürlich ein Auge dafür, daß ich mich in der letzten Zeit um mehr Jugendlichkeit bemühte. Ich mußte wahrscheinlich in der Zukunft wieder etwas unauffälliger auftreten, im Nu hatten die einem etwas angedichtet. Mit Klatsch habe ich mich nie abgegeben, sogar meine jungen Kolleginnen scharf unterbrochen, wenn sie mir »wer mit wem« erzählen wollten. Durch die kompetente Frau Römer wurde ich dennoch über wichtige Tatsachen informiert; da sie ein gütiger und alter Mensch war, erlaubte ich ihr schon, mir zuweilen das Neueste zuzutragen.

War ich in der letzten Zeit in meiner strengen Rolle unglaubwürdig geworden? Leuchtete mir die Liebe verräterisch aus den Augen? Beate hatte neulich eine freche Bemerkung gemacht, sie hatte eine Nase für weibliche Gefühle.

Ich stand diesen Tag irgendwie durch, holte mir in der Apotheke ein leichtes Beruhigungsmittel und legte mich früh ins Bett. Aber an Schlafen war wieder nicht zu denken. Blutige Bilder tauchten vor mir auf, Hilkes grüne Bluse, die langsam schwarz wurde, der verletzte Witold. Ich hatte die Frau umgebracht! Witold war kein Mörder. Eine schauerliche Möglichkeit – darauf war ich bisher nicht gekommen – war, daß sie auch durch meinen Schuß nicht tot war.

Am nächsten Tag stand in mehreren Zeitungen, auch in der Ladenburger, die nur einmal wöchentlich erschien:

Mysteriöser Mord in einem
Ladenburger Lehrerhaus

Unter bis jetzt nicht aufgeklärten Umständen wurde gestern kurz nach ein Uhr nachts von der Polizei die Leiche der dreiundvierzigjährigen Hausfrau Hilke E. gefunden. Der Ehemann lag mit einem Durchschuß im Bein bewußtlos am Boden. Er war bislang vernehmungsunfähig. Sowohl die Tote als auch der Verletzte hatten zuvor reichlich Alkohol zu sich genommen. Die Tatwaffe fehlt.

Im Garten und auf dem Teppich fanden sich Spuren, die auf eine weitere Person schließen lassen. Der ältere Sohn befindet sich zur Zeit auf einer Urlaubsreise durch die Türkei und kann nicht erreicht werden, der zweite leistet seinen Zivildienst in einem Heidelberger Krankenhaus ab, wo er in der fraglichen Zeit Nachtdienst hatte. Gesucht

wird ein auffallend schlanker Mann, Schuhgröße 41, der
abends in der betreffenden Straße gesehen wurde.

Außerdem bittet die Polizei die unbekannte Anruferin,
sich unverzüglich mit dem Ladenburger Kriminalkommis-
sariat in Verbindung zu setzen.

Abends rief mich Beate an.

»Hast du schon den Mannheimer Morgen gelesen?«
fragte sie.

Ich ahnte gleich etwas und sagte möglichst gleichgültig:
»Ja, warum?«

Beate freute sich immer, wenn sie mir Skandale erzählen
konnte. »Hast du ›Mord im Lehrerhaus‹ gelesen?«

»Kann sein«, murmelte ich, »hab' nicht weiter darauf
geachtet.«

»Denk dir«, schwatzte Beate, »das ist das Haus von dem
Rainer Engstern, nach dem du mich neulich gefragt hast.
Seine Frau wurde erschossen, und er ist verwundet. Man
hat mir erzählt, sie ist eine Säuferin. Du, vielleicht hat er sie
umgebracht und sich selbst noch ein bißchen ins Bein
geschossen, um den Verdacht abzulenken.«

»Meinst du?« fragte ich.

»Na, eigentlich fand ich ihn ganz nett, als ich ihn letztes
Jahr hier in meiner Volkshochschule hörte. Aber man sieht
es ja keinem Mörder von außen an.«

Ich hätte Witold gern verteidigt, aber so dumm war ich
natürlich nicht.

»Stand da nicht noch was von einer weiteren Person?«
fragte ich.

»Stimmt«, antwortete Beate, »vielleicht war es doch ein

stinknormaler Raubüberfall, und die Polizei hat nur noch nicht festgestellt, was gestohlen wurde. Übrigens haben wir heute viel über diesen Rainer Engstern gesprochen, er soll mal was mit einer Schülerin gehabt haben. Aber alle glauben, daß man einem hübschen Mann, der Lehrer ist, blitzschnell so etwas nachsagt.«

Ich fand, daß alles bisher gut gelaufen war. Man suchte einen schlanken Mann; zum ersten Mal fand ich es gut, daß ich so große Füße habe. Witold wurde noch nicht offiziell verdächtigt. Die Frau war wirklich alkoholkrank gewesen, das hatte ich richtig gesehen. Klar, daß dann die Ehe schlecht sein mußte. Und wenn Witold eine Freundin hätte, dann wäre sie wahrscheinlich in meiner Observierungszeit irgendwann aufgetaucht. Er saß aber immer allein am Schreibtisch und arbeitete in großer Einsamkeit. Ich konnte also hoffen, obgleich ich keinen richtigen Plan hatte, wie alles weitergehen sollte. Wie konnte ich ihm nur demnächst unter die Augen treten? Da mußte mir schon der Zufall zu Hilfe kommen.

Zunächst brauchte ich Informationen; ich kaufte mir täglich eine Lokalzeitung. Eine kurze Notiz über den Mordfall: Die Polizei verfolge verschiedene Spuren.

Ob Witold in Untersuchungshaft war? Ich rief häufig von einer Mannheimer Telefonzelle aus an. Meistens meldete sich niemand, zweimal der Sohn. »Maximilian Engstern«, sagte er, im Tonfall dem Vater ähnlich.

Ob Beate etwas wußte? Ich beschloß, sie am Wochenende zu besuchen. Ich brauchte unbedingt einen Menschen, der so plätschernd schwatzen konnte wie sie, eine Fähigkeit, die mir völlig abging.

»Komm nur«, sagte Beate, »Lessi ist auch da, wir wollen vielleicht ins Kino gehen.«

Einerseits lag mir diese schwangere unreife Lessi gar nicht, andererseits war sie die einzige, die vielleicht durch ihre Freundin, die ja mit Witolds Sohn Max befreundet war, etwas über sein Schicksal wußte.

Lessi redete vorerst nur über ihren gesegneten Zustand, der noch gut und gern acht Monate dauern würde. Wie egal war mir die Namensgebung für diesen bedauernswerten Embryo! Ich versuchte trotzdem, nett zu Lessi zu sein, und beteiligte mich an der schwachsinnigen Unterhaltung. Meine Vorschläge waren aber völlig indiskutabel, Lessi schwebte ein arabischer oder altrömischer Name vor.

Plötzlich war es Beate, die mit der Familie Engstern anfing. »Wenn es ein Junge wird, könntest du ihn ja Witold nennen!«

»O Gott, nach so einer scheußlichen Sache doch nicht!« rief Lessi angeekelt, »wie kommst du nur auf so eine abscheuliche Idee, Mutter!«

»Na, er ist schließlich nicht der Mörder«, meinte Beate, »oder etwa doch? Was hört man denn Neues?«

Lessi berichtete, sie hätte gestern noch mit ihrer Freundin Eva telefoniert, der Max Engstern sei fix und fertig. Morgen sei die Beerdigung, da die Leiche ziemlich lange im gerichtsmedizinischen Institut geblieben sei; den Bruder habe man auch endlich durch Radiosuchmeldungen in der Türkei gefunden, und er komme heute zurück.

»Und der Vater?« fragte ich.

Lessi meinte, der sei zwei Tage im Krankenhaus gewesen, würde dauernd von der Polizei vernommen, sei aber jetzt wieder zu Hause. Er dürfe aber nicht verreisen. Im übrigen sei er völlig depressiv.

Ob die Polizei nun wisse, wer die Frau ermordet hätte, wollte ich wissen.

Anscheinend könne sich der Engstern an nichts mehr erinnern; man habe ihn wohl nicht direkt in Verdacht, jedoch sei von einer psychiatrischen Begutachtung die Rede.

»Aber dann verdächtigt man ihn ja doch«, warf ich ein.

Lessi, diese schwangere Sportstudentin, zuckte mit den Schultern. »Der Alte ist mir, offen gesagt, egal. Der Max tut mir leid, auch sein Bruder, obgleich ich den Christoph kaum kenne. Die Mutter ermordet! Das muß man sich doch mal vorstellen!«

Ich warf ein, daß diese Mutter eine Alkoholikerin gewesen war.

»Na und?« fragte Beate.

Die unreife Lessi fuhr mich an: »Mutter ist Mutter«, und ich ließ das Thema fallen.

Leicht fiel es mir nicht, aber ich fuhr vier Wochen lang überhaupt nicht nach Ladenburg, obgleich ich inzwischen wieder den Dieskau am Halse hatte und abends mit ihm spazierengehen mußte. Er kam jetzt etwas zu kurz, ich fuhr gar nicht mehr mit dem Auto weg, nahm den Hund nur einmal mit um den Block und ließ ihn kurz an den Platanen schnüffeln. Vielleicht wurde Witold überwacht und sein Telefon abgehört, vielleicht erkannten mich irgendwelche Anwohner wieder, auch mein Auto und der Hund mochten ihnen im Gedächtnis geblieben sein.

Ich beschloß, mir die Haare wachsen zu lassen. Viele

Jahre lang hatte ich einen sehr kurzen Garçonne-Schnitt bevorzugt, der mir im Grunde gut stand. Mit diesem Herrenschnitt, mit den Turnschuhen und den dunklen Hosen hatte man mich in der Dämmerung offensichtlich für einen Mann gehalten. Wahrscheinlich war ich von einer älteren und schwachsichtigen Person beobachtet worden, in der Urlaubszeit waren die jüngeren Leute mit ihren Kindern fast alle verreist. Mit längerem Haar, in einem Kleid, mit zierlichen Schuhen würde man mich erstens nicht für jenen schlanken Turnschuhmann halten, und zweitens würde ich auch Witold als reizvolles weibliches Wesen gegenübertreten. Mir war schon klar, daß meine herbe Strenge nicht seinem Geschmack entsprach. Alles bei ihm zu Hause sah anders aus als bei mir, unordentlicher, phantasievoller, bunter, lebendiger. Aber war es nicht bloß ein Zufall in meiner ganzen Biographie, daß ich ein so disziplinierter Mensch geworden war?

Beate hatte es zum Beispiel immer leichter gehabt. Sie war in einer kinderreichen Familie aufgewachsen, wo es zwar manchmal krachte, aber im großen und ganzen fröhlich zuging. Sie war von klein auf lebensklug gewesen und mir weit überlegen. Ich hatte nur eine bigotte Mutter, die mir einmal im Jahr an meinem Geburtstag erlaubte, drei Freundinnen einzuladen. In meiner Klasse – wir waren übrigens nur Mädchen – gab es noch ein paar von meiner Sorte, nämlich fleißig und brav, eher häßlich, wenig beliebt. Aber die meisten gingen in die Tanzstunde, redeten über Jungs und hatten einen Freund. Auch ohne reiches Elternhaus hatten sie eine Mutter, die sich für ein schönes Kleid begeistern konnte oder es sogar selbst nähte. Die andern: selbstbewußt, lustig, verliebt. So fing es an, so ging es weiter, die Ungerechtigkeit hat bis heute nicht aufgehört.

Zehn Jahre nach dem Abitur besuchte ich ein Klassentreffen. Es wurden fast nur Fotos von Hochzeiten, Babys und Kleinkindern herumgereicht, ein anderes Thema existierte nicht. Ich und noch ein paar andere Übriggebliebene saßen versteinert dabei. Nie wieder habe ich ein Klassentreffen besucht. Ich hasse diese glücklichen Mütter mit ihren Wunderkindern, hasse diese selbstgefälligen Ehefrauen. Aber ich habe mich nicht gegen sie gewehrt.

Zum ersten Mal im Leben wollte ich nun auch etwas ganz entschieden für mich, mit aller Kraft, aus ganzer Seele: Ich wollte Witold. Dafür wollte ich alles tun, wozu ich fähig war, dafür wollte ich meine ganze Intelligenz aufbieten, dafür hätte ich auch Karriere und Geld aufs Spiel gesetzt.

Nachdem ich sie mehrere Wochen hatte wachsen lassen, gefielen mir meine Haare gar nicht. Als Beate anrief, beschloß ich, sie um Rat zu fragen. Aber sie unterbrach mich.

»Gleich reden wir über Haare. Zuerst muß ich dir wichtige Neuigkeiten erzählen. Erstens: Lessi kriegt gar kein Kind!«

Ich erfuhr, daß Lessi vor vier Wochen einen schwach positiven Apothekentest vorzuweisen hatte, aber nie zum Arzt gegangen war. Trotzdem hatte sie der ganzen Welt von ihrer Schwangerschaft erzählt. Vor einigen Tagen war Beate mit ihr zur Frauenärztin gegangen, die sie nach einer Ultraschallaufnahme eines Besseren belehrte. Heute hatte sie ihre Tage gekriegt.

»Ehrlich gesagt«, meinte Beate, »ich bin doch sehr erleichtert. Ich hätte meinen Job bei der Volkshochschule aufgeben müssen, um Lessis Kind großzuziehen. Denn wie sollte sie studieren ohne Mann, der sich mit ihr beim Babysitten abwechselt?«

Also war Beates Großmutterfreude reines Theater gewesen, dachte ich bitter.

»Und was ist die zweite Neuigkeit?« wollte ich wissen, schon erregt beim Gedanken, es könnte sich um Witold handeln.

»Denk dir, ich habe einen netten Mann kennengelernt«, erzählte Beate und schilderte mir die Vorzüge eines zehn Jahre jüngeren Handelsvertreters.

Obgleich ich ahnte, daß Beate ein offenes Haus und Bett hielt, wurde ich ironisch: »Ist das jetzt also das große Glück?« fragte ich.

Beate ließ sich nicht ärgern. »Ach du«, meinte sie, »ich kenne keine Frau von fünfzig, der das große Glück über den Weg läuft. Es gibt überhaupt nur kleines oder kurzes Glück. Ich will dir die Schattenseiten auch nicht verschweigen: Er ist verheiratet und hat kleine Kinder. Sie wohnen aber im Münchner Raum, und er fährt nur am Wochenende heim.«

Na, das war aber wirklich nur ein kleines Glück. Ich wunderte mich, daß Beate da mitspielte.

»Was gibt's Neues in der Mordsache?« fragte ich.

»Nie hätte ich geglaubt, daß du dich so fürs Morden interessierst«, – jetzt wurde Beate leicht spitz. Aber sie erzählte mir doch, daß Witolds Söhne die letzten Wochen beim Vater gewohnt hätten, obgleich sie eigentlich längst eigene Buden in Heidelberg hatten. Sie wollten aber demnächst mit ihren Freundinnen nach Mexiko fahren, schließlich seien noch Semesterferien. Sie hätten sogar erwogen, ihren armen Vater mitzunehmen. Aber das ginge nicht.

Warum nicht, wollte ich wissen.

»Ja, erstens kann er nicht, denn die Schule fängt wieder an, und er muß unterrichten; zweitens darf er nicht, denn er muß für die Polizei erreichbar sein. Und drittens will er nicht. Soweit Lessi weiß, hat ihm ein Freund ein Wochenendhäuschen im Odenwald zur Verfügung gestellt, dahin möchte er sich zurückziehen, wenn die Jungs weg sind. Verständlicherweise hat er wenig Lust, in Ladenburg allein in seinem Haus zu hocken und von Reportern und mitleidigen Nachbarn belämmert zu werden.«

Über meine Haare hatten wir zwar nicht geredet, dafür über etwas Interessanteres. Ich war mir sicher, dieses Odenwälder Häuschen ausfindig machen zu können.

Als die Schule wieder angefangen hatte, rief ich beim Sekretariat des Ladenburger Gymnasiums an. Ich behauptete, ich sei die Sekretärin von Kommissar Krüger, denn diesen Namen kannte ich zum Glück aus der Zeitung; Krüger bearbeitete den Fall Engstern. Aber hatte die Polizei überhaupt Sekretärinnen? Als ich vor kurzem als Zeugin eines Verkehrsunfalls aussagen mußte, hatte ich ausschließlich Männer entdeckt, und meine Aussage war von einem jungen Polizisten eigenhändig und langsam getippt worden. Doch, mir fiel ein, daß in den Fernsehkrimis zuweilen ein säuerliches weibliches Wesen für das Polizisten-Team Kaffee kochte.

Also, ich sagte der Schulsekretärin, sie bräuchte eventuell Herrn Engstern nicht extra aus dem Unterricht zu holen, sondern könnte mir vielleicht selbst eine kurze Auskunft erteilen.

»Herr Engstern ist krankgeschrieben, den können Sie sowieso hier nicht sprechen«, kam die Antwort. Ich erklärte, daß er mir neulich seine neue Anschrift telefonisch durchgesagt habe und ich leider diesen Zettel verlegt hätte. Mein Chef würde wütend werden, wenn das rauskäme. Sie hatte großes Verständnis dafür, daß die Wut eines Chefs zu vermeiden sei, und schien in ihren Unterlagen zu blättern.

»Ja, ich hab's schon«, sagte sie erfreut, »vom Direktor persönlich eingetragen. Also, er ist zu erreichen bei Dr. Schröder, Bickelbach im Odenwald, Holzweg.«

Ich bedankte mich höflich. Das war ja gut gegangen. Wenn Witold selbst am Telefon gewesen wäre, hätte ich vor Aufregung nicht sprechen können und hätte aufgelegt. Das zumindest wäre ihm verdächtig vorgekommen.

Auf der Karte fand ich das winzige Bickelbach. Ob ich abends noch hinfahren sollte oder lieber am Wochenende? Endlich hatte ich wieder ein Ziel, der Feierabend hatte einen Sinn.

Natürlich konnte ich es nicht bis zum Wochenende aushalten. Ich fuhr am frühen Abend los, nahm den Dieskau mit. In Bickelbach ließ ich den Wagen in einer kleinen Straße stehen und machte mich zu Fuß auf die Suche nach dem Holzweg. Fragen wollte ich nicht, außerdem traf ich auch niemand, der Ort wirkte ziemlich öde. Der Holzweg war schließlich am anderen Ende des Dorfes und führte einen Hang hinauf. Es gab mehrere Bauernhäuser, die offensichtlich von Städtern renoviert und umgebaut worden waren. Gärten voller Kohl, Löwenmäulchen, Möhren, Petersilie und Phlox konnten eine Städterin wie mich entzücken. Eine Hausnummer wußte ich allerdings nicht, aber ich kannte ja Witolds Wagen. Inzwischen war ich schon eine gute halbe Stunde mit dem Hund unterwegs. Der Holzweg zog, dehnte und schlängelte sich den Berg hinauf. Da – auf einer Wiese stand Witolds Auto, vor Schreck wurde ich ganz flattrig. Nein, ich mochte heute noch nicht an seine Tür klopfen, ich mußte erst alles auskundschaften. Aber hier ging es nicht so einfach; das Häuschen, eine umgebaute Scheune, war von einer offenen Wiese umgeben, von allen Seiten hätte man mich ausmachen können. Ich wanderte wie eine zügige Spaziergängerin vorbei; außer dem Auto sah ich keine Spur von Witold. Als der Holzweg endlich in den Wald mündete, machte ich kehrt und begab mich zu meinem Wagen zurück; ich wußte jetzt Bescheid.

In den drei Tagen bis zum Samstag legte ich mir immer neue Pläne zurecht, bedachte sorgfältig, was ich anziehen wollte, ob der Hund mit sollte und so weiter. Schließlich war es soweit. Ich ging am Vormittag zum Frisör und ließ mir eine luftgetrocknete Dauerwelle machen. Mit diesem etwas strubbeligen Lockenkopf sah ich völlig neu aus.

Und so anmutig und jung, aufgeregt und angstvoll, stieg ich am Samstag die ausgetretenen vier Steinstufen hinauf und schellte einfach an seiner Tür. Es dauerte ein wenig, bis Witold aufmachte.

»Ja bitte?« fragte er unfreundlich.

»Kennen Sie mich nicht?« fragte ich zurück.

Er zog die Augenbrauen zusammen, plötzlich dämmerte ihm etwas.

»Kommen Sie rein«, stotterte er und war nun seinerseits aufgeregt. Er war sich nicht ganz sicher, ob ich die obskure Frau war, die beim Tod seiner Hilke dabei gewesen war.

Ich trat ein, er deutete auf einen der vier Stühle, die vor einem runden Eichentisch standen. Er zündete sich automatisch eine Zigarette an und hielt mir dann erst die Schachtel hin. Ich schüttelte den Kopf.

»Wer sind Sie überhaupt?« wollte er als erstes wissen.

Ich war vorsichtig und versicherte, das tue vorerst nichts zur Sache, ich würde es ihm aber später noch sagen. Witold zog an der Zigarette, ging einen Aschenbecher holen und spähte dabei suchend aus dem ungeputzten Fenster; er wollte sehen, ob ich allein war, was ich für ein Auto hatte. Der Wagen stand aber am Anfang des Holzweges, und den Dieskau hatte ich zu Hause gelassen. Ich war der Meinung, daß ein Hund meistens mehr beachtet wird als ein Mensch, und ich wußte aus Erfahrung, daß man als Hundespaziergänger häufig angesprochen wird.

Witold sagte endlich: »Ich habe mir schon tausendmal den Kopf zerbrochen, wie das alles zugegangen ist in jener Nacht. Wieso waren Sie plötzlich da?«

Ja, das war ein wunder Punkt. Nun mußte ich doch den Dieskau ins Feld führen. Ich sagte – obgleich es nicht sehr glaubwürdig klang –, ich hätte, da ich unter Kopfschmerzen litt, nachts noch einen Spaziergang mit dem Hund gemacht. Auf dem freien Grundstück neben dem Garten hätte ich ihn frei laufen lassen, und da sei er plötzlich verschwunden. Auf der Suche nach dem Hund sei ich dann in Witolds Garten geraten, wo ich den Schuß gehört hatte. Da wäre ich eben hereingestürzt.

Witold betrachtete mich während meiner Rede mit gespannter Aufmerksamkeit, rauchte nervös, hielt weder Arme noch Beine ruhig und schielte plötzlich auf meine Füße herunter, um meine Schuhgröße abzuschätzen.

Als ich fertig war, fing er verdrossen wieder an: »Gut, gut, so mag es ja gewesen sein, obgleich ich mich nicht erinnern kann, einen Hund gesehen zu haben. Aber danach verstehe ich gar nichts mehr. Einerseits wollten Sie mir ja offensichtlich helfen, andererseits haben Sie mich beinahe umgebracht!«

»Nein«, versicherte ich, »auf keinen Fall wollte ich Sie treffen, es sollte nur so aussehen, als ob man auch auf Sie geschossen hätte. Ich habe mich dann vergewissert, ob sie gefährlich verletzt waren, und fand es nicht so schlimm.«

Witold rief gekränkt: »Nicht so schlimm, Sie sind gut! Der Schuß ging haarscharf an einer Arterie vorbei, ich hätte verbluten können!«

Er krempelte das Hosenbein hoch, und ich sah eine kleine rote Narbe auf der Außenseite der Wade, dieses Einschußloch hatte ich damals auch gesehen. Nun wies er mir aber die Innenseite des Beines, und da sah es anders aus: die Austrittstelle der Kugel hatte einen tiefen Krater hinterlassen.

Witold sah mich finster an, nichts von seinem hinreißenden Lächeln. »Ich verstehe Sie überhaupt nicht! Sie müssen auch auf meine Frau geschossen haben, aber warum? Einerseits haben Sie mir geholfen, aber andererseits haben Sie wahrscheinlich meine Frau getötet, und ich habe sie nur angeschossen.«

Ich überlegte. Dann bat ich ihn, mir zu erzählen, was die Polizei wisse und was er dort ausgesagt habe.

»Ich konnte mich anfangs wirklich an nichts erinnern«, begann Witold, »aber ich denke nicht, daß die mir das abnehmen. Ich habe ausgesagt, daß meine Frau eine Entziehungskur abgebrochen hat und überraschend wieder aufgetaucht ist. Sie war schon alkoholisiert, als sie ankam, und wir haben dann beide weitergetrunken. Ich trinke sonst nicht viel und bin keine großen Mengen gewöhnt und schon gar keinen Whisky. Ich sagte ihnen, daß mir schlecht wurde und ich mich auf den Teppich gelegt habe. Dann hörte ich einen Knall, spürte einen stechenden Schmerz und verlor das Bewußtsein. – Nun, die Polizei glaubt mir wahrscheinlich nicht, aber andererseits konnte ich mir diese Verletzung nicht selbst verpaßt haben, die Entfernung, aus der der Schuß abgegeben wurde, war viel zu groß. Außerdem konnte ich auch nicht mit dieser blutenden Wunde umhergelaufen sein, ohne dabei Blutspuren zu hinterlassen. Sie haben fieberhaft nach der Tatwaffe gesucht, die nicht zu finden war«, – er stockte kurz – »Sie müssen sie haben!« rief er dann erregt.

Ich nickte. »Ich habe sie beseitigt, denn Ihre Fingerabdrücke waren ja darauf.«

»Ich verstehe das alles nicht«, rief Witold wieder, »das gibt doch keinen Sinn! Warum haben Sie denn nicht einfach die Polizei angerufen!«

Ich lächelte ihn an. »Ich wollte Ihnen helfen!«

»Es ist sehr die Frage, ob Sie mir geholfen haben. Die

Polizei sucht dringend eine Person in Turnschuhen, deren Fußabdrücke deutlich im Garten und auf dem hellen Teppich zu sehen waren. Also, man geht wahrscheinlich schon davon aus, daß eine fremde Person aus dem Garten aufgetaucht ist, geschossen hat und dann die Waffe wieder mitgenommen hat. Aber mir will einfach nicht in den Kopf, warum Sie noch mal auf meine Frau geschossen haben! War sie am Ende gar nicht tot? Nur der Kopfschuß soll tödlich gewesen sein, aber ich weiß ehrlich gesagt nicht, wohin ich sie getroffen habe.«

Ich musterte Witold. Sollte ich sagen, daß er sie am Kopf getroffen hatte? Aber eigentlich mußte er das selbst wissen, denn nach seinem Schuß war nur die Bluse blutig-naß geworden. Wahrscheinlich hatte er aber nur gesehen, daß sie umfiel; oder wollte er mich auf die Probe stellen, rauskriegen, ob ich log, ob ich am Ende wahnsinnig war?

Er fuhr fort: »Welchen Grund haben Sie, sich so zu verhalten? Es ergibt einfach keinen Sinn (das sagte er nun schon zum x-ten Mal). Ich habe immer darauf gewartet, daß Sie sich bei der Polizei melden. Als Sie es nicht taten, habe ich daraus geschlossen, daß Sie meine Frau getötet haben.«

Ich sagte, ich sei völlig in Panik geraten, als ich ihn aus Versehen angeschossen hätte. In einer Art Schock hätte ich auch auf die Frau geschossen, wüßte aber ebenso wenig wie er, ob ich sie am Kopf getroffen hätte. Und dann sei ich geflüchtet und hätte mich begreiflicherweise nicht bei der Polizei gemeldet.

»Am besten«, sagte Witold, »wir rufen jetzt gemeinsam die Polizei an und bringen es hinter uns. Es kommt ja sowieso irgendwann heraus.«

Ich protestierte energisch.

»Wissen Sie, was dann passiert? Sie werden keine Minute länger hier im Odenwald in frischer Luft auf Wald und Wiesen blicken, sondern im Untersuchungsgefängnis auf vergitterte Fenster starren. Im übrigen kann mich kein Mensch mit dieser Sache in Verbindung bringen, niemand hat mich richtig gesehen, und die Fußabdrücke können auch von jedem anderen stammen. Was sollte ich überhaupt für ein Motiv haben? Außerdem – selbst wenn man Ihnen glauben sollte –, wenn ich meinerseits von Ihrem Schuß erzähle, sind Sie dran! Werden Sie eigentlich beobachtet?«

Witold brummte mürrisch vor sich hin: »Anfangs haben sie mich ständig beschattet, wahrscheinlich auch meine Post geöffnet und mein Telefon abgehört, ich bin schon gar nicht dran gegangen. Fast täglich wurde ich abgeholt und verhört.« Er holte tief Atem und sah mich anklagend an. Dann fuhr er fort: »Sie dachten wohl zuerst so: Meine Frau hat als erste geschossen, ich dann auf sie. Aber der Schußwinkel stimmte nicht. Nach meinem Beinschuß konnte ich aber nicht mehr laufen. – Daß wir uns abwechselnd die Knarre in die Hand gedrückt haben, kam ihnen auch nicht allzu wahrscheinlich vor. Wie gesagt, ohne eine Blutspur zu hinterlassen, hätte ich die Waffe nicht verstecken können. Hätte ich sie dagegen zuerst getroffen, hätte sie mit ihrer schweren Verletzung kaum noch schießen können. Es mußte also eine weitere Person der Schütze sein.«

Ich warf ein: »Wen hatte man denn in Verdacht?«

»Vielleicht dachten sie daran, daß die Turnschuhperson mit mir unter einer Decke stecke, ja ein bezahlter Killer sei. Sie haben mein Konto überprüft und festgestellt, daß ich zwei Tage vorher dreitausend Mark abgehoben habe. Aber erstens war dieses Geld noch vollständig vorhanden, zweitens konnten vier Kollegen bestätigen, daß ich in der folgenden Woche mit ihnen zu einer Urlaubsfahrt starten wollte und das Geld dafür geholt hatte.«

Witold streifte nervös die Zigarettenasche in den Mülleimer. »Na ja, nach circa vier Wochen haben sie mich etwas aus dem Clinch gelassen und mir auch erlaubt, kurzfristig hier zu wohnen. Aber ich muß mich jeden zweiten Tag telefonisch melden. – Ist Ihnen übrigens jemand gefolgt?«

»Nein, bestimmt nicht, die ganze Strecke war sehr einsam. Aber ob mich Ihr Nachbar gesehen hat, das weiß ich wirklich nicht.«

Mein Gott, schoß es mir durch den Kopf, jetzt sitze ich hier dem Mann meiner Träume gegenüber, und wir reden über Mord und Totschlag statt über Liebe, und er starrt mich mit unendlichem Mißtrauen an. Ich mußte versuchen, ihm andeutungsweise meine Sympathie zu vermitteln.

»Um die Wahrheit zu sagen«, log ich also, »ich bin zwar durch reinen Zufall in diese Geschichte verwickelt, aber als ich Sie sah, erkannte ich Sie sofort nach einem Foto. Ich hatte vor längerer Zeit Ihr Malerei-Büchlein gelesen und war davon ganz begeistert. Ihr Bild auf dem Umschlag hatte sich mir tief eingeprägt, und vielleicht weil mir Ihr

Buch so überaus klug und sympathisch erschien, kam es zu dieser spontanen Reaktion des Helfenwollens«, und ich zeigte ihm mein charmantestes Lächeln. Für den Bruchteil einer Sekunde lächelte er zurück.

»So, Sie haben mein Buch gelesen«, – ich hatte eine Zauberformel ausgesprochen, denn sein angespanntes, unfreundliches Gesicht verwandelte sich, und er wurde wieder zu jenem liebenswerten, attraktiven Mann mit der erotischen Stimme, der vor Wochen mein Leben schlagartig verändert hatte.

»Viele Leser habe ich ja nicht gerade«, fuhr er fort, »und es hat Ihnen tatsächlich gefallen?«

Ich beeilte mich, das zu beteuern, verlor mich sogar begeistert in Einzelheiten über die schönen Pantoffeln und Teppiche. Ich war eine falsche Schlange, aber der Zweck heiligt schließlich die Mittel.

Lange dauerte aber seine Freundlichkeit nicht an. »Woher weiß ich, daß Sie nicht eine wahnsinnige Verbrecherin sind«, sagte er in einem leicht ironischen Unterton, denn seit ich mich als seine Leserin ausgegeben hatte, glaubte er nicht mehr ernstlich an meinen Wahnsinn. »Am Ende ziehen Sie jetzt den Revolver aus dem Halfter und legen mich um.«

»Warum sollte ich das«, meinte ich traurig und warf ihm einen langen liebevollen Blick zu. Ein wenig schien er zu spüren, daß ich keine mordlüsternen Gefühle für ihn hegte, wenn er auch bestimmt noch nicht kapierte, daß ich ihn liebte.

Ich beschloß, noch einmal die Zauberformel aufzusagen: »Nachdem ich Ihr schönes Buch gelesen hatte, bin ich einige Zeit später zu einem Vortrag gegangen, den Sie über die Lyrik der Befreiungskriege gehalten haben. Das war ein wunderbarer Abend, Sie haben mir so viel Interessantes über diese Zeit nahegebracht, daß ich bereichert nach Hause fuhr« (stimmte ja schon, bereichert war ich durch neue Gefühlsimpulse, aber von der scheußlichen romantischen Kriegsliteratur hatte ich kein Wort mehr im Gedächtnis). Er sah mich nachdenklich an, sein Gesicht wurde wieder anziehend und verlor völlig den grämlichen Ausdruck. Du bist sehr eitel, dachte ich, damit kann ich dich kriegen.

»Das freut mich«, sagte er herzlich. »Soll ich uns mal Kaffee kochen?«

Ich nickte begeistert; seit zig Jahren hatte kein Mann für mich Kaffee gekocht. Während er Wasser aufsetzte, bemerkte Witold: »Ideal wäre es gewesen, wenn Sie etwas geklaut hätten, Schubladen ausgekippt und Schränke durchwühlt«, – aber ich hörte wieder einen freundlich-spöttischen Unterton heraus, den ich mir gern gefallen ließ.

»Ja«, sagte ich, »dann hätte die Polizei ein Motiv für die Schüsse gehabt, ein Raubüberfall oder so etwas. Aber ich habe alles doch genausowenig wie Sie geplant und bedacht. Wir haben mehr oder weniger beide eine Kurzschlußhandlung begangen: Sie haben im Affekt geschossen, und ich tat es, um Ihnen zu helfen.«

Wir tranken Kaffee zusammen; eine gewisse Vertrautheit entstand in diesem einfach möblierten Zimmer. Witold taute etwas auf, wurde andeutungsweise witzig. Er scherzte über unsere Komplizenschaft und dieses konspirative Treffen. Aber dann meinte er, es sei wohl besser, wenn wir nie zusammen gesehen würden und möglichst keinen Kontakt miteinander hätten.

»Man hat schon fieberhaft herumgeschnüffelt, ob ich eine Freundin habe und von daher ein Motiv, meine Frau umzubringen. Aber Gott sei Dank, die letzte Freundin liegt schon viele Jahre zurück. Wenn man mich aber jetzt mit Ihnen zusammen sieht, dann ist das ein gefundenes Fressen für die Polizei.«

Leider mußte ich ihm recht geben. Zwar war ich erfreut zu hören, daß keine Freundin auf ihn lauerte, aber andererseits wollte ich doch seine Freundin werden. Aber das konnte ich natürlich so plump nicht vorbringen.

Witold fragte mich wieder nach meinem Namen und meiner Adresse. Beim nächsten geheimen Treffen würde ich meine Identität nachweisen, versprach ich. Und dann schlug ich für den übernächsten Sonntag ein Treffen in Heidelberg vor, mitten auf der Hauptstraße, zum Beispiel vor dem Kaufhof; im Touristengewühle könnten wir untertauchen. Witold fand das nicht gut.

»In Heidelberg treffe ich immer Bekannte«, sagte er, aber im Prinzip schien er mit einem Treffen einverstanden zu sein. Bestimmt hatte er das dringende Bedürfnis, über den Streß der letzten Zeit zu sprechen, und konnte es sonst mit niemandem. Schließlich verabredeten wir uns auf einem Odenwaldparkplatz, wo die Gefahr des Erkanntwerdens zugegebenermaßen gering war.

Zwei Stunden später fuhr ich heim. An diesem frühen Abend schienen mir die sanften Hügel mit ihren einzelstehenden Apfelbäumen, die Waldsilhouette der Hänge, die

träge fliegenden Vögel und das späte Sonnenlicht so überaus schön, daß es mir vorkam, als ob ich nach jahrelangem
Gefängnisaufenthalt endlich am Leben wieder teilnehmen
könnte. Völlig idiotisch sang ich: »Brüder zur Sonne, zur
Freiheit«. Ich singe sonst nie, und schon gar nicht so
etwas. Ich war glücklich und hoffnungsvoll, denn es war
jetzt nicht mehr so unrealistisch, daß dieser Mann mich
gern haben könnte. In acht Tagen würde ich ihn wiedersehen.

3

Montags fuhr ich nach Büroschluß mit dem Dieskau zu Beate. Ich war so guter Laune, daß ich nicht allein zu Hause hocken wollte und ganz gegen meine früheren Gewohnheiten einem plötzlichen Bedürfnis nach Gesellschaft nachgab.

Beate fixierte mich mit großen Augen.

»Du siehst ja völlig anders aus mit dem Lockenkopf, so frisch und luftig! Nicht schlecht!«

Sie begutachtete mich von allen Seiten.

»Du, gleich wird aber Jürgen kommen (das war ihr neuer Freund, der Handelsvertreter), er war ja am Wochenende bei seiner Familie. Wir wollen essen gehen, kommt ihr vielleicht mit?«, und sie wandte sich bei dem »ihr« höflich nach unten an den Dieskau. Früher hätte ich sofort abgelehnt, hätte mich als fünftes Rad am Wagen empfunden. Aber in meiner Glücksstimmung ging ich mit. Jürgen war ein Rheinländer und erzählte gern fremde und eigene Witze. Offensichtlich brauchte er Publikum, und als solches war ich willkommen. Er war kein Schuft, vor dem ich Beate hätte warnen müssen, sondern eine ehrliche Haut; er machte ihr nichts vor. Er wollte unter der Woche etwas Vergnügen und Gesellschaft beim Essen und im Bett; Beate schien da mit ihm einig zu sein. Sie lachte herzlich über seine Witze und steckte mich schließlich an. Nur der Dieskau war unzufrieden. Zwar hatte er diskret ein Hammelknöchelchen unter den Tisch bekommen, aber er mochte keine Männer und war sie auch nicht gewohnt. Der Hund geiferte und belferte bedrohlich und ausdauernd unter dem Tisch, so daß ich schließlich mit ihm abzog und das Pärchen allein ließ. Ich beneidete Beate um ihre lockere Art, mit einem Mann umzugehen, ich konnte das einfach nicht. Bei mir und Witold sollte die Freundschaft anders werden, nicht so oberflächlich; aber trotzdem heiter.

Eine Woche später, an einem sonnigen Sonntagvormittag, wartete ich mit dem aufgeregten Dieskau an der Leine auf Witold. Der Waldparkplatz war ganz verlassen und leer, kein Auto war auch nur von ferne zu hören. Schon nach kurzer Wartezeit wurde ich kleinmütig, meine Hochstimmung klang ab. Vielleicht kam er überhaupt nicht! Aus diesen trüben Gedanken riß mich seine Stimme heraus, hinter mir tönte es: »Guten Morgen, geheimnisvolle Unbekannte!«

Witold war mit dem Fahrrad gekommen und ein wenig außer Puste, da er nicht die Straße, sondern einen Waldweg benutzt hatte.

Ich strahlte ihn an. Er schien sich aber gerade meine Autonummer einzuprägen. Als er sah, daß ich das sofort bemerkt hatte, grinste er ein wenig.

»Heute werden Sie ja, wie versprochen, Ihr Inkognito lüften. Also: Wie heißen Sie? Ich muß Sie schließlich anreden können.«

»Rosemarie«, sagte ich ein wenig verlegen; der Name paßte nicht zu mir, und wie die meisten Frauen war auch ich stets unzufrieden damit gewesen. Er schien diesen Namen auch nicht für geeignet zu halten.

»Weiter«, sagte er.

»Luise«, fuhr ich fort.

Er war erheitert. »Noch weiter«, forderte er amüsiert.

»Thyra«, sagte ich leise.

Witold lachte lauthals auf. Ich wußte, was nun kommen mußte, schließlich war er Deutschlehrer.

»Thyra«, wiederholte er unter herzlichem Lachen, »ich wollte ja eigentlich nur Ihren Nachnamen hören. Aber das ist ja stark«, und natürlich zitierte er jetzt Fontane:

>	»Und die Jarls kamen zum Feste des Jul,
>	Gorm Grymme sitzt im Saal,
>	Und neben ihm sitzt, auf beinernem Stuhl,
>	Thyra Danebod, sein Gemahl.«

Er lachte immer noch. »Ich werde Sie Frau Thyra nennen, denn ich habe noch nie jemanden getroffen, der so heißt. Sicher nennt man Sie Rose oder so ähnlich, das paßt aber überhaupt nicht zu Ihrem unsentimentalen Typ. Aber, Spaß beiseite, sagen Sie mir bitte Ihren vollen Namen, auch Ihre Adresse, sonst komme ich mir irgendwie geleimt vor.«

Ich strahlte ihn wieder an, das klappte schon automatisch, dann sagte ich ihm alles, was er wissen wollte.

»Übrigens hatte ich eine dänische Großmutter, von der stammt die Thyra. Nennen Sie mich ruhig so, ohne Frau. Ich finde es herrlich, wenn ich mal nicht Rosi heiße.«

»Einverstanden, Thyra. Ich bin Rainer.«

»Wenn Sie Thyra sagen, sag' ich aber Witold«, erklärte ich.

»Wo haben Sie das denn ausgegraben?« rief er belustigt. »So nennt mich wiederum niemand. Ach so – ich habe diesen Namen auf meinem Buch angegeben, weil es interessanter klingt. Als Kind habe ich mich sehr geschämt für diesen Zweitnamen.«

Wir machten allerhand Scherze mit unseren neuen Namen, blieben aber im übrigen beim »Sie«. Inzwischen waren wir schon eine gute halbe Stunde gewandert, und der Dieskau freute sich.

»Mir ging noch viel im Kopf herum«, begann Witold, »wo haben Sie eigentlich den Revolver gelassen?«

»Ich habe ihn bei mir zu Hause gut versteckt, dort wird ihn niemand suchen. Aber ich werde ihn demnächst beseitigen.«

Witold war das gar nicht geheuer. Was ich damit vorhätte? Ich wollte ihn in den Rhein schmeißen, bei Nacht und Nebel und von einer Brücke aus.

»Sie müssen das aber unverzüglich tun«, sagte er unfroh, »möglichst noch heute nacht, auch ohne Nebel! Ich dachte, er wäre längst verschwunden. Meine Frau hat ihn von einem Onkel geerbt, eventuell läßt sich diese Spur zurückverfolgen. Woher können Sie übrigens schießen?«

Ich versprach ihm, den Revolver noch heute zu ertränken. »Schießen kann ich eigentlich nicht. Aber in jungen Jahren hatte ich einen Freund, der sonntags mit seinem Vater immer auf einen Schießstand zum Üben ging. Ich war öfters dabei und habe auch gelegentlich mal geschossen. Im Prinzip weiß ich, wie man mit einer Waffe umgeht, aber das ist unendlich lange her, und ich war auch damals alles andere als ein As im Schießen.«

»Bei Freund fällt mir ein«, sagte Witold, »wartet zu Hause Gorm Grymme auf Sie und eventuell noch Jung Harald?«

Ich war geschmeichelt, daß er sich für mein Privatleben interessierte und überschlug mich in Versicherungen, daß niemand auf mich warte.

»Ich habe einige schwere Enttäuschungen erlebt«, deutete ich an. Witold sah mir forschend in die Augen, war aber zu taktvoll, um weiter nachzuhaken.

Später fragte ich: »War Ihre Ehe eigentlich gut?«

Er schwieg ziemlich lange.

»Wissen Sie, eine solche Frage können die wenigsten mit einem simplen Ja oder Nein beantworten. Wir wären im Herbst dreiundzwanzig Jahre verheiratet gewesen. Wäre die Ehe hoffnungslos verkorkst gewesen, hätte sie bestimmt nicht so lange gehalten.«

Mit dieser Antwort war ich ganz zufrieden. Wir wanderten fröhlich fürbaß, riefen uns zuweilen unter ironischer Betonung bei unseren Namen und lachten oft. Als wir einen Bach überqueren mußten, reichte mir Witold die Hand und hielt sie um einige Sekunden zu lang in der seinen, so wie sich auch unsere Blicke häufig eine Spur zu lang trafen.

Nach zwei Stunden Wandern war mir heiß, meine hübschen neuen Sandalen hatten mir mehrere Blasen beschert, ich hatte Durst, und auch der Dieskau suchte in jeder Bodenvertiefung nach Wasser. Bei allen Brombeersträuchern blieb ich stehen und pflückte mir Beeren. Aber Witold hatte als altgedienter Lehrer nicht nur einen Zeitplan im Kopf, sondern auch eine Wanderkarte in der

Tasche. Wir würden bald rasten, versprach er. In einem Dörfchen kannte er eine Wirtschaft, wo man hinterm Haus im Garten sitzen konnte. Die anderen Gäste hockten alle in der muffigen Stube. Witold organisierte ein Tablett und holte von drinnen eine Kanne Apfelwein und zwei Portionen Handkäse.

»Ich hab' Sie gar nicht erst nach Ihren Wünschen gefragt«, sagte er, »aber hier gibt es bestimmt nichts, was besser schmecken könnte.« Er hatte recht.

Ein Brunnen erquickte den müden Dieskau. Nach zwei Gläsern Most, die ich gierig heruntergestürzt hatte, schien mir die Welt golden oder rosarot, und ich hatte große Lust, meinen Witold einfach zu küssen. Aber so sehr hatte ich mich doch nicht verändert; ich traute mich nicht.

Witold trank ebenfalls mehrere Gläser und redete viel. Währenddessen streichelte er ununterbrochen den Hund zu meinen Füßen, bis es mir schließlich dämmerte, daß eigentlich meine Beine gemeint waren. Ich sah ihn an mit windheißen Augen.

»Eigentlich schade«, sagte Witold in heiterer Stimmung, »daß wir beiden Komplizen uns nicht ganz normal treffen können. Oder sollen wir nächsten Sonntag wieder so eine Expedition ins Unbekannte machen?«

Da hatte ich zwar nichts dagegen, aber ich hatte mir schon während der langweiligen Bürostunden einen Plan zurechtgelegt.

»Wir könnten uns doch – meinetwegen vor Zeugen – ganz neu kennenlernen! Dann wird kein Kommissar auf die Idee kommen, daß wir uns schon früher kannten und ich irgend etwas mit der Sache zu tun habe.«

Witold verstand mich gleich. Er überlegte hin und her.

»In der nächsten Zeit sind überall an der Bergstraße Weinfeste, Kirmes, Altstadtrummel. Dort könnten wir uns zufällig an einem langen Tisch mit vielen, vielen Menschen begegnen.«

Die Idee machte mir Vergnügen. Wir besprachen alles genau. Ich sollte mit einer Freundin (wie gut, daß ich wenigstens Beate hatte!) in einer bestimmten Weinheimer Straußwirtschaft an einem Tisch sitzen, möglichst zeitig, damit noch kein unübersichtliches Gedränge herrsche. Witold wollte mit einem Freund (jenem Doktor Schröder, von dem er das Wochenendhäuschen hatte) vorbeischlendern und sich zu uns an den langen Tisch setzen, rein zufällig. Und dann würden unsere Freunde Zeuge werden, wie wir uns kennenlernten. Daß Beate den Witold vom Sehen her kannte, spielte keine große Rolle, würde sogar alles erleichtern, dachte ich.

Wir waren leicht beschwipst, blieben lange im schattigen Garten sitzen, hörten das Brünnchen plätschern und sahen die Wespen an den Weingläsern herumturnen. Schließlich mußten wir doch zurück. Am Parkplatz trennten wir uns wie Verschwörer.

»Bis Samstag!«

»Denken Sie an den Revolver!«

Mehr konnte ich eigentlich von einem schönen Sonntag im späten August nicht erwarten: Ich glaubte, noch nie einen besseren erlebt zu haben und auch keinen besseren mehr erwarten zu können. Womit ich recht hatte.

Zu Hause riß ich als erstes die zierlichen Sandalen von meinen großen Füßen. Ich mußte an Andersens »Kleine

Seejungfrau« denken, die einem Mann zuliebe ihren Fisch-schwanz durch zwei hübsche Beine ersetzt hatte, aber bei jedem Schritt Schmerzen erleiden mußte, als trete sie auf ein zweischneidiges Schwert.

Am Montag rief ich, immer noch in euphorischer Stim-mung, vom Büro aus bei Beate an, um sie für den Ausflug zur Weinkerwe zu begeistern. Schließlich mußte ich mich frühzeitig darum kümmern, sonst hatte sie am Ende an-dere Pläne.

Beate war platt. »Jahrelang habe ich versucht, dich Gott weiß wohin mitzuschleppen, und fast nie ist es mir gelun-gen. Und jetzt auf deine alten Tage willst du auf die Kirmes gehen und machst dir einen Lockenkopf! Sag, bist du am Ende verliebt?«

»Na klar«, scherzte ich, »seit ich mit einem männlichen Wesen zusammenlebe, sieht die Welt ganz anders aus.«

»Was sagst du da?«

»Na ja, der Dieskau teilt mit mir Tisch und Bett.«

»O Gott«, seufzte Beate, »ich hab' zwar schon gehört, daß man einem Hund zuliebe viel spazierengeht, aber noch nie, daß man für ihn zum Frisör rennt.«

Aber sie erklärte sich bereit, am Samstag mitzukom-men.

»Gut, daß du nicht am Sonntag wolltest, da kommen alle drei Kinder zum Essen. Es könnte übrigens sein, daß sie schon am Samstag da sind, dann geht es eben nicht.«

Beate war während der Woche mit ihrem Job und ihrem Jürgen voll beschäftigt, am Wochenende fielen dagegen mit schöner Regelmäßigkeit ihre drei erwachsenen Kinder wie die Heuschrecken ein, warfen schmutzige Wäsche ab und aßen die Vorräte leer. Ich war froh, von dieser Plage verschont geblieben zu sein.

Die Woche verging schnell. Ich konzentrierte mich auf die Arbeit in der Versicherung, schrieb einen langen Brief an Frau Römer, ging täglich mit dem Dieskau in den Park und wusch meine Gardinen. Am Freitag rief Witold an; er hatte in Bickelbach kein Telefon, so daß ich ihn sowieso nicht erreichen konnte. »Na, Thyra, ist alles klar? Klappt es morgen?« fragte er verschwörerisch. »Mein Freund Ernst Schröder kommt jedenfalls mit, er war angetan von der Idee, denn er ist momentan Strohwitwer.«

Beate und ich schlenderten am bewußten Samstag nachmittag gegen fünf Uhr durch die Weinheimer Altstadt. Um sechs wollte ich sie unauffällig in einer bestimmten Gasse an einen Tisch lotsen. So einfach war das aber gar nicht. Beate animierte die starken Männer, den Lukas zu hauen.

Pünktlich waren wir nicht, es war bereits Viertel nach sechs, als es mir glückte, sie zum Sitzen zu bringen. Außerdem war kaum mehr Platz an diesem Tisch, wohin sollte sich Witold dann noch zwängen? Ich sah ihn um halb sieben von weitem mit einem klobigen, bärtigen Mann und anscheinend schon angeheitert dahertrudeln. Ich war erhitzt von Vorfreude und Angst und paßte überhaupt nicht auf, was mir Beate berichtet hatte.

Schon waren die beiden Männer an unserem Tisch. »Entschuldigung, können Sie noch etwas rutschen?« fragte Witold listig das Ehepaar, das uns bisher gegenübergesessen hatte.

Beate meinte: »Hier ist es schon eng genug, gehen Sie

doch mal hinten an einen Tisch, da sieht es bestimmt besser aus.«

Aber das Ehepaar erhob sich. Der Mann sagte, sie hätten sowieso gerade gehen wollen, er werde an der Theke zahlen. Prompt saß Dr. Schröder mir und Witold Beate gegenüber.

»Ach«, rief Beate, »ich weiß, wer Sie sind! Sie sind doch Rainer Engstern, der jedes Jahr in der Heppenheimer Volkshochschule einen Vortrag hält!«

Witold bestätigte das.

»Ich bin Beate Sperber«, sagte sie, »und das ist meine Freundin Rosi Hirte.«

Nun stellte sich auch Dr. Schröder vor.

»Rosemarie paßt aber gar nicht zu Ihnen«, sagte Witold unverfroren, »haben Sie nicht noch einen anderen Namen?«

»Thyra«, hauchte ich.

Beate zog ein Gesicht.

»Nein, Rosi, das kann doch nicht wahr sein! Davon hast du mir ja noch nie was gesagt!«

Kühn blickte ich Witold ins Gesicht und sagte: »Rainer paßt aber auch nicht besonders gut zu Ihnen!«

Um es kurz zu machen, binnen weniger Minuten hießen wir wieder beim Zweitnamen und duzten uns alle vier, was Beate angestiftet hatte. Allerdings hatte Ernst Schröder auf Befragen gar keinen Zweitnamen, wurde aber von Witold gelegentlich Hakim genannt, denn er hatte zuerst Medizin studiert, bevor er Apotheker geworden war. Beates Zweitnamen war Edeltraud, und sie verbat es sich energisch, ihn anzuwenden.

Witolds Freund Ernst, oder El Hakim, erzählte mir lang und breit, daß seine Frau in Amerika sei, daß sein Sohn gerade sitzengeblieben war und daß er Witold bei der SPD kennengelernt habe. Er hatte eine beginnende Glatze, war gemütlich und nett, aber eigentlich wollte ich ja nur mit Witold reden, ihn ansehen und anlächeln. Beate schien sich aufs beste mit ihm zu verstehen. Sie geriet sofort in Fahrt, wenn Männer auftauchten, die ihr gefielen. Zuerst hörte ich mit halbem Ohr, daß die beiden seriöse Konversation über das Volkshochschulprogramm machten. Dann frozzelten und klatschten sie über ein Original unter den älteren Dozenten, und schließlich sah ich, wie sie Tränen lachten. Ein wenig kränkte mich das, ich wollte teilnehmen an diesem herzerfrischenden Gelächter. Aber ich konnte den freundlichen Schröder nicht gut vor den Kopf stoßen, mußte ihm antworten und nett sein. Meine gute Laune verflog immer mehr, je fröhlicher Beate an meiner Seite wurde.

An unserem langen Tisch wurde es im übrigen bei zunehmendem Alkoholkonsum immer lauter, so daß ich inzwischen fast gar nichts mehr verstehen konnte. Auf einmal drehte sich Beate zu mir um. »Hast du Kopfschmerzen oder was, du machst so ein bewölktes Gesicht?«

Ich beteuerte, mir ginge es gut, aber man könnte ja noch ein bißchen woanders sitzen, wo vielleicht bessere Luft sei, und diesen Platz hier verlassen. Ich hoffte, daß ich dann neben oder meinetwegen auch gegenüber von Witold zu sitzen käme. Die anderen waren einverstanden. Witold zwinkerte mir sogar heimlich zu, da wurde mir etwas leichter ums Herz.

Wir schlenderten durch die engen Gassen, die mit vielen bunten Lämpchen liebevoll herausgeputzt waren. Ernst Schröder strebte zum Schießstand.

»Jetzt werden wir den Damen eine edle Blume erringen!«

Mir gefiel das Schießen nicht, denn Witold und ich hatten dabei ungute Gedanken. Ernst Schröder schoß so lange, bis er wirklich eine scheußliche lila Plastikorchidee ergatterte, die er mir galant überreichte. Witold sagte, er wolle und könne nicht schießen.

Beate aber sprudelte hervor: »Ich schieße für dich!«

Sie traf ausgezeichnet, denn Beate war an Geschicklichkeit stets ein Naturtalent. Sie bekam eine rote Rose, steckte sie umständlich an Witolds Hemd und fummelte für meine Begriffe viel zu lange an ihm herum. Dann wurde sie übermütig und verlangte nach der Schiffsschaukel.

»Da muß ich aber passen«, sagte der rundliche Ernst, »mir wird schon beim Zuschauen schwindlig.«

Auch mir war nicht danach zumute, das versammelte Publikum unter meine schwingenden Röcke schauen zu lassen. Aber ich wurde gar nicht erst gefragt. Beate hatte Witold einfach an die Hand genommen, und beide schwangen sich, eng gegenüberstehend, unter juchzendem Lachen in die Höhe. Ich fand das absolut geschmacklos.

Schließlich landeten sie wieder auf der Erde. Witold war käsig und lachte nicht mehr.

»Du siehst ja aus, als würdest du gleich zum Wiederkäuer werden, bist halt auch nicht mehr zwanzig«, meinte der freundliche Hakim. Beate nahm die Gelegenheit wahr, so zu tun, als ob sie durchaus noch zwanzig sei (dabei war sie genau drei Monate älter als ich); sie gab mächtig an mit ihrer Schwindelfreiheit und behauptete, für sie wäre der Beruf des Dachdeckers oder Schornsteinfegers die ideale Lösung gewesen.

Witold beachtete sie nicht und steuerte eine Bank an.

»Mensch«, sagte Ernst Schörder, »mach keinen Scheiß. Ist dir schlecht, oder was hat dir auf einmal die Petersilie verhagelt?«

Witold schluckte.

»Ich steh' da oben auf der Schaukel und grunze wie ein Affe, da seh' ich dort unten zwei Ladenburger Schüler stehen.«

»So what?« rief Beate arglos, »Lehrer sind doch auch Menschen!«

Aber Ernst belehrte sie: »Rainer ist krankgeschrieben, und die Schüler denken, er liegt im Bett. Dann sieht das auf der Schaukel wirklich nicht besonders seriös aus, und sie werden ihn erpressen, wenn sie selber schwänzen wollen.«

»Halt mal«, warf jetzt Witold ein, »ich bin zwar krankgeschrieben, aber die Diagnose lautet ›schwerer psychischer Erschöpfungszustand mit Depressionen‹. Der Arzt hat ausdrücklich verboten, daß ich viel im Bett liege und grüble. Ich soll lange Spaziergänge machen, hat er geraten.«

Trotzdem war Witold nicht mehr in Stimmung und wollte plötzlich heim, dabei bemerkte er, daß er in Anbetracht des Weinkonsums mit dem Fahrrad gekommen war. Ich bot ihm an, ihn mitsamt seinem Rad heimzufahren. Aber er war mürrisch und sagte, er wolle mich nicht

inkommodieren. Ernst könne ihn im Auto nach Ladenburg mitnehmen, er wolle heute in seinem eigenen Bett zu
Hause schlafen.

Also trennten wir uns. Ich hatte Beate abgeholt und
mußte sie jetzt auch zurückbringen. Als wir zusammen im
Wagen saßen, fing Beate an: »Rosi, du hast aber auf diesen
Ernst Schröder großen Eindruck gemacht. Mein Kompli-
ment!«

Ich schwieg. Das stimmte nämlich nicht, Beate redete
nur so, damit ich ihr meinerseits zu ihren Erfolgen gratu-
lieren sollte, und den Gefallen wollte ich ihr wirklich nicht
tun. Ich hätte sie sowieso am liebsten irgendwo auf dunk-
ler Straße ausgesetzt, aber ich konnte ihr meine Wut und
Enttäuschung ja noch nichteinmal andeuten. Eigentums-
rechte auf Witold hatte ich nicht, darüberhinaus sollte sie
ja glauben, wir hätten uns alle vier gerade erst kennengelernt.

Beate begann sich nun selbst zu loben, wo ich es nicht
tat. »Ich war aber auch nicht schlecht heute«, begann sie.
Es war zum Heulen.

»Dieser Engstern und ich haben viele gemeinsame Bekannte, außerdem kennen sich unsere Kinder. Da gab es
gleich eine Menge Anknüpfungspunkte.«

Ich schwieg weiter. Beate hörte schließlich auf zu plap-
pern, und wir fuhren wortlos die dunkle Bergstraße entlang.

Kurz vor ihrer Wohnung fragte ich bang: »Seht ihr euch
wieder?«

Beate lachte. »Wo denkst du hin. Dieser Mann hat
Charisma, der ist 'ne Nummer zu groß für mich. Für einen

solchen Abend – gut. Aber noch mehr – nee. Das würde nur Ärger für mich bringen. Weißt du, wenn so ein faszinierender Mann plötzlich frei wird, dann sucht er sich garantiert 'ne Neue aus, die mindestens zehn Jahre jünger ist. Glaub mir, ich hab' Erfahrung!«

Auch das hörte ich nicht gerade gern.

»Dein Jürgen ist ja noch viel jünger«, warf ich ein.

»Klar«, sagte Beate trocken, »aber du siehst doch selbst den Qualitätsunterschied.«

Nun hatte ich doch wieder etwas für sie übrig und verabschiedete mich nicht so frostig, wie ich vorgehabt hatte.

Die Tage nach diesem Samstag krochen dahin. Wir hatten nichts verabredet, ich konnte mich auf kein Treffen freuen, wann würde ich Witold wiedersehen? Anrufen konnte ich ihn in Bickelbach nicht, schreiben wollte ich auch nicht, das nahm unserer Beziehung das Schwebende. Außerdem fürchtete ich den Rotstift des Lehrers, denn Aufsatz war nicht gerade meine Stärke gewesen.

Statt des erhofften Anrufs kam einer von Beate.

»Hallo Rosi, wie hast du die ungewohnte Kirmes-Orgie überstanden?« fragte sie spöttisch. »Übrigens waren unsere beiden Eroberungen am Sonntag darauf bei mir.«

Ich wollte etwas ganz Beiläufiges dazu sagen, aber dumpfe Verzweiflung kroch mir wie ein Wurm in der Kehle hoch, und meine Stimme knurrte nur.

»Der Dieskau meckert«, fuhr Beate fort, »sicher warst du heute noch nicht mit ihm weg. Also, ich wollte dir doch erzählen: Sonntag gegen sechs Uhr nachmittags schellte es, und ich war nicht gerade erbaut darüber, weil ja die

Kinder da waren und ich gerade das Essen fertig hatte. Na, es waren also der Rainer Engstern (zum Glück sagte Beate ›Rainer‹ und nicht ›Witold‹) und der Ernst Schröder. Sie waren auf dem Weg in den Odenwald, denn Rainer war ja am Samstag mit nach Ladenburg gefahren. Nun brachte ihn der gute Ernst mitsamt seinem Fahrrad wieder nach Bickelbach zurück. Nett war ja die Idee, mal auf einen Sprung bei mir reinzuschauen. Ich liege ja quasi auf dem Weg.«

Ich gab ein »Hm« von mir. Leider lag ich wirklich nicht auf dem Wege, das mußte man zugeben. Beate erzählte weiter: »Die beiden waren nicht abgeneigt, mit uns zu essen. Ich hatte auch zufällig eine Lammkeule mit Knoblauch und grünen Bohnen, das hat diesen frauenlosen Burschen natürlich geschmeckt.«

Ich wußte, wie gut Beate kochte. Klar, damit fing sie die Männer ein. Jürgens Anhänglichkeit konnte auch nur solche Gründe haben.

»Und die Kinder?« fragte ich matt.

»Oh, die sind ja manchmal sehr charmant. Sie haben sich prächtig mit Rainer verstanden. Die Lessi kannte ihn ja schon durch Eva und seinen Sohn Max. Aber auch Vivian und Richard hatten Freunde, die mal bei ihm in die Schule gegangen sind. Er hat sich sehr lustig mit den Kindern unterhalten und sich besonders für Vivians Kunststudium interessiert.«

Was konnte ich dagegen anbieten? Bestimmt keine Lammkeule und drei Kinder, die frischen Wind in den Laden bringen. Beate fuhr fort: »Den Ernst finde ich übrigens besonders nett, aber der Rainer ist noch eine Prise besser. Rosi, das verdanke ich eigentlich dir, daß ich diese duften Typen kennengelernt habe, ohne dich wäre ich gar nicht dorthin geraten.«

Ich weinte, aber das konnte sie nicht sehen. Wie gemein sie sich ausdrückte!

Beate quasselte immer noch weiter: »Der Rainer bleibt übrigens nur noch diese Woche in seinem Refugium im Odenwald. Er will am Montag wieder Unterricht geben, obgleich er sich sicher noch länger krank schreiben lassen könnte. Na, er will wieder in sein Haus, sagte auch, dort gebe es einiges zu erledigen.«

Ich konnte in dieser bleiernen Nacht wenig schlafen. Es saß mir von meiner Erziehung her tief in den Knochen, daß eigentlich der Mann die Werbung übernehmen sollte. Aber wenn er es nicht tat? Und überhaupt, waren das nicht längst überholte Vorstellungen, die ich von meiner nonnenhaften Mutter übernommen hatte? Beate verhielt sich da viel zupackender. Sollte ich einfach wie sie die Initiative ergreifen, wieder mal hinfahren? Oder war das aufdringlich? Ich wußte es nicht.

Am Freitagabend hielt ich es nicht mehr aus. Ein verlorenes Wochenende stand mir bevor, wenn ich nichts unternahm. Ich rief versuchsweise in Ladenburg an, Witold meldete sich sofort, was ich nicht erwartet hatte.

»Rosemarie Hirte«, stotterte ich, wie ich mich eben meistens melde.

»Wer? Kenn ich nicht, Sie haben sich verwählt«, sagte er kühl. »Ich bin's doch«, piepste ich wie ein weinerliches Kind.

»Ach Thyra«, lachte er auf einmal, »na klar, entschuldigen Sie, ich habe nicht gleich geschaltet.«

Er sagte nicht »du«, sondern »Sie«. Was sollte ich eigentlich vorbringen? Ich fragte nach seinem Befinden und ob er Bickelbach schon lange verlassen habe.

»Ich bin heute morgen erst wieder hier eingetroffen«, erklärte Witold ganz eifrig. »Wissen Sie, ich unterrichte eine zwölfte Klasse im Leistungskurs, da geht es einfach nicht an, daß ich noch länger fehle. Ich weiß genau, daß es mit der Vertretung vorn und hinten nicht klappt, schließlich sollen meine Schüler nicht darunter leiden, daß ich depressiv bin.«

Eigentlich hatte ich bei unseren Treffen nichts von einer Depression gemerkt.

»Also müssen Sie sich jetzt auf den Unterricht vorbereiten?« fragte ich zaghaft.

»Das natürlich auch. Aber der Garten ist in traurigem Zustand, die Schnecken haben fast alles weggefressen. Ab Montag kommt eine jugoslawische Putzfrau, die mir Freunde vermittelt haben. Aber bevor die überhaupt anfangen kann, muß ich gründlich aufräumen und mich auch mit der Waschmaschine auseinandersetzen.«

Beate würde jetzt spontan ihre Hilfe anbieten. Ich mußte meine Verklemmtheit überwinden und etwas in diesem Sinne sagen. Ich vermied es, ihn mit »du« oder »Sie« anzusprechen.

»Am Wochenende habe ich ausnahmsweise nichts vor, ich könnte kommen und helfen. Waschen und bügeln kann ich schließlich auch, im Garten könnte ich fürs Grobe angestellt werden, und zwischendurch kann ich Kaffee kochen und Kuchen holen.«

Von Kochen sagte ich vorsichtshalber nichts.

»Ein liebenswürdiges Angebot. Aber beim Aufräumen kann mir eigentlich niemand helfen, das muß man schon selber machen. Die Waschmaschine kann ich auch allein füllen, Montag wird die Jugoslawin bügeln. Außerdem erwarte ich am Sonntag Besuch, da bin ich voll ausgebucht. Also herzlichen Dank, Thyra, das war eine liebe Idee. Vielleicht komme ich ein andermal darauf zurück.«

Ich bat ihn, sich zu melden, sobald er mich brauchen könne. Unter belanglos freundlicher Konversation verabschiedeten wir uns, ohne irgendein Treffen vereinbart zu haben.

Ich warf vor Wut ein Sofakissen auf den Boden. Der Dieskau fühlte sich angesprochen, kroch herbei und bat um Verzeihung, als sei er an allem schuld. Ich streichelte ihn ein wenig und redete auf ihn ein: »Ach Dieskau, einmal im Leben will ich etwas haben! Koste es, was es wolle, ich will diesen Mann! Aber es ist so schwer, ich weiß nicht, wie man so etwas anstellt.«

Ich heulte, der Hund legte seine Schnauze auf mein Knie und sah mich unendlich melancholisch an. Er war ein Wunder an Empathie.

Wer mochte nur Witolds Besuch am Sonntag sein, etwa Beate?

Der Sonntag verging sehr trist. Ich stellte mir vor, wie Beate in ihrer flinken Art bei Witold Gemütlichkeit herbeizauberte, kochte und lachte. Die beiden passen zueinander, dämmerte es mir; Kunst, Literatur, Musik – davon hatte Beate viel Ahnung, ich dagegen gar nicht. Sie werden den ganzen Tag zusammen Spaß haben... Und am Abend? Ob sie dann Sekt tranken und ins Bett gingen? Ich wurde fast verrückt bei diesen Vorstellungen und rief am späten Nachmittag bei Beate an.

Lessi meldete sich. »Meine Mutter ist nicht da«, teilte sie mir lakonisch mit.

Wo sie denn sei, wollte ich wissen.

»Vivian und Richard sind gestern für ein paar Tage nach London gefahren, da hat sie heute kein Familienessen gekocht, denn ich zähle anscheinend nicht«, klagte die infantile Lenore. »Ich weiß übrigens nicht, wo sie ist, vielleicht ist sie in ein Konzert gegangen.«

Ich legte auf. Die Sache war bitter, aber klar: Beate lag jetzt mit Witold im Bett, dabei hatte sie doch schon morgen wieder den Jürgen. Warum bekamen andere Frauen alles und ich nichts? Sollte ich sie zur Rede stellen?

Um elf Uhr abends ging das Telefon. Beate sagte: »Lessi hat mir gesagt, daß du angerufen hast. Die dumme Gans, ich hatte ihr genau erklärt, wo ich hingehe. Wie so oft, hat sie gar nicht hingehört.«

»Na, und wo warst du?«

»In Frankfurt, hab' mir eine tolle Kandinsky-Ausstellung angesehen und bin dann mit einer Freundin türkisch essen gegangen. Es war richtig schön.«

Ob sie so routiniert log? Aber warum sollte sie überhaupt? Sie hatte gar keinen Grund, mir irgend etwas über ihre Beziehung zu Witold vorzuenthalten, denn sie ahnte ja gar nicht, daß er mir gehörte. Vielleicht hatte sie jedoch ein schlechtes Gewissen, daß sie ihren Jürgen betrog; aber das brauchte sie bei einem verheirateten Liebhaber wiederum nicht zu haben. Voller Zweifel legte ich mich ins Bett.

An einem der nächsten Abende schlich ich mich wieder im Dunkeln durch Witolds Garten. Es war jetzt bereits um neun Uhr finster, und ich hatte Vorsichtsmaßnahmen getroffen, daß er mich nicht entdecken konnte – schwarze Einbrecherkleidung.

Er saß wie damals, als ich ihn zum ersten Mal beobachtet hatte, am Schreibtisch und schrieb. Ich liebte ihn so sehr, diesen schönen und klugen Mann, der so einsam und konzentriert arbeitete. Mindestens eine Stunde lang stand ich im nächtlichen Garten, bis ich mich leise wieder davonmachte. Der Zaun war noch genauso lose wie damals, Witold hatte es nicht für nötig befunden, ihn zu reparieren.

Es war wie eine Sucht. Ich fuhr jetzt fast jeden Tag wieder nach Ladenburg, obgleich es sicher nicht ungefährlich war und die Nachbarn alle wieder vom Urlaub zurück waren. Witold war immer allein. So gern wäre ich durch die Balkontür getreten oder hätte vorn an der Haustür geschellt. Aber wir hatten verabredet, daß er sich melden sollte.

Eines Abends sah ich einen zweiten Wagen vor seinem Haus stehen. Es war der von Beate. Also doch! Mir wurde ganz übel.

Ich hatte alles falsch gemacht, ich hätte ihn anrufen sollen, ihn besuchen, ihm schreiben – was hätte ich schon dabei riskiert! Jetzt schnappte sich Beate meine Beute, weil ich zu lange gewartet hatte.

Ich kroch in den Garten. Im Wohnzimmer war niemand. Lange wartete ich. Küche oder Bett, war jetzt nur noch die Frage. Schließlich wurde es mir zu kalt, zitternd und durchgefroren fuhr ich heim, genauso wie an jenem Abend, als Witolds Frau starb.

Nach deprimierten Tagen beschloß ich, nicht aufzugeben, zu kämpfen. Ich rief Witold an und lud ihn einfach zu mir ein. Er könne am Wochenende nicht, bedauerte er. Ich bot ihm andere Termine an, und er versprach endlich, an einem Donnerstag zu kommen.

Jetzt mußte ich aufs Ganze gehen. Ich hatte noch vier Tage Zeit. Ich legte mir eine Liste an: Ich mußte es hinkriegen, an diesem Abend eine zauberhafte, urgemütliche Atmosphäre zu schaffen, ich mußte atemberaubend jung und schön aussehen, charmant und geistreich plaudern und darüber hinaus ein köstliches, aber scheinbar mühelos bereitetes Essen auf den Tisch stellen. Überhaupt mußte alles so wirken, als sei es nicht extra für ihn arrangiert, sondern als sei es bei mir immer wie im Paradies. Ich lief zur Kosmetikerin, kaufte mir einen weinroten Samtrock und eine heraldisch gemusterte Bluse aus Crêpe de Chine. Ich besorgte Kerzen, Sekt, eine neue Tischdecke, Parfüm.

Aber am meisten grübelte ich in langen Bürostunden über das Essen. Beate konnte ich nicht gut um Rat fragen; die hätte sofort einen idiotensicheren Vorschlag parat gehabt. Ich beschloß, ein Lachssteak zu braten – das ging schnell und mußte mir gelingen. Dazu grüne Nudeln, eine Butter-Estragon-Sauce und Salat. Die Soße bereitete ich versuchsweise schon zwei Tage vorher, und es klappte auch. Mein Gott, war ich aufgeregt.

Donnerstag kurz vor acht, ein letzter Blick in den Spiegel. Viel zu fein! dachte ich plötzlich. Es soll doch alles lässig, locker wirken. Er wird im Pullover kommen, und ich stehe da wie eine aufgeputzte Provinzlerin. Ich riß mir Bluse und Rock wieder vom Leibe und stand in Unterrock und Panik vorm Kleiderschrank. Beate hätte das gemeistert, egal wie. Ich zog Hosen an und wieder aus, Blusen, Röcke, alles flog zu Boden. Nein, es war einfach zu spät, in fünf Minuten konnte er kommen. Ich raffte die feinen Sachen vom Teppich und fuhr hektisch hinein, Hitze schwappte mir ins gepuderte Gesicht, sicher würde bald die Schminke auf den hellen Kragen tropfen. Die vielen ungeeigneten Klamotten warf ich in den Schrank, schloß ab, eilte ans Fenster und spähte nach seinem Auto. Dazwischen hetzte ich in die Küche: Alles vorbereitet, aber bevor er da war, konnte ich ja nicht gut den Fisch braten.

Witold kam pünktlich aufs akademische Viertel, in der Hand einen unpersönlichen Nelkenstrauß mit Asparagus, wo er doch in seinem Garten wirklich etwas Originelleres hätte pflücken können.

»Ich hoffe, ich bin nicht zu spät. Kommt Ihre reizende Freundin auch? Ein paar Näglein zum Besteck . . .«, und er überreichte mir etwas steif seine fünf gelben Nelken und behielt das zerknüllte Papier in der Hand. Zu diesem Strauß hätte meinerseits ein »aber das wäre doch nicht nötig gewesen« gepaßt. Ich unterließ es, bedankte mich und bemerkte maliziös, daß Beate einen Freund hätte, der sie unter der Woche völlig in Beschlag lege. Witold lächelte dazu: Entweder wußte er das bereits, oder es war ihm egal, oder er konnte sich vorzüglich beherrschen.

Ich goß Sherry ein, sauste in die Küche, setzte Nudelwasser auf. Eigentlich war ich nicht overdressed, fand ich.

Witold war sehr neutral angezogen, ohne Schlips, aber mit einem sommerlich hellen Jackett zu Edeljeans. Wir waren ein wenig befangen.

»Liegt die Waffe im Vater Rhein?« wollte er plötzlich wissen.

Nein, das tat sie nicht, aber ich antwortete: »Ja, natürlich, schon seit Wochen!«

Er sollte sich bloß nicht über mich aufregen, ich hatte den Revolver zwar nicht vergessen, aber den Auftrag noch nicht ausgeführt, weiß der Himmel, warum.

Das Essen war mir sogar gelungen. Witold lobte es mit beleidigender Höflichkeit, aß allerdings wenig und trank auch nicht viel. Die zauberische Stimmung damals bei Handkäs und Apfelwein kam nicht wieder auf, es war alles ein wenig künstlich.

Ich versuchte, Charme zu produzieren, berührte ihn beim Sprechen einmal am Arm, so wie ich das bei anderen Frauen beobachtet hatte, war aber sehr verkrampft. Nach dem Essen saßen wir auf meinen zugegebenermaßen ungemütlichen Sesseln, und ich wollte Sekt aufmachen. Witold wehrte ab. Er habe zum Essen ja schon Wein getrunken und vorher den Sherry, schließlich müsse er noch heimfahren. Außerdem sei morgen erst Freitag und für ihn fast der härteste Tag.

»Seien Sie mir nicht böse, wenn ich aus diesem Grund nicht allzu lange bleiben kann.«

»Auf der Kirmes haben wir ›du‹ zueinander gesagt«, entfuhr es mir, zu meinem Leidwesen in einem gekränkten Unterton.

»Richtig!« rief Witold mit unaufrichtiger Fröhlichkeit,

»gut, daß du mich daran erinnerst! Also, trinken wir ein zweites Mal Bruderschaft!«

Er hob sein Glas mit dem Rest Weißwein, das er vom Eßtisch mitgenommen hatte, und sagte: »Thyra!«

Todesmutig hielt ich ihm das Gesicht entgegen. Ich spürte eine flüchtige Berührung auf der Wange, das war's dann auch.

Witold plauderte noch eine Viertelstunde, erzählte von seinen Söhnen und der Schule; um halb elf war er weg, nicht ohne das »exquisite und deliziöse Mahl« abermals gelobt zu haben, ohne neue Verabredung, ohne mir die Möglichkeit gegeben zu haben, ihm etwas näherzukommen. Von Verführung ganz zu schweigen.

4

Trotz seiner fünfundfünfzig Jahre war der Chef immer noch ein häßlicher Mann. Er lagerte mit halbem Gesäß auf meinem Schreibtisch, was ich nicht ausstehen konnte, auch der Dieskau ließ seinen milden Bariton warnend vernehmen. Der Chef lachte aber darüber.

»Frau Hirte, in letzter Zeit werden Sie immer jünger, das ist wirklich ein Phänomen!«

Ich wartete, welche Sonderaufträge er für mich hatte.

»Wann kommt Frau Römer eigentlich aus der Kur zurück?« wollte er wissen.

»Übermorgen. Ich hole sie von der Bahn ab und bringe sie heim; natürlich will sie ihren Dieskau gleich zurückhaben.«

»Ich glaube«, überlegte der Chef, »daß Frau Römer gar nicht wieder arbeiten wird, sondern sich berenten läßt. Nach dieser schweren Operation bekommt sie bestimmt eine Rente auf zwei Jahre, und dann hat sie die Altersgrenze sowieso erreicht. Ich denke, sie wird nicht mehr zurückkommen. Ich wollte Sie fragen, ob Sie dieses Zimmer übernehmen möchten?«

Ich freute mich, denn es war der intimste und abgelegenste Raum, man hatte darin völlig seine Ruhe und einen schönen Blick in eine Kastanie.

»Außerdem sollten Sie Urlaub machen, solange man noch irgendwo Sonne tanken kann«, fuhr er fort. Er meinte es gut, aber mir war nicht so recht nach Urlaub zumute.

Immerhin, der Chef machte sich Gedanken über mich.

Am gleichen Tag erreichte mich abends ein Anruf – es war mein früherer Berliner Freund Hartmut. Er war etwas verlegen und meinte, er sei auf der Durchreise, und wir hätten uns ja fast ein Vierteljahrhundert nicht gesehen, ob er mich zum Essen einladen dürfe. Ich war platt. Es kam sehr plötzlich, ich war eigentlich müde. Andererseits siegte dann die Neugierde, obgleich ich mir vorgenommen hatte, diesen Menschen nie wieder zu sehen. Hartmut entschuldigte sich höflich, daß er mich nicht abholen könne, er sei ohne Auto in Westdeutschland.

Eine Stunde später saß ich im Samtrock und der heraldischen Bluse in einem Nobelrestaurant und betrachtete meinen ehemaligen Freund. Ich hätte ihn nie wiedererkannt. Hartmut war zwar früher auch nicht besonders schön gewesen – er litt unter Akne –, aber er war schmal und groß und hatte ein sehr ebenmäßiges Gesicht. Groß war er zwar geblieben, doch die Gestalt war jetzt über jeden Verdacht der Unterernährung erhaben. Das ebenmäßige Gesicht war feist, rot, schwitzig und unangenehm. Mein Gott, wenn ich mit dem verheiratet wäre! dachte ich entsetzt. Eigentlich war es ein Glück, daß ich davon verschont geblieben war und jetzt die Chance hatte, einen Mann wie Witold zu lieben.

Hartmut war ganz begeistert von mir, schließlich hatte er mich nur als graue Maus gekannt. Nein, wie hübsch, elegant und jung ich wirke! Er kippte vorm Essen zwei Bier herunter, und das Schwitzen wurde stärker. Ich mußte aus meinem Leben erzählen, also bot ich ihm eine geschönte Kurzfassung an.

Als er dran war, kam das Essen. Unter heftigem Kauen, Mampfen und Schlingen berichtete er von großen beruflichen Erfolgen, viel Geld, einer Villa in Dahlem und einer großen Anwaltspraxis mit drei Partnern. Ich fragte nach der Familie. Die beiden großen Kinder seien aus dem Haus. Relativ spät hatte seine Frau noch ein drittes, behindertes Kind bekommen. Er sah mich trostheischend an, und ich versicherte, das tue mir leid. Hartmut schüttete jetzt ein Glas Wein nach. Schließlich sprudelte es heraus, wie unglücklich seine Ehe sei: Die Frau liebe nur dieses schwierige Kind und sonst niemanden. Sie wolle es partout nicht weggeben, und er käme total zu kurz.

Ich hätte zwar lieber gehört, daß seine Frau ihn laufend betrog, aber so war es mir auch recht.

»Ach Rosi«, seufzte er transpirierend und schnaufend, »ich habe später noch oft an dich gedacht. Es war nicht nett, wie ich mich damals verhalten habe, aber ich bin dafür gestraft worden. Vielleicht sollten wir wieder Freunde werden.«

Er widerte mich an. Ich wollte heim. Hartmut hielt meine Hand eisern fest, er war angetrunken. Schließlich bettelte er, ich solle doch bei ihm im Hotel bleiben.

Ich stand auf, entriß ihm die Hand und sagte, es wäre Zeit für mich.

Zu Hause überlegte ich, ob ich vielleicht auf Witold einen ähnlichen Eindruck gemacht haben könnte wie heute Hartmut auf mich, denn er war neulich ebenso schnell, höflich und kühl verschwunden wie jetzt ich.

Übrigens rief Hartmut am nächsten Abend von seinem Berliner Büro aus an und entschuldigte sich nach Fünfziger-Jahre-Kavaliersart, daß er sich »ein wenig vorbeibenommen« hätte; damit war für ihn alles in Butter.

»Also, bis zum nächsten Treffen«, schnarrte er in den Hörer. Gab es einen größeren Unterschied zwischen zwei Männerstimmen, zwischen Hartmut und Witold?

Im übrigen überlegte ich hin und her, ob ich Beate nicht mein Herz ausschütten sollte.

»Sieh mal«, beschwor ich sie in Gedanken, »ich habe mich noch nie so gewaltig verliebt wie in den Engstern. Du hast doch schon alles gehabt: Freunde im Jugendalter, Heirat im passenden Alter, Kinder. Jetzt hast du einen interessanten Job, einen Freund und einen großen Bekanntenkreis. Ich hatte und habe nichts von alledem. Laß ihn mir doch, Beate! Ich habe dich noch nie um etwas gebeten, ich bitte auch andere Leute nie um etwas. Es fällt mir schwer, das zu sagen: Hab ein bißchen Erbarmen mit einer alten Jungfer, die vor Liebe brennt!«

Müßte das nicht einen Stein erweichen und schon gar die rührselige Beate?

Andererseits, wenn sie mich um das Gleiche bitten würde, niemals würde ich verzichten. Also beschloß ich, lieber den Mund zu halten. In diesem Punkt war sie eben nicht mehr meine einzige Freundin, sondern meine Rivalin, die ich bekämpfen mußte. Aber das Bedürfnis, mit ihr zu reden, hielt sich hartnäckig.

Frau Römer war wieder da, der Dieskau war weg, und ich kam mir noch blöder vor, wenn ich statt mit ihm nun laut mit mir selber sprach.

Eines Nachmittags fuhr ich unangemeldet zu Beate. Vielleicht war es doch ein Fehler von mir, daß ich nie in der Lage gewesen war, meine Wünsche und Bedürfnisse anderen mitzuteilen. Hatte ich in jungen Jahren dem scheußlich gewordenen Hartmut je gesagt, daß ich ihn liebte, je von einer gemeinsamen Zukunft gesprochen? Ich hatte es ihm überlassen und stillschweigend vorausgesetzt, daß alles seinen richtigen Lauf nehmen würde. Auch bei dem Verhältnis mit meinem Berliner Chef hatte ich mich im Grunde ähnlich verhalten. Überhaupt fielen mir jetzt tausend banale Fälle ein, in denen ich aus Bescheidenheit oder Feigheit zu kurz gekommen war. Ich wollte es jetzt mal anders machen und versuchen, wenigstens ein bißchen mit Beate zu verhandeln.

Vor ihrem Haus stand Witolds Auto. Ich hielt erst gar nicht an, sondern fuhr völlig verzweifelt wieder zurück.

Sollte ich – wie früher die Frau meines Chefs – einen anonymen Brief schreiben, zum Beispiel an Jürgen: »Beate betrügt Sie«? Aber im Zweifel würde Beate den Jürgen sofort fallen lassen, wenn sie es nicht bereits getan hatte. Und Jürgen wiederum hatte schließlich eine Ehefrau, er konnte keinerlei Rechte auf Beates Treue geltend machen. Was standen mir noch für Mittel zur Verfügung, Beate auszuschalten? Welche Drohung könnte sie ernst nehmen? Sie war nicht so leicht einzuschüchtern. Mit anonymen Briefen würde sie ganz einfach zur Polizei gehen.

Meine hilflose Wut auf Beate steigerte sich unaufhaltsam. Ich hätte sie auf der Stelle erwürgen können. Erwürgen? Warum eigentlich nicht?

Von da an konnte ich an nichts anderes mehr denken.

Beate, meine einzige Freundin! Ich werde dir nicht weh tun, Beate, dich nicht quälen. Du sollst schnell sterben, ohne daß lange gezittert und gefackelt wird. Ich werde dir nicht wie in einem Kriminalfilm lange Reden halten, bevor ich abdrücke. Kopfschuß, das ist es, sofort bewußtlos, Hirnblutung und aus. Wie gut, daß ich die Waffe nicht weggeworfen hatte. Aber es galt natürlich zu überlegen: Wie, wo, wann – ich durfte mit der Tat nicht in Verbindung gebracht werden. In diesem Fall hatte das Opfer eine Beziehung zu mir, ich würde sicher befragt werden. Mein Motiv, das war natürlich ein großes Glück, konnte dagegen niemand erraten.

Ich mußte mich mit Beate irgendwo treffen, wo keine Menschen waren; niemand durfte wissen, daß ich mit ihr zusammenkam, und niemand durfte mich sehen. Das würde nicht ganz leicht werden; angenommen, ich würde mich telefonisch mit ihr verabreden, so war es ziemlich sicher, daß Beate in ihrer redseligen Art irgend jemand von der Volkshochschule, ihren Kindern, Freunden, Nachbarn oder am Ende Witold etwas davon sagte. Mein Vorteil war allerdings, daß sie mir völlig vertraute und ich sie überall hinlocken konnte; günstig war außerdem, daß ich ihre Gewohnheiten ganz gut kannte, ihre Bürozeiten und sogar die Kurse, die sie jetzt nach den Sommerferien wieder fleißig besuchte.

Vielleicht würde es nicht auf Anhieb klappen, dann müßte ich es eben immer wieder versuchen. Wichtig war, daß Beate arglos blieb.

Nach schlaflosen Nächten hatte ich einen Einfall. Fast jeden Samstag ging Beate morgens erst einkaufen und dann ins Hallenbad und blieb dort eine Stunde. Auch dahin hatte sie mich schon das eine oder andere Mal mitgeschleift, aber ich fand wenig Gefallen daran, mit roten Augen und chlorstinkender Haut mein Wochenende zu beginnen. Nun, ich könnte versuchen, Beate bei ihrem Wagen auf dem Hallenbadparkplatz abzupassen und mit ihr irgendwohin zu fahren. Doch der erste Versuch ging fehl, Beates Auto stand nicht auf diesem Platz. Ich umkreiste ihre Straße und sah Witolds Wagen wieder dort parken. Mitleid ist nicht angebracht, sagte ich mir, sie hat es nicht anders verdient. Im übrigen konnte ich warten, erstens auf eine gute Gelegenheit und zweitens auf Witolds Liebe.

In der nächsten Woche hatte ich Glück. Inzwischen war mein Plan auch ausgereift. Ich hatte einen Korb mit Picknicksachen bei mir und wollte Beate zu einem spontanen Ausflug überreden.

Ich wartete in meinem Wagen. Von weitem konnte ich den Ausgang des Hallenbades beobachten. Als Beate schließlich gegen elf Uhr auftauchte, schlüpfte ich schnell heraus und postierte mich vor ihrem Polo.

»Grüß dich, Rosi!« rief Beate, sichtlich überrascht, »was machst du denn in dieser finsteren Gegend?«

»Ach, ich sah dein Auto hier, und da kam mir eine Idee!«

Beate verstaute Bademantel und eine Handtuchrolle auf dem Rücksitz.

»Laß hören«, sagte sie gutgelaunt.

»Na ja, die Idee hatte ich genau genommen schon zu Hause. Weißt du, ohne Hund komme ich gar nicht mehr raus, was mir irgendwie fehlt. Was hältst du von einer kleinen Tour: Wir gehen spazieren und picknicken zusammen, hier im Korb ist alles dafür da.«

»Wirklich, Rosi, in letzter Zeit verblüffst du mich immer wieder! Früher war ich die Spontane und nicht du, aber mit zunehmendem Alter werde ich immer unflexibler. Also, steig mal ein, ich muß kurz überlegen.«

Wir setzten uns in ihren Wagen. Beate sah auf die Uhr.

»Erst fahren wir mal heim«, schlug sie vor, »ich möchte meine Einkäufe in den Kühlschrank räumen, den Badeanzug aufhängen und mir die Haare trocknen.«

Gerade das wollte ich nicht. Zu Hause hätte uns gleich Lessi oder sonst jemand von ihrer Brut die Tür aufgemacht, außerdem konnte mich die halbe Stadt vorher im Auto neben Beate sehen.

»Ach weißt du«, erwiderte ich, »dann lohnt es sich eigentlich nicht mehr so recht. Ich habe auch nicht beliebig viel Zeit. Deine Haare trocknen doch in der Sonne auch ganz flott, und wenn dein Auto im Schatten steht, wird dein Gemüse nicht in zwei Stunden verderben. Oder hast du etwas Tiefgefrorenes dabei?«

Beate schüttelte den Kopf. Sie zögerte. Wieder sah sie auf die Uhr.

»Na gut, zwei Stunden, aber nicht mehr. Dem Gemüse schadet es wirklich nicht, und dem Sauerbraten wahrscheinlich auch nicht. Wo ist denn dein Auto?«

Ich sagte, es stände in der Nähe, aber wir könnten ja gleich mit ihrem losfahren, wo wir nun schon drinsaßen.

»Klar, und wohin?« Beate startete.

»Na, in den Wald«, schlug ich vor, »es ist so zauberhaftes Wetter, wer weiß, wie lange es noch anhält. Altweibersommer, das passende Wetter für uns beide.«

»Ich wüßte was Hübsches, ja, dahin fahren wir«, sagte Beate. Nun wollte ich nicht mehr widersprechen, aber wenn es ein vielbesuchter Ort war, würde es heute wieder nichts mit meinen Plänen.

Das Hallenbad lag am Ortsende, und wir brauchten nicht mehr durch die Stadt zu fahren, die gerade von einkaufenden Menschen verseucht war. Das war ein Teil meines Planes.

Beate nickte zwar einmal einer Frau zu, aber es schien nur eine flüchtige Bekanntschaft zu sein. Sie fuhr die Berge hoch bis zu einem Waldparkplatz.

»Ist dein Korb schwer?« fragte sie, »ich könnte nämlich, wenn es auch verboten ist, den Weg für die Holzabfuhr noch ein Stück weiter fahren, dann müssen wir nicht so schleppen.«

Das war ideal.

»Na ja«, gab ich zu, »ich habe eine Thermoskanne mit Kaffee und eine Flasche Sekt (die ich für Witold gekauft hatte), das wiegt schon etwas.«

Beate lachte. »Der Sekt wird auf diesem Holperweg ja schön durchgerüttelt, und warm ist er sicher auch; aber es war lieb gemeint von dir, Rosenresli!«

Sie fuhr langsam den Buckel hoch, bog zum Parken in einen Trampelweg ein und versteckte den Wagen hinter einer buschigen Kiefer auf einem Stück Waldwiese.

»Auf geht's!« rief sie. »Zwanzig Minuten sind schon rum. Übrigens kannst du Gedanken erraten: Ich habe Hunger und Durst vom Schwimmen. Ehrlich gesagt, habe ich heute nicht gefrühstückt, denn ich muß dringend ein paar Pfund abwerfen. Aber mit einem leckeren Picknick führst du mich total in Versuchung.«

Beate deutete auf einen hohen Aussichtsturm.

»Da müssen wir rauf. Ich war vor kurzem mal mit Jürgen dort, man hat einen zauberhaften Blick auf die Rheinebene.«

Ob das gut war? Ich hatte den Revolver in meiner größten Handtasche, verborgen in einem Reißverschlußfach. Fast hoffte ich, es würde alles nicht klappen, es wären Spaziergänger zu sehen oder ein Försterjeep zu hören.

Der Ausblick vom Turm war herrlich. Im blauen Dunst sah ich in der Ferne Mannheim funkeln, im Südwesten mußte Ladenburg liegen. Ich suchte die unmittelbare Umgebung nach Menschen ab, sah aber nichts. Auf dem Waldparkplatz hatten zwei Autos gestanden.

»Her mit dem Sekt!« forderte Beate.

Ich breitete auf dem sonnenwarmen Boden des Turms ein rotkariertes Küchentuch aus. ›Henkersmahlzeit‹ dachte ich.

Beate musterte alles neugierig.

»Gegrillte Hähnchenteile und Baguette, Schinken und Melone, Weintrauben und Käse! Rosi, du bist ein Genie!«

Sie machte geübt den lauwarmen und mächtig sprudelnden Sekt auf. Beate fand diesen Schönheitsfehler lustig. Sie trank zwei Gläser schnell herunter, griff dann nach den Melonenscheiben und einem Hühnerbein. Ich tat auch so, als würde ich essen, aber die trockene Hühnerbrust blieb mir fast im Halse stecken. Ich mußte jetzt eigentlich den

Revolver hinter Beates Rücken auspacken und meine lebenslustige Freundin – meine einzige – kaltblütig erschießen. Das konnte ich einfach nicht.

»Du glotzt ja so ernst in die Gegend, Rosi. Komm, trink!« forderte mich Beate auf und schenkte mir ein. Ich hatte keine Pappbecher, sondern Kristallgläser und auch Porzellanteller mitgebracht.

Beate trank ihr drittes Glas. Sie setzte sich auf die breite Brüstung.

»Komm hierher, Rosi«, sagte sie, »es ist ja ein Jammer, wenn man auf dem Boden sitzt und gar nichts von der tollen Aussicht sieht. Wenn ich hier oben bin, möchte ich mich in eine Schwalbe verwandeln und mich leicht und elegant in die Ebene hinunterschwingen.« Sie ließ die Beine nach außen hängen.

»Komm!«

Ihr etwas breiter Rücken war mir zugewendet, die noch feuchten Haare glänzten. Unter dem eingelaufenen T-Shirt zeichnete sich scharf der Büstenhalter ab.

»Ach Beate, ich stehe lieber, ich bin nicht schwindelfrei.«

»Schwindel – ich weiß gar nicht, was das ist! Schon als Kind gab es für mich nichts Schöneres als schaukeln und klettern, auf Dächer und Mauern steigen. Sieh mal!«

Wie das Kind, das sie früher gewesen war, stellte sie sich vor mich auf die Mauer und lachte mich so frech an, so wie sie früher wohl ihre Mutter zur Verzweiflung gebracht hatte.

Ein energischer Stoß mit beiden Händen gegen ihre braunen Beine, und Beate fiel mit einem ganz hohen Schrei und mit dem Sektglas in der einen, dem Hühnerbein in der anderen Hand den Turm hinunter.

Ich sah nach allen Richtungen, Menschen konnte ich nicht entdecken, hörte aber eine Motorsäge in nicht allzu weiter Entfernung. Auch ein jagender Hund schien sich in der Nähe herumzutreiben, keiner rief ihn zur Ordnung, er mochte wildern. In der Ferne die Autobahn, winzig die Wagen, von dort konnte man meinen Turm wohl kaum erkennen, geschweige denn mich. Ich begab mich nun auf den Abstieg, mir zitterten dabei die Knie, so daß es nur langsam die vielen engen Steinstufen hinabging.

Beate war wirklich tot, man brauchte nicht erst nach Puls und Atmung zu forschen. Glasig und unerhört verwundert starrten die weit offenen Augen ins Leere, allem Anschein nach war der Schädel gebrochen, die Wirbelsäule und alle Gliedmaßen. Ich konnte nicht lange hinsehen, mir wurde schlecht, und ich hatte wie damals in Witolds Haus nur den starken Trieb, schnell von diesem Ort wegzulaufen.

Aber jetzt galt es, nicht die Nerven zu verlieren. Das Weinglas war in tausend Scherben explodiert, das konnte ich niemals auflesen, es würde Stunden dauern. Aber meinen Korb mit dem Picknickzeug mußte ich auf jeden Fall mitnehmen, warum hatte ich ihn überhaupt oben auf dem Turm gelassen!

Es fiel mir schwer, wieder hinaufzusteigen. Überhaupt, wie kam ich jetzt heim ohne Wagen und mit dem ganzen Krempel? So genau hatte ich mir das vorher nicht überlegen können. Die Sektflasche leerte ich aus, viel war nicht mehr drin. Mit dem Taschentuch hielt ich sie in der linken Hand fest, mit dem Küchentuch polierte ich alle etwaigen Fingerabdrücke ab, löste auch das Etikett vom Supermarkt. Die Flasche konnte hierbleiben. Den Kaffee schüttete ich ebenfalls weg, die Flüssigkeiten würden im Waldboden sofort versickern. Beates Handtasche mit Ausweispapieren, Schlüsselbund und Portemonnaie ließ ich in einer Ecke des Turmes liegen. Aber alles andere mußte ich mitnehmen. Ich packte den Korb, legte das Tuch obenauf, suchte sorgfältig nach weiteren Indizien, fand aber nichts. Fußspuren gab es bei dem anhaltend trockenen Wetter bestimmt nicht.

Ich durfte nicht viel Zeit verlieren. Es war Mittag, kurz nach zwölf, die meisten Wanderer hielten jetzt Rast, hoffte ich. Der Weg zu Fuß bis zu meinem Wagen war weit, oder sollte ich einfach den von Beate nehmen? Wenn man ihn später fand, könnte man immerhin in Betracht ziehen, daß es sich um Selbstmord oder Unfall handelte. Wenn aber kein Wagen hier stand, mußte auf alle Fälle eine zweite Person im Spiel sein.

Ich schaute in Beates Auto, aber es waren keine Gegenstände von mir liegengeblieben. Fingerabdrücke? Nun, die konnten ja ganz legal dort sein, schließlich war ich schon oft mit ihr unterwegs gewesen.

Ich traute mich nicht, den breiten Holzabfuhrweg zu nehmen, sondern kroch durch Dickicht und Gestrüpp, wobei ich einmal völlig die Richtung verlor. Jedenfalls war bergab richtig. Es war gut, daß ich mich versteckt hielt, denn schon bald lief eine größere Gruppe des Odenwald-vereins an mir vorbei. Ich legte mich wie ein Trapper auf den Waldboden und sah dicht an mir rote Strümpfe und Kniebundhosen in großer Anzahl vorbeidefilieren.

Zum Glück hatte ich robuste Schuhe an, aber den Korb verfluchte ich und hätte ihn gern irgendwo stehenlassen, aber natürlich ging das nicht. Wie lange waren wir eigentlich mit dem Auto gefahren? Nicht besonders lang, schien mir, aber zu Fuß zog sich die Strecke ganz schön hin. Bald mußte ich auf die Straße kommen, und wie sah ich aus! Tannennadeln und Spinnweb im Haar, struppig und zerkratzt. Ich machte Pause und begann Moos, Zweige, Kletten und Nadeln sorgfältig abzulesen.

Ich lief nicht auf der B 3, sondern schlug mich parallel dazu durch Maisfelder und Schreberanlagen. Immer wieder traf ich Hobbygärtner, die den sonnigen Herbsttag nutzten, um ihre Äpfel zu pflücken und ihr Stückchen Erde umzugraben. Eine große Türkenfamilie saß unter einem Nußbaum und tafelte, sie grüßten freundlich. Würden mich alle diese Menschen wiedererkennen? Ein Alibi für die Tatzeit hatte ich nicht; aber auch an den unzähligen Wochenenden, die ich einsam in meiner Wohnung verbrachte, hätte ich kaum einen Zeugen für mein Zuhausesein gehabt. Oder etwa doch? Mein Auto auf der Straße? Inwieweit wurde von meinen Nachbarn registriert, ob es dort stand oder nicht? Ich kam nach ungefähr zweieinhalb Stunden in Beates Wohnort an, mindestens zwanzig Menschen hatten mich unterwegs gesehen, allerdings war niemand darunter, der mich kannte. Wenn allerdings mein Foto veröffentlicht würde, könnten sie sich möglicherweise doch an mich erinnern.

Endlich war ich bei meinem Wagen, um halb vier war

ich zu Hause. Ich gönnte mir keine Ruhe, bevor ich nicht mein Glas, die beiden Teller und die Thermoskanne gespült und weggeräumt hatte, den Korb verstaut, den Revolver versteckt, alle Essensreste vernichtet hatte. Dann ging ich unter die Brause und füllte die Waschmaschine mit der Kleidung des heutigen Tages, vorsichtshalber auch noch mit anderer Wäsche, die zu waschen war.

Als das alles erledigt war, fühlte ich mich ein wenig erleichtert.

Um neun Uhr abends ging das Telefon, ich hatte so etwas erwartet. Ich ließ es ein paarmal läuten. Lessi war daran.

»Hast du eine Ahnung, wo meine Mutter ist?«

Ich verneinte, fragte, warum.

»Weißt du, Rosi«, Lessis Stimme hatte den gleichen Tonfall wie die ihrer Mutter, »ich war mit Beate verabredet. Wir wollten zu Richard nach Darmstadt fahren und ins Theater gehen. Aber sie ist überhaupt nicht hier, auch ihr Auto fehlt. Ich finde das irgendwie komisch, denn sie hat den Theaterbesuch in ihrem Terminkalender eingetragen. Ich vergesse so was ja manchmal, aber sie verschlampt eigentlich nichts.«

Ich war nicht imstande, Lessi zu beruhigen, versicherte nur, ich hätte keine Ahnung, und es würde sich sicher alles aufklären. An diesem Tag rief niemand mehr an.

In der Nacht wurde ich krank. Ich bekam Fieber, Erbrechen und Durchfall, konnte weder schlafen noch die Beruhigungstabletten mitsamt dem Kamillentee bei mir behalten. Ich wanderte vom Bett ins Klo und in die Küche, fror und schwitzte gleichzeitig und wußte, daß mein Organismus der psychischen Belastung nicht standhielt.

Am Sonntag wurde es nicht besser. Ich versuchte mir vorzustellen, daß ich ein Recht auf Glück und Liebe hätte und deswegen so hatte handeln müssen. Aber diese Theorie kam mir sehr fragwürdig vor. Beate! Ich trauerte um Beate, ich weinte und fieberte um meine einzige Freundin, ich sah sie zerschmettert auf dem steinigen Waldboden liegen. Ich hatte etwas getan, das ich nie wieder rückgängig machen konnte. Bei Hilke Engstern hatte ich kaum Gewissensbisse empfunden, aber bei Beate wurde ich fast wahnsinnig.

Außerdem hatte ich grauenhafte Angst. Ich konnte mich im Augenblick überhaupt nicht zusammennehmen; wenn irgend jemand käme, der auch nur den geringsten Verdacht hätte, mein Verhalten würde ihm sofort rechtgeben.

Montag morgen ging es immer noch nicht besser; ich rief im Büro an und meldete mich krank. Eine Darmgrippe, gab ich an. Man wünschte mir gute Besserung, und ich sollte bloß nicht zu früh wieder aufstehen und im Betrieb erscheinen, bei meinem ehernen Pflichtbewußtsein müßte man das mal betonen.

Ob es richtig wäre, ganz beiläufig bei Beate anzurufen, nach ihr zu fragen? Erstens, um zu zeigen, daß ich fest mit ihrer Anwesenheit gerechnet hatte, zweitens um zu erfahren, ob man sie gefunden hatte und ob Ermittlungen angelaufen waren. Aber ich konnte nicht anrufen, nicht sprechen, nicht weinen, nur weiterhin mit den Zähnen klappern und mich übergeben.

Meine Bürokleidung ist immer tipptopp. Auch alle anderen Sachen, die ich für meine Auftritte außerhalb meiner vier Wände anziehe, sind gepflegt und ordentlich. Wenn ich aber in meinem einsamen Bett liege, brauche ich auf keinen Rücksicht zu nehmen. Meine Nachthemden sind, ich gebe es zu, alt, lumpig und überaus gemütlich, was kein Grund für mich ist, sie in den Rotkreuzsack zu stecken. Als ich zur Kur mußte, habe ich mir zwei neue Schlafanzüge gekauft, die seitdem im Schrank liegen und auf eine Chance warten. Könnte sein, ich müßte mal ins Krankenhaus, dann würde ich darauf zurückgreifen.

An jenem Montag, am späten Nachmittag, hing ich also krank und welk in meinem ältesten Blümchenhemd mit den bräunlich versengten Bügelflecken im Sofa und blätterte im Fernsehprogramm. Ich las immer wieder die gleiche Stelle, ohne auch nur ein Wort im Kopf aufzunehmen. Da schellte es!

Nicht aufmachen! war mein erster Gedanke. Und weiter: So häßlich, wie ich im Augenblick bin, sollte mich keine Menschenseele zu Gesicht bekommen! Aber es fiel mir ein, daß ich mich offiziell krank gemeldet hatte; es war immerhin möglich, daß der Chef den eiligen Vorgang auf meinem Schreibtisch einer Kollegin in die Hand gedrückt hatte und sie Fragen dazu stellen wollte. Aber hätte sie dann nicht angerufen? Oder war es der Chef selbst? Ausgeschlossen; ich fehlte schließlich nie, beim ersten kranken Tag brauchte er mich weder zu kontrollieren noch mir Blumen zu bringen. Also dann die Polizei.

Ich fuhr in einen räudigen Bademantel und schlappte, kalten Schweiß auf der Stirn und übel aus dem Halse riechend, an die Wohnungstür. Ich drückte auf den Knopf und machte auf. Witold stand direkt vor mir, die Haustür war unten nicht verschlossen gewesen.

»Mein Gott, Thyra, du siehst ja elend aus!« rief er. »Ich habe in deinem Büro angerufen und gehört, daß du krank bist. Du mußt schon entschuldigen, daß ich so herein-platze, noch dazu, wo es dir offensichtlich schlecht geht.«

Ich wies mit der Hand ins Wohnzimmer und ahnte, daß sein Kommen nichts Gutes bedeutete.

Er kam rein und warf einen hurtigen Blick durch den Raum. »Thyra, setz dich hin, du siehst sehr fiebrig aus. Soll ich dir einen Tee kochen?«

Wie wunderbar wäre es gewesen, wenn ich sein Kom-men geahnt hätte. Dann wäre ich in den lasziven seidenen Schlafanzug, der an alte Greta-Garbo-Filme erinnert, ge-schlüpft, hätte gebadet und die klebrigen Haare gewaschen und mindestens zehn Minuten lang die Zähne geputzt.

Ich ließ mich aufs Sofa fallen und sah ihn mit meinen roten Augen an. Witold blieb weiter so fürsorglich.

»Du wunderst dich sicher, daß ich so unangemeldet hereinschneie. Leider muß ich dir etwas sehr Trauriges mitteilen, das ich nicht am Telefon sagen wollte.«

»Was denn?« wollte ich herausbringen, aber es war wohl gar nicht zu hören.

»Deine Freundin Beate ist verunglückt«, sagte er mit sanftester Frauenarzt-Stimme.

Ich wurde immer blasser, kein Wort kam aus meiner Kehle, ich wünschte mir, ohnmächtig zu werden, aber trotz der Schwärze vor meinen Augen wollte es mir nicht gelingen.

Witold kniete vor dem Sofa, fühlte meinen Puls, eilte ins Bad und holte einen naßkalten Waschlappen, den er mir unerbittlich auf die Stirn tropfen ließ. Nur nicht den Mund öffnen, ich habe doch vor kurzem erbrochen, dachte ich.

»Ich Idiot«, schalt sich Witold, »ich hätte dir das bei deinem hohen Fieber gar nicht sagen dürfen«, er lief in die Küche und holte ein Glas Wasser.

Ich nippte daran und hoffte, daß er sich zwei Meter von mir entfernen würde, was er schließlich auch tat, als die Farbe ein wenig in mein Gesicht zurückkehrte.

Sicher erwartete er, daß ich Fragen stellte.

»Ist sie tot?« hauchte ich.

Witold nickte.

»Auto?«

Er schüttelte den Kopf. »Ich erzähle es dir ein andermal«, wich er aus.

»Nein, ich will jetzt alles wissen«, sagte ich, denn so mußte man reagieren.

»Am Samstag rief mich Lessi an, ob ich wüßte, wo ihre Mutter ist. Dich hat sie sicher auch angerufen, denn sie hat das ganze Adreßbüchlein von Beate durchtelefoniert. Nun, die Kinder waren wohl am Sonntag alle zu Hause und überlegten, ob sie die Polizei benachrichtigen sollten. Das erübrigte sich, weil die Kripo mit der schrecklichen Nachricht ins Haus kam. Man hat Beate im Wald gefunden, sie ist von einem Aussichtsturm gestürzt.«

»Wie ist das passiert?«

Witold griff nach einer Zigarette, sah mein leidendes Gesicht und steckte sie wieder weg. Er zögerte.

»Es ist nicht genau zu rekonstruieren. Beate war offensichtlich am Samstag vormittag einkaufen gewesen und dann schwimmen. In ihrem Wagen, der in der Nähe des Turms stand, wurden ihre Badesachen und der Wochenendeinkauf gefunden. Warum sie aber dorthin gefahren ist, bleibt ein Rätsel. Eine leere Flasche Sekt und Splitter von einem Glas lagen herum, aber das könnte auch von anderen Leuten stammen. Die Frage ist nun, ob sich Beate an diesem Ort mit jemandem verabredet oder sogar getroffen hat. Ich wollte dich fragen, Thyra, litt Beate unter Depressionen?«

Jeder, der Beate gekannt hatte, wußte, daß das nicht so war. Ich überlegte ein wenig.

»Nicht, daß ich wüßte«, antwortete ich, »aber die Wechseljahre machen allen Frauen zu schaffen.« Sofort ärgerte ich mich über meine letzten Worte, denn Witold wußte, daß Beate und ich gleich alt waren.

»Die Polizei ermittelt gerade, ob Beate vielleicht an diesem Tag irgendeine schlimme Nachricht erfahren hat. Sie überprüfen vor allem ihren Freund. Ach, ich finde diese Sache so schrecklich, weil es mich wieder an den Tod von Hilke erinnert.«

Ich sah Witold scharf an. War er überhaupt traurig über Hilkes und Beates Tod, oder tat er sich nur selbst leid? Die Sache mit Beate schien ihn nicht allzu tief getroffen zu haben, denn sonst wäre er wohl wieder in die Einsamkeit geflüchtet, statt es mir als Sensation zu erzählen.

»Kann ich noch irgend etwas für dich tun?« fragte er, »einkaufen, Tee kochen, Samariter spielen, Trost spenden?«

Ich nahm ihn beim Wort, obgleich ich wußte, daß er nicht damit rechnete.

»Ich habe gar keinen Saft mehr im Haus, und bei einer Darmgrippe soll man ja viel trinken. Könntest du mir vielleicht morgen ein paar Flaschen besorgen?«

Witold machte sofort einen kleinen Rückzieher.

»Bei solchen Krankheiten ist Saft gar nicht gut, du solltest eher viel Tee trinken.«

Ich seufzte, daß gerade der Tee einen Würgereiz bei mir auslöse. Aus alter Erfahrung wisse ich, daß Cola gut bei Erbrechen sei.

Nun lächelte er mich an, daß mir das Herz zerschmolz.

»Na gut, morgen bring' ich dir Saft und Cola. Aber jetzt muß ich weg, ich will Beates Kindern etwas zur Seite stehen. – Nicht aufstehen!« Er drückte mich sanft an der Schulter wieder zurück in meine Kissen und verschwand.

Mir ging es schlagartig besser, die schrecklichen Vorstellungen verblaßten, und ein hoffnungsvolles Bild tauchte vor mir auf: Morgen kommt er wieder und lächelt mich an. Alles wird noch gut, ich muß bloß stark bleiben und durchhalten.

Nach zwei durchwachten Nächten fiel ich in einen langen Schlaf der Erschöpfung.

5

Um elf Uhr wurde ich wach und zwang mich, reichlich Tee – der mir guttat – und eine Scheibe Toast zu mir zu nehmen. Ich mußte heute häufig eine Kleinigkeit essen, um nicht diesen sauren Geruch aus leerem Magen auszuströmen. Dann badete ich, wusch mir die Haare und fönte sie. Vormittags konnte Witold nicht kommen, da mußte er unterrichten. Aber ob er nun gleich nach dem Mittagessen oder erst später kam, da konnte ich nur spekulieren. Im seidenen Pyjama wartete ich ab zwei Uhr nachmittags, räumte die Teetasse weg, holte sie wieder heraus, putzte mir erneut die Zähne. Um sechs war ich reichlich nervös. Da rief endlich Witold an; er will sich drücken, dachte ich.

»Na, Rosemarie Luise Thyra, geht's heute besser?« fragte er.

»Kaum«, flüsterte ich.

»Also dann komme ich noch geschwind vorbei; ich hatte eine Menge um die Ohren heute, es dauert noch eine kleine Weile.«

Wieder eilte ich zum Spiegel. Rosmarie, stellte ich fest, du bist zu dünn. Männer mögen Busen, und wo ist deiner?

Aber ich sah nicht mehr so abstoßend aus wie gestern, vielleicht hatte ich eine Chance, wohlwollend betrachtet zu werden.

Um acht kam er schließlich, rief schon auf der Treppe mit künstlicher Munterkeit: »Essen auf Rädern!« und registrierte nicht, daß ich heute kein Häufchen Elend mehr war. Er trug eine Plastiktüte in die Küche und packte Apfelsaft, Cola und Zwieback aus.

»Und für die leidende Seele«, sagte er und kramte aus der Jackentasche eine Musikkassette, »unerhört schön traurige Musik. Brahmslieder. Als es mir so schlecht ging, habe ich sie dauernd abgespielt. Meine persönliche Therapie geht so: Tränen über fremdes Leid vergießen, wenn man von der eigenen Trauer versteinert ist.«

Ich dankte ihm. Tränen hatte ich schon genug über eigenes Leid vergossen. Solche Musik würde mir voraussichtlich nicht die Bohne gefallen, aber woher sollte Witold das wissen?

»Komm«, sagte er, »steh nicht in der Küche herum, leg dich aufs Sofa. Ich bleib' noch ein paar Minuten bei dir.«

In meinem seidenen Nachtanzug lagerte ich mich malerisch, mindestens wie Goethe in der Campagna.

»Ich sah gestern schrecklich aus, du mußt dich vor mir geekelt haben«, murmelte ich.

»Je nun, so sieht jeder aus, wenn es ihm schlecht geht.« Witold schien wirklich wenig Aufmerksamkeit auf mein Äußeres zu verschwenden.

»Weißt du, es ist auch für mich schlimm, daß Beate tot ist«, begann er auf einmal.

Mußte ich mir das anhören? Ja, ich mußte.

»Thyra, du bist eine treue Seele, ich will dir was beichten: Ich habe mich verliebt.«

Ich blieb gelassen, so gut es ging, schließlich hatte ich das ja mehr oder weniger gewußt. Aber wie sollte ich mich dazu äußern.

»Auch ich habe Beate geliebt«, sagte ich leise, es war nicht gelogen.

»Sie war schon toll«, sagte Witold, »diese wunderbare Tochter hatte eine wunderbare Mutter.«

Ich verstand ihn nicht. »Wer, Lessi?«

»Nein doch! Lessi mag ein nettes Mädchen sein, aber ich hätte mich nimmermehr in sie verliebt. Ich meine natürlich Vivian!«

Ich starrte ihn mit aufgerissenen Augen an.

Witold lachte. »Ja, Thyra, so ist es. Ich bin in Vivian verliebt. Durch dich habe ich Beate kennengelernt und bei ihr wiederum ihre hinreißende Tochter.«

Ich stotterte: »Vivian ist doch fast noch ein Kind!«

»Aber ich bitte dich«, Witold fühlte sich angegriffen und reagierte gereizt, »sie ist eine schöne junge Frau von sechsundzwanzig Jahren, und an Reife kann sie es mit so manchem aus meinem Jahrgang aufnehmen.«

Ich konnte meine Tränen nicht zurückhalten. Beate, ich habe dich völlig umsonst umgebracht.

Witold sah mich etwas bestürzt an. »Ja«, meinte er, »du bist fix und fertig, und ich schwatze da von Verliebtsein. Wahrscheinlich findest du es auch völlig geschmacklos, daß ich kurze Zeit nach Hilkes Tod so empfinden kann. Ich wollte deswegen auch nicht, daß es irgend jemand erfährt, aber du weißt ja sowieso mehr von mir als alle meine Freunde, dich wollte ich einweihen.«

Unter Schluchzen fragte ich: »Wußte das Beate?«

»Vivian wollte es ihr anfangs nicht sagen, sie hatte Befürchtungen, ihre Mutter würde es nicht gutheißen, weil ich ja einige Jährchen älter bin. Beate hat ihre Kinder nie ausgefragt, aber vielleicht hat sie etwas geahnt, weil Vivian immer, wenn sie zu Hause zu Besuch war, das Auto ihrer Mutter auslieh und mich besuchen kam. Na, jedenfalls hat Vivian ihrer Mutter einen Tag vor dem Unfall alles erzählt.«

Es war entsetzlich. Aber mitten im Geflenne kam mir eine geniale Idee.

»Ach Witold, weißt du denn nicht, daß Beate selbst in dich verliebt war?«

Jetzt fiel ihm der Unterkiefer herunter.

»Nein, das glaube ich nie! Hat sie dir das etwa gesagt?«

»Ja, sie hat es mir anvertraut. Sie dachte wahrscheinlich, daß deine Besuche ihr galten.«

Witold starrte mich an. Ihm ging einiges durch den Kopf.

»Es muß Beate tief getroffen haben«, setzte ich meine Gedankengänge unbarmherzig fort, »als Vivian ihr von eurer Beziehung erzählt hat.«

»Um Gottes willen!« entsetzte sich Witold. »Du meinst doch nicht, daß sie sich meinetwegen umgebracht hat?«

Ich schwieg, zuckte mit den Schultern. Witold war ein Narziß, es leuchtete ihm sofort ein, daß man aus unglücklicher Liebe zu ihm von einem Turm springt.

»Thyra, ich beschwöre dich!« sagte er erregt und ergriff meine Hand, »das darfst du nie im Leben Vivian sagen! Sie ist ein überaus empfindsamer Mensch, sie würde sich für den Tod ihrer Mutter verantwortlich fühlen!«

»Nein, ich sage ihr natürlich nichts. Aber wenn mich die Polizei ausfragt, kann ich es auch nicht verschweigen. Immerhin ist es ein denkbares Motiv.«

Witold sah auf meinen blauen Teppich und grübelte.

»Daß ich gar nichts davon gemerkt habe! Aber doch – im nachhinein ist mir, als wäre ich blind gewesen! Natürlich, mir fallen jetzt Situationen ein, wo sie mich so seltsam angesehen hat. Ach, wir Männer sind so unsensible Wesen!«

Das Telefon klingelte. Es war Vivian.

»Hallo Rosi«, sagte sie, in ihrer leicht arroganten Art, »falls Rainer noch bei dir ist, möchte ich ihn sprechen.«

Ich gab Witold den Hörer. Er sagte ein paarmal »ja« und »nein« und schließlich: »Dann eben morgen. Paß auf dich auf und gute Nacht.«

Er schien sich mir gegenüber für diesen Anruf rechtfertigen zu wollen. Eigentlich hätte er vorgehabt, heute nachmittag zu ihr zu fahren, aber die ganze Zeit über seien so viele Verwandte dagewesen: Beates Vater, ihre zwei Schwestern und zwei Brüder. Er hätte nun Vivian abends abholen wollen, damit sie ein bißchen an die frische Luft käme. Aber nun sei auch der Architekt, Beates Exmann da; die Kinder sollten alle drei mit ihm die Todesanzeige aufsetzen.

»Na, dann kann ich auch noch ein paar Minuten hierbleiben«, schloß Witold. »Übrigens, ehe ich es vergesse, die Beerdigung wird am Freitag sein, bis dahin bist du wieder auf den Beinen«. Ich wäre lieber noch lange krank gewesen, aber zur Beerdigung mußte ich wohl oder übel hinfahren.

Witold fragte plötzlich: »Wo warst du eigentlich am Samstag?«

Ich hatte mir schon lange eine Antwort zurechtgelegt,

allerdings hatte ich erwartet, daß nicht er, sondern die Polizei diese Frage stellen würde.

»Ach, da fing diese blöde Krankheit doch an. Mir ging es schon am frühen Morgen nicht gut, ich habe mit Müh und Not ein paar Lebensmittel besorgt, mich aber gleich wieder ins Bett gelegt. Warum fragst du?«

»Ach, vergiß es. Mir ging gerade durch den Kopf, wie seltsam es ist, daß zwei Frauen innerhalb einer relativ kurzen Zeitspanne sterben und wir in beide Fälle irgendwie verstrickt sind, du und ich. Es gibt schon merkwürdige Zufälle.«

Ich nickte und lehnte mich ermattet zurück. Witold hielt das für ein Zeichen, daß er aufbrechen müsse, damit ich, die Patientin, zur Ruhe käme.

»Ich ruf’ dich morgen an«, versprach er mit einer gewissen Herzlichkeit und trat ab.

Bevor er kam, bevor ich ihn traf, war ich immer in Hochform. Ich malte mir unsere Begegnungen aus: voll Seelenverwandtschaft, Liebe und erotischer Spannung. Wenn’s dann vorbei war, blieben Enttäuschung und Zweifel. War er überhaupt so einmalig? Wünschte ich ihn wirklich so glühend als Liebhaber?

Ein Glück, daß ich den Revolver nicht benutzt hatte. Man hätte schnell herausgefunden, daß es die gleiche Waffe war, mit der Hilke Engstern erschossen worden war. Zumindest Witold konnte dann zwei und zwei zusammenzählen, denn ich war ja als letzte im Besitz des Revolvers gewesen. Ich durfte ihn auf keinen Fall je wieder gebrauchen, mußte ihn schleunigst beseitigen. Dumpf brütete ich vor mich hin: Wenn man mich als zweifache

Mörderin entlarven würde, dann bliebe mir immerhin noch die Möglichkeit, mich selbst zu erschießen.

Diese apokalyptischen Gedanken machten mich wohltuend unglücklich. Witold liebte Vivian, und ich hatte meine beste Freundin umgebracht. Was sollte das alles noch. Leise sagte ich: »Rosi, erschieß dich lieber gleich.«

Da fiel mein Blick auf Witolds Kassette mit den Brahmsliedern. »Für die kranke Seele«, oder so ähnlich hatte er gesagt. Ich legte die Musik in den Recorder, vielleicht enthielt sie ja eine versteckte Botschaft. Am Ende waren es gar keine Brahmslieder, und Witold hatte die Kassette für mich besprochen: eine Liebesbotschaft für mich.

Nun hörte ich das Lied von der Jungfrau, die ihr Hochzeitskränzlein aus Rosen winden wollte. – Nein, das war kein Thema für mich!

>»Sie ging im Grünen her und hin,
statt Rosen fand sie Rosmarin.«

Oder war es doch eine geheime Nachricht, denn Rosmarie war ja ich? Nun kam der Schluß:

>»Sie ging im Garten her und hin,
statt Röslein brach sie Rosmarin.
›Das nimm du, mein Getreuer, hin!
Lieg bei dir unter Linden, mein
Totenkränzlein schön!‹«

Jetzt stellte ich die Musik ab und weinte hemmungslos. Witold, ich bin keine Rose, ich bin nur Rosmarin, und ich werde auch nie einen Rosenkranz zur Hochzeit tragen, sondern ein Totenkränzlein schön.

Irgendwann in der Nacht verließ ich das Sofa, zog den Seidenpyjama aus und das hoffnungslos Geblümte an und legte mich ins Bett. Am nächsten Morgen ging ich zum Arzt und ließ mich für die ganze Woche krankschreiben. Als ich wieder zurückkam, stand ein Polizist vor der Tür, der gerade im Begriff war, wieder zu gehen. Er wollte meinen Namen wissen und war erleichtert, daß er nun nicht ein zweites Mal kommen müsse. Mir fiel mit Entsetzen der Revolver im Koffer ein.

Auf dem Weg treppauf erzählte er, daß er erst bei mir zu Hause angerufen habe und dann im Büro, wo er gehört habe, daß ich krank sei und daß er mich wahrscheinlich in meiner Wohnung anträfe. Ich hielt ihm die gelbe Krankmeldung hin. Er lächelte: »Ist doch klar, man muß zum Arzt, wenn man krank ist. Es dauert auch nur fünf Minuten, dann bin ich wieder weg.«

Er war freundlich, jung und kein hohes Tier, überlegte ich, nicht gleich fünf Mann Mordkommission. Der Polizist begann: »Sie sind eine Freundin von Frau Sperber, deren Todesursache wir aufklären müssen. Die Selbstmordtheorie halten wir für sehr unwahrscheinlich, aber trotzdem erkundigen wir uns bei ihren Freunden, ob sie eventuell mal Gedanken in dieser Richtung geäußert hat.«

»Was sagen denn die anderen Freunde?« fragte ich.

»Alle meinen übereinstimmend, daß sie sich das nicht vorstellen können, sie sei nie depressiv gewesen.«

»Im Prinzip kann ich mir das auch nicht denken. Allerdings habe ich gehört, daß Beate am Tag davor eine Aussprache mit ihrer Tochter hatte. Vivian hat ihr erzählt, daß sie sich mit einem doppelt so alten Mann angefreundet hat.«

»Ja, das wissen wir bereits, die Tochter hat es uns schon mitgeteilt. Aber ihre Mutter hat das sehr gelassen aufgenommen.«

Ich druckste herum. »Sie müssen mir versprechen, daß Sie vertraulich behandeln, was ich Ihnen hierzu noch sagen kann. Also, auf keinen Fall ein Wort davon zu den Kindern, das bin ich meiner Freundin schuldig!«

Mit einer gewissen Neugier sah mich der junge Mann an. »Soweit es möglich ist, werden wir Ihre Mitteilung vertraulich behandeln.«

»Beate hat mir kürzlich mitgeteilt, daß sie selbst in diesen Mann verliebt war.«

Der Polizist fand das zwar interessant, aber er meinte: »Bei einer stabilen Frau wie Ihrer Freundin wird das schwerlich für einen Selbstmord ausreichen. Und wie soll man erklären, daß sich eine Mutter von drei Kindern an diesem Samstag völlig normal verhält, einkauft, schwimmen geht und dann plötzlich auf einen einsamen Turm im Walde steigt, um sich hinunterzustürzen?«

Ich mußte zugeben, daß das rätselhaft sei.

»Nein, das war bestimmt kein Selbstmord«, versicherte er. »Außerdem hat die Obduktion ergeben, daß sie vorher Alkohol – wahrscheinlich Sekt – getrunken und auch etwas gegessen hat. Es sieht eigentlich so aus, als hätte sie sich mit einem Mann getroffen – Sektfrühstück oder so was.«

»Ihr Freund ist am Wochenende bei seiner Familie in München«, wandte ich ein.

»Ja, das ist bekannt. Aber er hat kein Alibi, nur die Aussage seiner Frau. Möglich ist immerhin, daß er Frau Sperber am Turm traf und ihr eine sehr unangenehme Nachricht – beispielsweise, daß es aus wäre zwischen den beiden – mitgeteilt hat. Aber wieder sagen alle, daß die Bindung an diesen Mann nicht tief war und sie deswegen kaum sehr verletzt wäre, wenn er sich von ihr trennen wollte. Wenn Sie sagen, daß Frau Sperber in den Freund ihrer Tochter verliebt war, dann bestätigt das ja diese Theorie.«

»Und wenn sie nun ihrerseits ihrem Freund Jürgen eine Trennung vorgeschlagen hat?« warf ich eine neue Version in die Waagschale.

»Könnte sein, aber es wäre kaum ein Grund, sie gleich in den Abgrund zu stürzen. Aber ich sagte ja schon, daß wir diesen Herrn Jürgen Faltermann überprüfen, sein Alibi hätten wir gern etwas konkreter nachgewiesen. – Ist Ihnen vielleicht sonst noch irgend etwas aufgefallen, was eben nicht zur Sprache kam?«

Ich verneinte und fragte, ob man also letzten Endes an einen Unglücksfall denke.

»Ehrlich gesagt«, meinte der Polizist, »ich persönlich glaube das nicht. Wer fährt schon mutterseelenallein in den Wald und trinkt Sekt auf einem Turm! Das macht man doch nicht. Ich glaube, daß irgend jemand dort bei ihr war, der sich aber nicht zu erkennen gibt. Wenn dieser Jemand ein reines Gewissen hätte, würde er sich melden. Ob es nun Mord, Selbstmord oder ein Unfall war, kann also im

Augenblick nicht geklärt werden. Wenn Sie mich aber so direkt fragen, mein Tip ist Mord«, unter diesen Worten gab er mir die Hand, steckte seine Aufzeichnungen weg und verabschiedete sich.

Kaum hatte ich meine Ausgehkleider abgelegt und vorsichtshalber nicht die schlimmsten Fetzen, sondern Hosen und Pullover angezogen, da schellte es. Witold? Nein, es waren Frau Römer und der Dieskau, der mich mit überschwenglicher Freude begrüßte. Frau Römer war atemlos vom Treppensteigen, aber stolz darauf, daß sie – die Kranke – mich, die noch Kränkere, besuchte. Wenn mir nicht gar so mies zumute gewesen wäre, hätte ich mich gefreut.

Frau Römer hatte ebenfalls übers Büro von meiner Krankheit erfahren und brachte mir nun einen Rosenstrauß und einen Kriminalroman (welche Ironie, dachte ich) und die Grüße des Chefs, mit dem sie gesprochen hatte. Sie erzählte mir lange von ihren Plänen: Irgendwann in der nächsten Zeit wollte sie nach Amerika zu ihrer Tochter reisen. Ich erfuhr alles von ihrer Kur, von den Zimmergenossinnen im Krankenhaus und dergleichen mehr. Ich konnte mich schlecht konzentrieren.

»So gut wie jetzt ging es mir schon lange nicht«, sagte die herzkranke und brustamputierte Frau Römer, »ich fühle mich relativ wohl, ich habe Zeit für mich und brauche vielleicht nie mehr ins Büro zurück. Sicher habe ich noch ein paar gute Jährchen vor mir.«

Nach einer Krebserkrankung fand ich diese Haltung erstaunlich. »Frau Römer«, sagte ich weinerlich, »Sie haben allerhand eingesteckt im Leben und behalten trotzdem Ihren Optimismus. Das geht mir ganz ab.«

Sie betrachtete mich eindringlich. »Eine schwere Krankheit bringt auch neue Impulse, überhaupt alles Schwere, das man übersteht! Hören Sie, Frau Hirte, wichtig ist: Niemals aufgeben!« Und beschwörend nahm sie meine Hand, als wüßte sie, was in mir vorging.

Ja, ich darf nicht aufgeben, sagte ich laut vor mich hin, als ich wieder allein war. Es ist noch gar nichts verloren. Erstens kommen sie mir nicht auf die Spur, noch nicht einmal der leiseste Verdacht liegt gegen mich vor, geschweige denn irgendein Beweis. Und zweitens ist Witold zwar im Moment in Vivian verliebt, aber wird das lange anhalten?

Vivian! Ich hatte sie kennengelernt, als sie acht Jahre alt war. In der Pubertät wurde sie überaus schwierig. Sie hatte die Scheidung sehr schwer genommen. Der Vater war ihr Idol gewesen, und nun ließ sie es zeitweise an Beate aus, daß er nicht mehr da war. Damals trug sie nur Klamotten, die man nichteinmal dem Roten Kreuz angeboten hätte. Sie lief in einem abgewetzten Plüschmantel herum, in dem sie wie ein Teddybär in der Mauser aussah. Beate ertrug das mit Anstand; ich wäre ausgerastet. Dann fing sie an zu haschen und zu trinken, und schon mit sechzehn Jahren kam sie so manche Nacht nicht heim. Eine feine Braut hatte sich Witold da angelacht. Aber ich mußte zugeben, daß Vivian heute eine aparte Erscheinung war. Tiefschwarze Haare, eine helle Haut und große Augen, die allerdings hemmungslos ummalt waren. Ihre pubertäre Lumpenkleidung hatte sie unter geflissentlicher Verachtung des guten Geschmackes im Laufe der Zeit umkultiviert, so daß sie inzwischen wie eine Juliette-Gréco-Nachzucht anzusehen war. Vivian war mit dem Studieren noch lange nicht fertig, sie besuchte in Frankfurt die Kunstakademie oder tat wenigstens so. Sonntags fuhr sie meistens mit der Bahn nach Darmstadt zu ihrem Bruder Richard, und beide rückten dann in dessen Schrottauto bei Beate an. Lessi, die in Heidelberg Sport studierte, war dagegen unentwegt zu Hause und schaffte dort Unordnung. Ich hatte mich für die Kinder meiner Freundin nie sonderlich interessiert, aber wohl oder übel mußte ich mir bei jedem Zusammentreffen anhören, was Beate über ihre Herzchen zu berichten hatte.

Wie konnte sich ein Mann von Witolds Niveau in eine Zigeunerin wie Vivian verlieben? Soweit ich informiert war, hatte es Vivian im Laufe von zehn sexuell aktiven Jahren auf eine unüberschaubare Zahl von Liebhabern gebracht. Selbst die tolerante Beate wollte nicht bei jedem sonntäglichen Familienessen ein neues Gesicht sehen und hatte verlangt, daß Vivians Freund mindestens drei Monate lang ein und derselbe blieb, bevor er angeschleppt wurde. Diese Forderung hatte ihre Tochter dazu veranlaßt, zwei Jahre lang fast gar nicht mehr aufzutauchen. Aber solche Mätzchen schienen überwunden, das Verhältnis von Mutter und Tochter hatte sich normalisiert, ja es war zuletzt eher liebevoll zu nennen gewesen.

Witold rief wirklich noch an. Er schien doch so etwas wie freundschaftliche Gefühle für mich zu entwickeln, wenn sie auch noch weit von Liebe entfernt waren. Nachdem er sich teilnahmsvoll nach meiner Befindlichkeit erkundigt hatte, erzählte ich ihm, daß ein Polizeibeamter bei mir gewesen sei. Er wollte alles genau wissen, aber ich verschwieg ihm, daß der Polizist an Mord glaubte.

»Weißt du, Thyra«, meinte Witold, »ich glaube ja inzwischen auch, daß Beate eine Schwäche für mich hatte. Aber ich kann mir doch nicht recht vorstellen, daß sie erst einkaufen und schwimmen geht und sich dann das Leben nimmt. Außerdem hätte sie einen Brief an die Kinder hinterlassen. Eine Kurzschlußreaktion scheidet meiner Meinung nach aus, wenn man zuvor Sauerbraten, Weißkohl und Spätzle einkauft. Ein gut durchdachter Einkaufszettel lag im Portemonnaie.

Aber noch etwas anderes fiel mir ein: Damals, als ich Beate auf der Weinkerwe kennenlernte, bin ich doch mit ihr auf die Schiffschaukel gestiegen. Schwindlig werde sie nie, das hat sie fast zu sehr betont. Es könnte ja sein, daß sie sich darin überschätzt hat: Sie ist auf dem Rand des Aussichtsturms herumbalanciert, hatte vorher aber Sekt getrunken und verlor das Gleichgewicht. Was meinst du dazu?«

»Ja, das könnte schon sein«, versicherte ich. Mit dem Rumturnen kam er nahe an die Wahrheit heran. »Beate wollte bei jeder Gelegenheit ein bißchen turnen und klettern, aber schließlich war sie auch nicht mehr siebzehn.«

»Ganz genau«, stimmte mir Witold zu, »sie war nicht mehr die Jüngste. Sie hätte ihr Alter akzeptieren und solche Eskapaden lassen sollen.«

Das mußt du gerade sagen, dachte ich. Ich ärgerte mich. Schließlich war ich im gleichen Alter wie Beate, und er war nun auch nicht meilenweit davon entfernt.

Ich hörte am Telefon, wie er an seiner Zigarette zog.

»Thyra«, ging es wieder weiter, »könntest du dir vorstellen, daß dieser Jürgen Faltermann deine Freundin runtergestoßen hat? Beates Kinder halten wenig von ihm und sind ihm eher aus dem Weg gegangen.«

»Ich kenne Herrn Faltermann nicht besonders gut«, sagte ich vorsichtig, »so was traue ich ihm eigentlich nicht zu, aber weiß man, was in einem Menschen vorgeht...«

»Würdest du mir einen Mord zutrauen?« fragte Witold, »na ja, lassen wir das lieber.«

Ich dachte, daß sein Telefon vielleicht immer noch abgehört wurde, und fand es gar nicht gut, wenn man am Ende auf mich aufmerksam würde.

»Von woher rufst du an?« fragte ich ängstlich.

Witold lachte jetzt. »Meine Komplizin ist ein Angsthase. Ich rufe nicht von zu Hause an, versteht sich. Also dann, wir sehen uns auf der Beerdigung. Tschüs, Thyra.«

In den nächsten Tagen dachte ich manchmal darüber nach, ob ich jetzt Vivian umbringen sollte. Aber ich verwarf diesen Gedanken. Erstens wollte ich überhaupt nie wieder jemanden ermorden, weil ich einfach nicht die Nerven dazu hatte. Zweitens versprach ich dem Geist meiner toten Freundin, mit dem ich nachts häufig Zwiesprache hielt, ihre Kinder nicht anzurühren. Und drittens: Wie sollte ich es überhaupt anstellen? Den Revolver durfte ich nicht mehr benutzen. Vivian und ich hatten eine distanziert-höfliche Beziehung (genau genommen mochten wir einander nicht), nie hätte ich sie irgendwohin locken können.

Witold liebte sie und sie ihn, so sagte er. Aber das war reine Illusion. Vivian war flatterhaft, über kurz oder lang hatte sie einen anderen, und Witold würde leiden. Wer konnte ihn dann besser trösten als ich? Schließlich wußte ich viel über ihn, das hatte er selbst gesagt, und er wollte ja auch seine Freunde in diese neue Liebschaft noch nicht einweihen.

Es bestand also kein Grund zum Verzweifeln. Niemand verdächtigte mich, und dem Ziel meiner Bemühungen war ich ein ganzes Stückchen näher gekommen.

6

Mich erreichte die Todesanzeige. Beates Vater und ihre Kinder, Geschwister und Freunde trauerten um sie; der Exmann war nicht aufgeführt, obgleich er doch die Anzeige aufgesetzt hatte.

Zur Beerdigung bestellte ich einen kleinen Kranz aus blauen Blumen (Beates Lieblingsfarbe): Rittersporn, Eisenhut, Kornblumen, Iris und einige blau eingefärbte Margeriten. Er sah wie ein Hochzeitskranz aus, dachte ich, nicht wie ein Totenkränzlein.

Ich selbst war zurückhaltend aufgemacht; schwarz mußte sein, Lippenstift und Rouge vermied ich. Mein Selbstbewußtsein war geschrumpft, ängstlich und schüchtern versuchte ich, weder zu früh noch zu spät auf dem Friedhof zu erscheinen.

Es war eine riesengroße Beerdigung, was ich nicht erwartet hatte. Die Autos standen auf beiden Seiten der Straße, weil sie auf dem Parkplatz nicht unterkamen.

Auf dem Weg zum Portal rief man hinter mir meinen Namen: »Hallo, Rosi, warte doch!«

Ich duze mich mit sehr wenigen Menschen, in meinem Mannheimer Büro mit niemandem, obgleich sie mich deswegen für schrullig halten. Aber diese Mode des Duzens am Arbeitsplatz habe ich aus tiefer Überzeugung abgelehnt. Verwandte habe ich keine und auch kaum Freunde zum Duzen. Beate, ja, die kannte ich seit meiner Kindheit, und auch ihre Kinder hatten mich, ohne lange zu fragen, »Rosi« genannt, nicht aber Beates früherer Mann; neulich mal wieder Hartmut aus Berlin – ihn konnte ich wohl oder übel nicht gut siezen; Witold – Gott sei Dank! – und quasi aus Zufall noch sein Freund Dr. Schröder. Sonst gab es keinen, dachte ich. Aber aus der schwarzströmenden Trauergemeinde löste sich doch eine mir flüchtig bekannte Gestalt, die »du« zu mir sagte: Beates letzter Freund, Jürgen Faltermann. Tatsächlich hatte er mir das Du bei unserer einzigen Begegnung regelrecht aufgezwungen. Ich dachte damals, ich würde ihn wahrscheinlich kaum je wieder treffen und wollte auch nicht gar so zickig sein. Nun war er neben mir.

»Rosi, ich wollte dich schon seit Tagen anrufen, aber ich habe leider deinen Familiennamen vergessen.«

Er war mir viel zu distanzlos.

»Hirte«, sagte ich mit müder Kälte.

»Ach ja, genau! Hirte! Aber ist jetzt egal. Hast du hinterher ein bißchen Zeit, ich muß unbedingt mit dir sprechen.«

»Wenn's denn sein muß«, sagte ich ziemlich unfreundlich, aber er erwiderte nur: »Also, dann warte hier am Haupteingang.«

Wir schoben uns in die kleine Kapelle, und ich suchte einen Platz im Hintergrund, während Jürgen sich in der Mitte niederließ.

Beate war früher gemeinsam mit ihrem Mann aus der Kirche ausgetreten, erinnerte ich mich. Ob nun trotzdem von einem Pfarrer eine Rede gehalten wurde?

Vorn saß Beates Vater, alt und gebrochen, neben ihm

Lessi. Er hielt ihre Hand. Dann folgten Richard, Vivian und Beates Geschwister mit ihren Familien, in den Reihen dahinter entferntere Verwandtschaft, auch Beates früherer Ehemann und eine gewaltige Menge von Freunden und Bekannten, unter denen ich auch Witold entdeckte. Neben ihm saß aus purem Zufall – ich erkannte sie nach einem Foto – die neue Frau Sperber, Beates Nachfolgerin, mit ihrer Tochter, also einer Halbschwester von Beates Kindern.

Die Rede wurde von Beates Schwager gehalten, einem Professor aus Hamburg. Er sprach geistreich und gekonnt, schilderte ihr Leben und lobte ihre vielen guten Eigenschaften. Aber seine kalte und eher geschäftsmäßige Ansprache löste bei den Zuhörern keine Emotionen aus; man hustete, scharrte, schneuzte auch vereinzelt, flüsterte.

Als er fertig war, entstand eine kurze Pause. Dann rauschte es an der Tür, und etwa zwanzig gestandene Männer in einheitlicher Kleidung traten ein. Der betagte Vater, der sein Leben lang Mitglied im Männergesangverein gewesen war, hatte diese trefflichen Herren hergebeten. Anscheinend war ihm eine Trauerfeier ohne Pfarrer und Gebete zu kalt erschienen, und nun hatte er für beispielhafte Stimmung gesorgt. Die alten Sänger legten die linke Hand auf den Rücken, stellten ein Bein vor und sangen auswendig: »Ich bete an die Macht der Liebe!«, wobei sie abrupt vom Forte ins Pianissimo rutschten und mühelos wieder zurück. Obgleich ich, wie schon betont, von Musik wenig Ahnung habe, hörte ich schon bei den ersten Tönen, daß dies hier Kitsch war. Was dem Redner nicht geglückt war, den Sängern gelang es auf Anhieb: Ein heilloses Schluchzen setzte ein, alt und jung konnten sich nicht mehr beherrschen, die vielen Mensche.. vereinten sich endlich zu einer Gemeinschaft der Weinenden. Die Künstler, die diesen Erfolg erwartet hatten, ließen sich nicht lumpen und sorgten dafür, daß der Strom nicht so schnell versiegte.

Stolz durchflutete mich: Mir und diesen Trauersängern war es gelungen, so viele unterschiedliche Menschen in einem großen Gefühl zu vereinen. Ohne mich wäre diese unvergeßliche Feier nie zustande gekommen.

Mein Hochgefühl hielt an, bis ich Jürgen Faltermann traf. Ich konnte ihn nicht leiden, was nicht zuletzt damit zu tun hatte, daß er mich so ungehemmt »Rosi« nannte.

»Gehen wir einen trinken«, sagte er gleich, »ich habe keine Lust, von der ganzen Mischpoke angegafft zu werden.« Er schwitzt wie Hartmut, dachte ich angewidert.

Wir saßen in einem billigen Speiselokal, in dem es penetrant nach Fritten roch. Jürgen bestellte Bier, ich Mineralwasser, er Schnitzel mit Salat, ich eine Königinpastete.

Jürgen goß das Bier in die Kehle. Er zog sein Jackett aus und saß mir nun in einem ungelüfteten schwarzen Rollkragenpullover aus Synthetic gegenüber.

»Kommen wir doch gleich zur Sache«, begann er und beobachtete scharf die Tür. Aber andere Trauergäste schienen sich nicht hierher zu verirren. Ich sah ihn fragend an.

»Die Polypen löchern mich pausenlos. Dabei bin ich am betreffenden Wochenende brav bei Weib und Kind in München gewesen. Ich habe eine Quittung von einer Autobahntankstelle vom Sonntag abend, aber das nützt mir nicht sehr viel. Ich kann nicht beweisen, daß ich schon Freitag nachmittag von hier losgefahren bin. In München hat mich am Samstag kein Schwein gesehen, außer meiner Frau. Die kleinen Kinder zählen sowieso nicht. Das Auto stand in der Garage. Es war zwar schönes Wetter, aber ich Idiot habe am Samstag nur zu Hause gehockt und meine Buchführung gemacht.«

Er ergriff die Plastikblume aus dem Tischväschen und zerlegte sie.

Ich wollte gerade fragen, was mich das anginge, da kamen schon seine Vorwürfe: »Du mußt den Bullen diesen Blödsinn erzählt haben, daß die Beate in den Typ von der Vivian, den eingebildeten Lehrer, verliebt war. Wie kommst du überhaupt dazu, so eine Lüge zu verbreiten?«

Ich wurde rot und versicherte, es sei keine Lüge, und ich hätte das auch nicht verbreitet, sondern einzig und allein der Polizei mitgeteilt, die ihrerseits völlige Diskretion versprochen habe.

Jürgen bestellte neues Bier.

»Die Polizei und Diskretion, daß ich nicht lache! – Es ist wirklich der größte Quatsch, den ich je gehört habe. Die Beate und ich waren zwar kein romantisches Liebespaar, aber wir mochten uns gern und waren ehrlich zueinander. So jemand wie du (was meinte er damit?) kann das natürlich nicht begreifen.«

Ich fühlte mich beleidigt. Schneidend sagte ich, in diesem Ton lasse ich nicht mit mir reden. Ich kennte Beate seit meiner Schulzeit, und sie sei seit langem meine Freundin gewesen.

»Freundin ist gut«, höhnte Jürgen, »über eine Freundin

verbreitet man keine Unwahrheiten. Zu dir hatte sie sowieso kein Vertrauen, sonst hätte sie dir erzählt, was sie mir schon längst gesagt hatte.«

»Und das wäre?« fragte ich mit rasendem Herzen.

»Die Beate wußte schon lange, daß die Vivian mit dem Lehrer ging, sie war doch nicht doof! Klar war, daß die Vivian einen neuen Freund hier und nicht in Frankfurt hatte, weil sie auf einmal viel häufiger zu Besuch kam und dann mit Beates Auto die halbe Nacht wegblieb. Außerdem kam dieser Typ, seinen Namen habe ich gerade vergessen, nachdem er die Vivian kennengelernt hatte, grundlos und wie zufällig öfter vorbei, und immer war dann auch die Vivian da. Mütter sind neugierig! Natürlich hat die Beate aus dem Fenster gespäht, wenn die Vivian abgeholt wurde und ausnahmsweise kein Auto brauchte. Dann sah sie den Lehrer an der Straßenecke warten.«

Ich atmete schwer. »Na gut, dann hat sie es eben gewußt«, sagte ich, »aber warum soll es nicht stimmen, daß sie trotzdem selbst in ihn verliebt war?«

»Großer Gott, du bist schwer von Begriff. Sie machte sich wenig aus laschen Softies, oft genug haben wir über ihn gesprochen. Aber andererseits fand sie seine Freundschaft zu der Vivian auch nicht weiter schlimm. Sie sagte ungefähr so: ›Lehrer sind meistens pädophil, und Vivian hat einen Vaterkomplex, also haben sie eine solide Basis.‹ So redet man doch nicht, wenn man selber auf einen Mann scharf ist.«

»Es könnte auch Tarnung gewesen sein«, wandte ich ein, »damit du es nicht merkst.«

Jürgen sah mich kopfschüttelnd an.

»In welcher Welt lebt ihr alten Jungfern eigentlich?« posaunte er laut, daß andere Gäste ihre Köpfe umdrehten und mich interessiert begutachteten.

»Tut mir leid, Rosi, war nicht persönlich gemeint. (Wie denn sonst, dachte ich.) Aber du kannst dir wahrscheinlich nicht vorstellen, daß Beate und ich ohne den ganzen Beziehungsquatsch auskamen.«

Ich wollte gehen, aber er hielt mich fest, schwitzend und biergefüllt, ähnlich wie Hartmut neulich. Eiskalte Wut kroch in mir hoch.

»Herr Faltermann, lassen Sie mich los! Ich war eben auf der Beerdigung meiner besten Freundin und bin nicht disponiert für solche beleidigenden Gespräche.«

»Aha, jetzt bin ich auf einmal der Herr Faltermann. Die Gnädige will sich nicht mit einem Vertreter duzen. Die Beate war ein ganz anderer Mensch als du, die kannte keinen Dünkel und keine Vorurteile. Und in diesen lauen Typ war sie nie im Leben verliebt«, er überlegte kurz, »das könnte ich mir viel eher von dir vorstellen.«

Flammende Röte stieg mir ins Gesicht, und er sah es.

»Na, nichts für ungut, Rosi. Ich wollte die höhere Tochter nicht beleidigen. Eigentlich bin ich nur wild geworden, weil mich die Bullen nerven. Und das verdanke ich wahrscheinlich dir. Die denken, ich hätte mich mit Beate zum Sektfrühstück verabredet, sie hätte mir dabei eröffnet, daß sie einen anderen liebt, und ich hätte sie dafür abgemurkst. – Sie wissen nämlich auch, daß ich mit Beate schon einmal früher auf diesem Turm war, das hast du ihnen wohl auch erzählt.«

»Kann ich jetzt gehen?« fragte ich; mir ging es wirklich wieder ganz schlecht, ich bekam wohl einen Rückfall.

»Gleich«, sagte Jürgen, »nimm's nicht so tragisch, ich bin eine ehrliche Haut und sage, was ich denke. Eine Frau in deinem Alter ohne Mann und Kinder hat wahrscheinlich Phantasien über anderer Leute Liebesleben. Steck also deine Nase nicht mehr in Dinge, die dich nichts angehen. Die Beate hätte sich weder aus unglücklicher Liebe umgebracht, noch hätte ich ihr etwas angetan, wenn sie mir den Laufpaß gegeben hätte. Ist das ein für allemal klar?«

Ich nickte, und er ließ mich endlich los. Ich zahlte an der Theke und machte, daß ich wegkam.

Im nachhinein fiel mir natürlich so manches ein, was ich ihm hätte sagen können. Wenn er mit den Phantasien alter Jungfern anfing, hätte ich kontern können, daß Beate mir den Qualitätsunterschied von ihm und Witold klargemacht hatte.

Wie soll man einen großen starken Mann umbringen (der einen mit zwei Fingern festhalten kann), wenn man keinen Revolver zur Verfügung hat? Gift? Und woher das Gift nehmen? Und wie es ihm eintrichtern? Ein neuer Revolver mußte her. Wie kommt man an so was ran? Ein Profi mußte her, ein Killer! Das war die Lösung. Ach, auch absolut indiskutabel, die wollen doch – laut Fernseh-Krimi – mindestens 100 000 DM haben, woher sollte ich die nehmen? Und wie sollte ich einen Killer finden, ich, die anständige Rosemarie Hirte von der Rechtsschutz-Versicherung? Ich schenkte ihm großmütig das Leben.

Außerdem hatte dieser Schuft mir die Chance genommen, nach der Beerdigung mit Witold zu sprechen. Immerhin war es möglich, daß Witold nach diesen traurigen Stunden mit einer Menschenseele reden wollte, aber nicht vor allen Verwandten mit Vivian in Kontakt treten mochte. Er hatte mich bestimmt gesucht. »Thyra«, hätte er gesagt, »komm, du Getreue, gehen wir noch zu dir und plaudern ein wenig!« Vielleicht hatte er sogar gesehen, daß ich mit diesem ekelhaften Jürgen Faltermann abgezogen war.

Ich vergrub mich in mein Bett und hörte die Brahmslieder. »Auch der Küsse Duft mich wie nie berückte, die ich nachts vom Strauch deiner Lippen pflückte.« Witold war ein guter Psychologe. Er wußte, daß sich eine alte Jungfer bei solchen Worten ausweinen kann. Mein ganzes Leben lang hatte ich nicht soviel geweint wie jetzt, im beklagenswerten Alter von zweiundfünfzig Jahren, wo ich mich vielleicht zum ersten und einzigen Mal verliebt hatte, aber leider zu spät.

Konnte ich es mir leisten, geduldig zu warten, auszuharren, bis Vivian sich eine frische Liebe zulegte? Jeder Tag machte mich unwiederbringlich älter und häßlicher. Vielleicht war noch kurzfristig etwas zu retten – Haare färben, teures Make-up, Vitamine und Hormone –, aber man konnte die Tage zählen, wo auch damit nichts mehr auszurichten war.

Vor fünf Jahren hätte ich einen Mann erwürgen sollen, das wäre nur recht und billig gewesen. Ungern dachte ich an dieses Erlebnis zurück, allein bei der Vorstellung an jenen Menschen stieg mir die Schamröte ins Gesicht. Die letzten Urlaube hatte ich meistens mit einer zähen Reisegesellschaft verbracht: »Ältere Herrschaften mit etwas

Geld besichtigen Ruinen und baden anschließend an der türkischen Riviera« – so etwa hießen meine langweiligen Unternehmungen.

Aber früher war ich gern ganz allein in ausländische Badeorte gefahren und hatte im Prinzip nichts gegen einen gepflegten Ferienflirt einzuwenden. Dieser junge Mann damals, der fast akzentlos deutsch sprach, hatte anfangs Charme und Witz entwickelt, und ich war durchaus einverstanden gewesen, daß er abends in meinem Hotelzimmer blieb. Nach zwei Tagen hatte er mich in eine teure Boutique geführt, weil er fand, daß ich mir ein maritimes Kleidungsstück zulegen sollte. Angetan von seinem sachkundigen Geschmack, ließ ich mich beraten und erstand ein nicht eben billiges Matrosenkleid, dunkelblau mit großem weißen Kragen. Ohne seine Hilfe hätte ich mich nie zu diesem Kauf entschlossen. Es stand mir phantastisch. Groß und schlank wie ich bin, konnte ich diesen Stil hervorragend tragen und wunderte mich bloß, daß ich nicht selbst auf so eine phänomenale Idee gekommen war.

Der Laden vertrieb auch Herrenkleidung. Nachdem der Kauf des Matrosenkleides beschlossene Sache war, wählte mein Begleiter einen écru-farbenen Seidenanzug für sich aus und zog ihn probehalber an. Er machte mindestens eine so gute Figur darin, wie zuvor ich in meinem Kleid. Ich nickte ihm anerkennend zu. Da zeigte er mir diskret das Preisschildchen und gestand, daß dieser Kauf über seine Verhältnisse gehe und ich ihm dabei unter die Arme greifen müsse. Ich schüttelte sofort den Kopf.

»Wenn du dir diesen Anzug nicht leisten kannst, mußt

du eben darauf verzichten«, sagte ich sachlich, aber nicht unfreundlich.

Darauf erwiderte mein Freund mit erschütternder Lautstärke: »Dann kannst du dir auch keinen jungen Liebhaber leisten.«

Die Verkäuferin konnte ein Grinsen nicht unterdrükken. Ich bezahlte das Kleid, ließ es im Hotelschrank hängen, packte fahrig und fuhr nach Hause.

Wie gern hätte ich diesen bewundernswert gemeinen Gigolo ermordet. Lang dachte ich darüber nach, wie man es hätte anstellen müssen. Im Hotel wäre es nicht leicht gewesen, aber einen Liebhaber konnte man ebenso an verschwiegene Orte locken wie die beste Freundin: Ich hätte ihn von einer Klippe stoßen können.

Frau Römer rief mich freudestrahlend im Büro an. Ihr Rentenantrag war bewilligt worden, und sie brauchte nie mehr in die Versicherung zurückzukommen.

»Morgen schaue ich mal rein und räume meinen Kram aus dem Schreibtisch; im Schrank ist auch noch ein Schirm von mir.«

Ich bot ihr an, die Sachen in den nächsten Tagen vorbeizubringen, schließlich hatte sie kein Fahrzeug, und ihr rechter Arm war stark angeschwollen.

Also begann ich, ihre Habe in einer Plastiktüte zu verstauen. Nicht nur der Schirm war im Schrank, es fanden sich auch ein Paar Hausschuhe, eine malvenfarbene Strickjacke, coffeinfreier Pulverkaffee, eine silbrige Kaufhaustasse und eine angebrochene Dose mit verdorbener Kondensmilch. In den Schubladen hatten sich Papiertaschentücherpackungen angesammelt, Medikamente,

Bonbons, Nähzeug, Prospekte, Sicherheitsnadeln und eine Ersatzbrille.

Ich besah mir die vielfältigen Medikamente. Da gab es Nasenspray, Kopfschmerz- und Migränemittel, Salbe für Sportverletzungen und eine volle sowie eine angebrochene Packung mit einem Digitalispräparat. Ich wußte, daß ihr Herzleiden mit einem Mittel aus dem hochgiftigen Fingerhut behandelt wurde. Mein Interesse war geweckt. Ich las die Gebrauchsanweisung. Digitoxin hieß der gefährliche Bestandteil in der interessanten Pille. »Für myocardiale Insuffizienz, rezidivierende supraventriculäre Tachycardien, Vorhofflimmern und Vorhofflattern infolge von Herzinsuffizienz« – das klang mir wie Musik in den Ohren. Ich beschloß, Frau Römer die volle Packung nicht auszuhändigen, sondern prophylaktisch aufzuheben. Man wußte ja nicht, wofür man so ein starkes Gift einmal brauchen konnte.

Zu Hause wuchs meine Neugierde. Ich beschloß, ein kleines Experiment zu machen: Pralinen füllen mit Gift. Ich würde schon eine geeignete Abnehmerin finden, unter Umständen sogar Vivian.

Ich verließ, wenn auch ungern, noch einmal die Wohnung und begab mich in den kleinen Laden um die Ecke. Nun, Waschpulver, Vollkornbrot, eine Käseecke und etwas Obst konnte man immer brauchen, des weiteren aber kaufte ich eine Packung Schokoladen-Trüffel, gefüllt mit Orangenlikör.

In der Küche drückte ich eine Tablette aus der silbernen Schutzfolie. War dieses heikle Ding als Ganzes überhaupt in eine Trüffel einzupassen? Vorsichtig bohrte ich die

Trüffel mit einem Fleischspießchen an. Zu meinem Erstaunen lief aber keine Flüssigkeit heraus, der Likör war in der zart schmelzenden Schokoladenmasse eingebunden. Es gelang mir, die Trüffel etwas auszuhöhlen, die Pille hineinzuschieben und die Praline wieder zuzudrücken. Sie sah allerdings etwas verformt aus, als habe sie in der Sonne gelegen.

Nun mußte ich einen Selbstversuch riskieren und mein Machwerk in den Mund stecken. Etwas ängstlich las ich ein zweites Mal die Gebrauchsanweisung. Wenn herzkranke Patienten dreimal täglich so eine Tablette schluckten, konnte mir eine nicht schaden. Also Mut! Ich schob mir das Ding in den Mund. Nein, es ging wirklich nicht. Die Zunge hatte den Fremdkörper sofort entdeckt und schokoladenbraun gefärbt wieder ausgestoßen. Zu groß, die Tablette.

Ich nahm sie, wischte die Schokolade mit einem Geschirrtuch ab und begann, die Tablette zu pulverisieren. Mit einem Messer erzielte ich nur Krümel, aber mit einem Hammer kam ich zu einem guten Ergebnis. Die zweite Praline wurde angebohrt und mit Pulver gefüllt, was zwar vorzüglich gelang, aber wiederum eine bemerkenswert matschige Trüffel zur Folge hatte. Ich probierte: Es schmeckte so gräßlich, daß ich die Trüffel angeekelt in den Spülstein spuckte. Pfui Teufel! Nur ein Mensch mit abgestorbenen Geschmacksnerven konnte so etwas herunterkriegen. Und dabei mußte er – grob geschätzt – mindestens zwölf solcher Trüffel hintereinander wegessen, um aus den Pantinen zu kippen.

Nein, sagte ich mir, Vergiften liegt mir nicht. Wenn ich

nun solche Trüffel, in mühevoller Arbeit gebastelt, anonym an Vivian oder den Faltermann schicken würde, was wäre dann? Vivian würde eine probieren und den Rest wegkippen. Faltermann würde vielleicht überhaupt nicht probieren (Biertrinker haben andere Gelüste), sondern das Geschenk seiner Frau oder einer neuen Eroberung anbieten. Das taugte alles nichts. Ich aß zornig die restlichen Trüffel auf – gegen alle meine eisernen Prinzipien – und legte das Gift wieder zu Frau Römers anderen Habseligkeiten.

Als ich nach einigen Tagen bei Frau Römer auftauchte, dem Dieskau eine Bratwurst und ihr selbst die kopierte Brahmskassette überreichte, umarmte sie mich erstmalig nach so vielen Jahren freundschaftlicher Verbundenheit, die nie in schulterklopfende Vertraulichkeit ausgeartet war.

»Frau Hirte, Sie sind die einzige aus der Versicherung, die ich vermissen werde. Die ganze Zeit haben Sie sich liebevoll um mich und meinen Hund gekümmert, heute habe ich auch mal etwas für Sie!«

Ein bißchen geheimnisvoll führte sie mich ins Schlafzimmer und hob ein Schmuckkästchen aus dem Kleiderschrank.

»Alles, was ich zu vererben habe, kriegt natürlich meine Tochter. Aber aus bestimmten Gründen möchte ich ihr dieses eine Stück nicht geben. Das schenke ich Ihnen«, und sie steckte mir feierlich eine Brosche an die Bluse. Es war ein altes Erbstück, das Profil eines Hermes aus schwarzem Obsidian geschnitten und von einem feinen Goldrand umrahmt.

»Sie sind verschwiegen, Frau Hirte, das weiß ich seit vielen Jahren. Niemand kennt den Vater meiner Tochter, und ich habe auch keinerlei Kontakt mehr zu ihm. Als das damals passierte, war er siebzehn und ich schon Ende Zwanzig. Ich konnte natürlich keinem erzählen, daß ich mich mit einem Schüler eingelassen hatte, und an Heirat war nicht zu denken. Ich habe ihm nie etwas von der Schwangerschaft mitgeteilt und habe damals meine Heimatstadt sofort verlassen. Diese Brosche hier ist von ihm. Er hat sie seiner Mutter einfach geklaut. Nie habe ich sie zu tragen gewagt, und ich möchte eigentlich auch nicht, daß meine Tochter sie trägt. Ich habe dieses Kind allein aufgezogen und ernährt. Wenn sie diese Brosche trüge, würde ich wahrscheinlich leiden.«

Ich wollte das erinnerungsträchtige Stück nicht annehmen.

»Doch«, sagte Frau Römer, »meiner Tochter gefällt sie gar nicht. Lassen Sie mir doch die Freude!«

Mit gemischten Gefühlen ließ ich also den Schmuck an meiner Bluse baumeln, denn die feine Seide wurde durch das schwere Material arg malträtiert. Ob auch Frau Römer berechnend war? Denn auf die geplante Amerikareise konnte sie den Dieskau nicht gut mitnehmen.

7

In der letzten Zeit beobachtete ich an mir, daß das über-
wältigende jugendliche Gefühl des Verliebtseins fast un-
merklich schwächer wurde. Schwer zu sagen, ob ich eine
gewisse Erleichterung darüber empfand, daß meine Gedanken nun nicht mehr so ausschließlich von diesem groß-
artigen Thema blockiert wurden, oder ob ich traurig war
über die zu erwartende Leere des Alters. Aber seltsamerweise rückte etwas Neues ebenso gleitend, schleichend in
mein Halbbewußtsein vor, wie die Liebe sich wegzusteh-
len schien. Das drohende Vakuum des Liebesverlustes
wurde dadurch kompensiert.

Es ist nicht leicht, die Anfänge dieser Wahrnehmung
plausibel darzustellen: Zum ersten Mal empfand ich auf
dem Friedhof jenes phantastische Gefühl der Macht. Später ertappte ich mich, daß mich mitten auf der Straße eine
leichte Euphorie überkam: Niemand kann mir ansehen,
daß ich zwei Menschen auf dem Gewissen habe und noch
weitere umbringen könnte, wenn ich nur wollte.

Im Autoradio hörte ich Lotte Lenya das Lied von der
Seeräuberjenny singen: »Meine Herren, heute sehen Sie
mich Gläser abwaschen, und ich mache das Bett für jeden...«, Jenny hatte sich gerächt für alle Demütigungen.
»Und Sie wissen nicht, mit wem Sie reden...«, sang Lotte
Lenya mit überzeugender Eindringlichkeit. Auch bei mir
wußte niemand, mit wem er redete. Der Chef ahnte nicht,

daß er einer Mörderin immer neue unangenehme Aufträge zuschob, Arbeiten, für die er im Grunde zu faul war. Wenn ich in meinem abgelegenen Bürozimmer saß und nach dem gemeinsamen Essen in der Kantine vor meinem geistigen Auge die fressenden und schwafelnden Kollegen Revue passieren ließ, dann rollte so mancher Kopf, und ich sagte bloß »hoppla!«

Macht über andere Menschen war fast besser als Liebe und im Grunde das Gegenteil davon. Wer liebt, ist machtlos, ohnmächtig und abhängig. Und doch wollte ich meine Verliebtheit noch nicht so ohne weiteres streichen, zu stark hatte sie in mein Leben eingegriffen, mir Jugendlichkeit, Schwung und Tatkraft verliehen, ein neues Körpergefühl und eine andere Selbsteinschätzung. Ich wollte weiterhin darum kämpfen, ich wollte noch einmal so einen heiterunbeschwerten Tag erleben wie damals auf unserer Wanderung durch den Odenwald.

Ich tat ein Gelübde, ich betete sogar, obgleich mir mein Glauben von einer unbarmherzig frommen Mutter frühzeitig ausgetrieben worden war. »Falls es dich gibt, Gott«, sagte ich, »dann schenk mir einmal im Leben das Glück der Liebe, das du anderen Menschen wahllos und reichlich in den Schoß wirfst. Ich habe dich nie um etwas gebeten. Jetzt ist es mir ernst. Wenn es dich geben sollte, dann mach, daß mich Witold liebt und wir uns kriegen. Wenn du aber ungerecht und hartherzig bist und dieses Gebet überhaupt nicht zur Kenntnis nimmst, dann werde ich in Zukunft keine Rücksichten mehr auf deine Gebote nehmen.«

Rosi, du willst den lieben Gott erpressen, dachte ich und mußte lachen.

Von Beates Kindern hörte ich nichts. Obgleich ich früher kaum je einen Gedanken an sie verschwendet hatte, beschäftigte mich jetzt ihr weiteres Schicksal. Ob man Beates Wohnung verkauft hatte? Ich entschloß mich eines Tages, ihre Nummer zu wählen. Der Sohn meldete sich, den ich am wenigsten kannte.

»Tag Richard«, sagte ich leise, »eigentlich wollte ich nur fragen, ob Beate irgendeinem Verein oder einer gemeinnützigen Organisation nahegestanden hat, für die ich eine Spende einzahlen könnte.«

Es entstand eine Pause, Richard grübelte.

»Du kannst ja was für Greenpeace überweisen«, schlug er vor.

»Ah ja? Ich wußte gar nicht, daß Beate sich dafür interessiert hat.«

»So direkt nicht«, wich er aus, »aber Greenpeace ist eine gute Sache, und meine Mutter war o. k.«

Ich fragte, wie es seinen Schwestern ginge.

»Der Opa war bis vor kurzem hier, er meinte, er müßte uns arme Kleinkinder versorgen, aber natürlich war es umgekehrt. Lessi wohnt auch noch hier, ich nur manchmal. Vivian ist wieder in Frankfurt. Wie es uns geht – natürlich schlecht. So was verkraftet man nicht so fix.«

Ich fragte, ob Beates Wohnung verkauft würde. Vorläufig nicht, sagte er, ihre ganzen Sachen seien ja auch drin, das sei alles noch nicht geklärt.

»Unser Vater kümmert sich auf einmal um uns, wie er das die letzten zehn Jahre nie getan hat«, erzählte Richard mit mildem Vorwurf. Ich verabschiedete mich und versprach eine Spende für Greenpeace.

Immerhin hatte ich erfahren, daß Vivian wieder in Frankfurt wohnte, schließlich hatte das Semester auch begonnen. Wahrscheinlich konnte sie sich mit Witold kaum täglich treffen, denn eine Stunde Fahrzeit hin und eine zurück waren an einem normalen Arbeitstag zu aufwendig. Oder machte das der Jugend nichts aus? Vivian hatte bisher kein Auto besessen, es war möglich, daß sie jetzt Beates Polo fuhr.

Ich rief Witold an. Er klang weinerlich. Gerade habe er eine starke Erkältung hinter sich, die jugoslawische Putzfrau überraschte ihn ständig mit fettem Essen, obgleich sie doch gar nicht kochen sollte, und in der Schule sei er mit wahnsinnig viel Arbeit eingedeckt. Demnächst gebe es Herbstferien, und eigentlich hätte er ein paar Tage mit Vivian verreisen wollen.

»Warum nur ›eigentlich‹?« fragte ich aufs äußerste interessiert.

»Manchmal denke ich schon«, seufzte der arme Witold, »daß ich ein alter Mann bin. Diese jungen Mädchen sind so sprunghaft. Wir hatten den schönen Plan, eine Woche im Elsaß zu wandern. Nun ruft sie plötzlich an, daß sie mit einer Freundin nach Amsterdam fährt, weil dort eine Party stattfindet! Ich bitte dich, Thyra, sie läßt mich wegen einer Party sitzen! Na ja, ›sitzenlassen‹ ist vielleicht etwas übertrieben ausgedrückt«, korrigierte er sich, »ich habe im Prinzip ja Verständnis für spontane Entschlüsse. Aber ich habe diese Wanderungen durch die Vogesen schon in allen Einzelheiten ausgearbeitet...« Mir gefielen seine enttäuschten Worte sehr, aber ich mußte höflicherweise mein Bedauern zum Ausdruck bringen. Immerhin bot sich die Gelegenheit, ihm ersatzweise einen herbstlichen Wandertag mit einem älteren Semester, wie ich scherzhaft sagte, anzubieten.

»Schade, daß du nicht Urlaub hast«, bedauerte Witold charmant, »ich überlege nämlich, ob ich diese gut ausgearbeitete Wanderung nicht mit einer Gruppe von Kollegen und Freunden...«, ich unterbrach ihn geistesgegenwärtig und behauptete, ich könne jederzeit Urlaub nehmen.

»Wirklich?« es kam gedehnt, »dann warte aber noch ab, Thyra, bevor du den Urlaub einreichst. Mir schwebt so eine Gemeinschaft von acht bis zehn Leuten vor, die ich alle noch nicht gefragt habe. Ich gebe dir Bescheid, sobald ich Näheres weiß!«

Begeistert war er nicht gerade gewesen, aber das konnte man auch nicht erwarten, wenn er die Wanderung jetzt nur aus Trotz machen wollte und es eigentlich eine Liebesreise mit Vivian hätte sein sollen.

Vivian! Ich führte ein innerliches Zwiegespräch mit ihr, wobei ich mich seltsamerweise in Beates Rolle versetzte.

»Ganz richtig, Vivian«, sagte ich zu ihr, »fahr nach Amsterdam! In deinem Alter ist es viel angemessener, mit Gleichaltrigen ausgelassen zu sein, als mit einem doppelt so alten Lehrer durch die Vogesen zu stapfen. Überhaupt, laß die Männer zappeln! Laß sie leiden! Wer weiß, wie du selbst noch an ihnen leiden mußt!«

Ich sah Vivians Schicksal vor mir: Sie war kein mütterlicher Typ, diese ausgeflippte Kunststudentin. Sie würde wahrscheinlich keine bürgerliche Heirat anstreben, keine Kinder haben. Sie würde eine alte Schachtel werden wie ich, wenn auch mit einer weit bewegteren Vergangenheit.

Auf einmal schien mir Vivian keine Gefahr mehr zu sein, ich wunderte mich, warum ich je mit dem Gedanken gespielt hatte, sie aus dem Weg zu schaffen.

Ohne auf Witolds Rückruf zu warten, trug ich dem Chef meine Urlaubswünsche vor: Nächste Woche wollte ich frei nehmen, um mit Freunden im Elsaß zu wandern.

»Geht nicht, Frau Hirte«, sagte er bestimmt, »da sind doch Herbstferien, und Herr Müller und Frau Flori sind dann im Urlaub. Außerdem wissen Sie doch selbst am besten, daß wir in der nächsten Woche mehrere Terminsachen fertig kriegen müssen. Im September habe ich Ihnen nahegelegt wegzufahren, da wollten Sie ja nicht. Sorry!«

Damit war die Sache für ihn abgetan, er nahm seine Arbeit wieder auf und erwartete meinen Abgang. Ich gehorchte aus Gewohnheit.

In meinem Zimmer überkam mich die Wut. Jahrelang hatte ich unentgeltlich und jederzeit Überstunden gemacht, hatte nie eigene Wünsche geäußert, hatte dem Alten stets den Rücken frei gehalten und ihn auf loyale Weise unterstützt. Ein einziges Mal wollte ich auch etwas – da wurde es natürlich versagt. Was sollte eigentlich sein fortlaufend liebedienerisches Geschwätz? Es war sein Mittel, mich rücksichtslos auszubeuten.

Ich malte mir genießerisch aus, wie der Chef in sein Zehn-Uhr-Brötchen beißen würde, das immer in seiner rechten, untersten Schreibtischschublade lagerte. Rattengift! Qualvoll würde er eingehen. Aber im Falle seines Ablebens bekam ich erst recht keinen Urlaub, weil man mir dann alle seine unerledigten Aktenberge zur Bearbeitung zuschieben würde.

Ich suchte ihn ein zweites Mal auf.

»Wenn Sie so wenig auf meine Interessen eingehen, wo ich mich seit vielen Jahren für die Ihren stark machte, dann werde ich meine Stellung hier kündigen«, es gelang mir, ganz kalt und prononciert zu sprechen, obgleich ich vor Mordlust schäumte.

Der Chef erschrak richtig.

»Um Gottes willen, Frau Hirte! Es läßt sich sicher ein Weg finden, Sie haben mich mißverstanden! Bisher bin ich noch allen Angestellten großzügig bei der Urlaubsregelung entgegengekommen!«

Ja, dachte ich, wenn man seinen Plänen zustimmte, hat er generös amen gesagt.

»Frau Hirte, das ist nicht Ihr Ernst mit der Kündigung! In letzter Zeit ist einiges auf Sie zugekommen; ich habe vom Tod Ihrer Freundin gehört. Sie kriegen diesen Urlaub auf alle Fälle, und wenn ich persönlich einen Teil Ihrer Arbeit übernehmen müßte!«

Das war zwar geschafft, aber ob aus der Wanderung überhaupt etwas wurde? Ob Witold am Ende zwar mit seinen Freunden wanderte, mir jedoch absagte? Aber eigentlich hätte er dann gar nicht davon anzufangen brauchen.

Ein weiteres Problem beschäftigte mich. Diese anderen – Freunde und Kollegen von Witold –, ob die mich akzeptierten? Und schließlich machte mir das Wandern an und für sich auch Sorgen; ich war unsportlich und untrainiert, vielleicht auch die Älteste in diesem Verein. Wenn das eine Gruppe ehrgeiziger und ausdauernder Athleten war, denen es gar nichts ausmachte, täglich acht Stunden in zügigem Tempo über Berg und Tal zu marschieren, womöglich mit einem schweren Rucksack auf dem Buckel, konnte ich da mithalten? Nein!

Ich hoffte inbrünstig, daß Ernst Schröder mit von der Partie wäre; erstens, weil ich ihn als einzigen von Witolds Freunden kannte, zweitens, weil ich ihn als korpulent, bequem und phlegmatisch in Erinnerung hatte, vielleicht sogar älter als ich. Mit diesem freundlichen Dicken im Gefolge würde wahrscheinlich kein Überlebenstraining angestrebt.

In Gedanken beschäftigte ich mich hoffnungsvoll mit meiner Wanderkleidung. Ein bißchen kam es mir vor, als hätte ich den lieben Gott erfolgreich erpreßt und es stünde mir eine gute und fröhliche Zeit bevor.

Die Erfolgsmeldungen häuften sich. Schon am übernächsten Tag rief Witold an. Er hätte eine Gruppe interessierter Wandersleute aufgetrieben, und man wolle sich am kommenden Sonntag in Schröders Wochenendhäuschen in Bickelbach treffen, um alles Weitere zu besprechen. Ich wüßte ja, wo die Hütte wäre, und sollte um vierzehn Uhr dort sein, bei schönem Wetter wolle man noch ein Stündchen spazierengehen. Witold war liebenswürdig und schloß mit den Worten: »Ich freue mich, daß du dabei bist. Also bis übermorgen!«

Na, wenn er sich schon freute, ich war fast außer mir! Ich kaufte mir noch am gleichen Tag Wanderschuhe und begann mit dem Einlaufen, indem ich sie vorm Fernseher anbehielt.

»Rosi«, sagte ich laut zu mir, »und wenn dir die Füße beim Wandern vor Schmerz absterben, du muckst dich nicht! Denk an die kleine Seejungfrau, die auch ausgehalten hat für ihren Prinzen.«

Im übrigen wollte ich im Moment viel lieber die bezaubernde See-Jungfrau sein als die blutrünstige See-Räuberjenny. Ich besorgte mir für alle Fälle einen Vorrat an Heftpflaster; mit dem Kauf eines Rucksacks wollte ich lieber noch warten, weil ich darin unerfahren war wie ein neugeborenes Kind.

Pünktlich um zwei Uhr kam ich in Bickelbach an. Ich trug die neuen, besonders leichten Wanderschuhe, die ersten Jeans meines Lebens und einen meiner dunkelblauen Urlaubspullover. Witolds Auto war noch nicht da, anscheinend nur das von Ernst Schröder. Da ich ihn ja kannte und er mich wahrscheinlich vom Inneren des Hauses aus kommen sah, stieg ich wie damals im Sommer die ausgetretenen Stufen empor. Die Tür wurde aufgerissen. Eine Frau reichte mir die Hand.

»Ich bin Pamela Schröder, und Sie sind bestimmt von Rainer hierherbestellt worden.«

Ich stellte mich vor und trat ein. Auf der hölzernen Eckbank lag Ernst Schröder und schlief, umstopft von verschiedenen Sofakissen. Ich wollte die Stimme dämpfen, aber seine Frau lachte nur. »Den kann nichts in seiner Ruhe stören, je lauter es zugeht, desto gemütlicher schnarcht er.«

Sie setzte Wasser auf, räumte Tassen aus dem Schrank. Fragend sah sie mich an.

»Wie viele sind wir eigentlich?«

Ich zuckte mit den Achseln. Pamela Schröder war rothaarig und wirkte auf Anhieb wie das Gegenteil von ihrem

sanft schlummernden Mann. Sie war eine temperament-
volle Aktivistin, ein dominanter Typ, auffällig anzusehen. Obgleich sie uralte, viel zu große Hosen mit Flicken
trug, mochte sie nicht auf Stöckelschuhe und eine violette
Brokatbluse verzichten. Sie war flink in den Bewegungen,
ihre rot lackierten Krallen griffen zielsicher nach Geschirr
und Besteck. Dabei plauderte sie lässig mit einer Zigarette
zwischen den Lippen, während ich etwas ungeschickt
meine Hilfe anbot. Ernst gähnte plötzlich, öffnete die
Augen und sah teils verschmitzt, teils schuldbewußt auf
die unbarmherzigen Vorbereitungen zum Kaffeetrinken.
Schließlich stand er mit einem Ruck auf, begrüßte mich
und verschwand im Klo.

Ich hörte einen Wagen und spähte aus dem Fenster.
Endlich! Witold kam, neben ihm saß eine blonde junge
Frau.

Sie kamen herein. Ich musterte mit tiefstem Mißtrauen
seine Begleiterin. Witold erklärte atemlos, daß drei Inter-
essenten abgesagt hätten, aber das Ehepaar Mommsen
noch zu erwarten sei. Pamela rechnete. »Also wären wir
sieben«, stellte sie fest und übergab mir ohne Erklärung
den Stapel Teller. Ich begann den Tisch zu decken, wobei
mir die Blonde sofort half. Witold stellte uns vor.

»Das ist Frau Zoltan, eine Kollegin von mir.«

Meine gute Laune verflog. Wahrscheinlich hatte er diese
Dame für sich mitgebracht. Die Schröders waren ein Ehepaar und die noch nicht anwesenden Mommsens ebenfalls; also bekam ich mal wieder meine vertraute Rolle als
alte Tante zugewiesen.

Ernst kam vom Klo, der Tisch war fertig gedeckt, ein

Zwetschgenkuchen wurde von Pamela aus dem Auto geholt, Frau Zoltan schlug Sahne. Als nach einer halben Stunde das ominöse Ehepaar nicht aufgetaucht war, begannen wir mit dem Kaffeetrinken. Von der Wanderung wurde noch gar nicht gesprochen.

Der sorgsame Hausvater Ernst Schröder schlug vor, daß wir uns als zukünftige Wanderkameraden alle duzen sollten. Eigentlich betraf das nur mich, ich hatte die beiden Frauen ja noch nie zuvor gesehen. Pamela Schröder meinte, jeder (bis auf ihren Mann) würde sie Scarlett nennen, und ich sollte das auch so halten. Frau Zoltan hieß Kitty und hatte keine Extrawünsche. Witold sagte ganz selbstverständlich, ich hieße »Thyra« und kehrte somit die »Rosemarie« völlig unter den Tisch. Sofort regte man sich über diesen seltsamen Namen auf, und Witold hatte wieder die gute Gelegenheit, Gorm Grimme zu zitieren, wobei Kitty die Verse leise mitsprach, während die Schröders verdutzt lauschten.

Kitty war in Witold verliebt, das war mir spätestens nach einer Stunde klar. Doch sah es nicht nach einer herausfordernden, sondern einer stillen und hingebungsvollen Zuneigung aus, die offenbar nicht im gleichen Maße erwidert wurde. Witold versprühte Charme und Witz, er bestritt über weite Strecken die Unterhaltung und sonnte sich im Erfolg. Scarlett war ihm aber in gewisser Weise ebenbürtig, denn auch sie liebte große Auftritte und lechzte danach, im Rampenlicht zu stehen. Mit zwei solchen Entertainern und Windmachern waren wir anderen drei zum bloßen Publikum degradiert, aber wir genossen die Darbietungen natürlich und klatschten Beifall.

Das Ehepaar Mommsen erschien nicht.

»Bevor der angekündigte Regen einsetzt, sollten wir uns noch ein wenig die Beine vertreten«, ordnete Witold an. Der Himmel bewölkte sich. Aus den drei Autos wurden zwei Schirme geholt, im Haus war noch ein weiterer. Witold hatte zusätzlich eine Wetterjacke dabei. Für alle Fälle waren wir nun gegen den Regen gerüstet, denn Pamela wollte nicht mit spazierengehen, sondern auf die Mommsens warten und das Geschirr spülen.

Wir liefen also los. Zu meinem großen Bedauern war Witold mit seinem Freund im Nu ein Stück voraus, und wenn Kitty und ich ihnen durch beschleunigtes Gehen in Reichweite kamen, schienen sie sofort einen Zahn zuzulegen. Kitty lachte.

»Die beiden müssen über den Oleg reden!«

Wer war Oleg? Kitty erklärte mir, daß die Schröders zwei Kinder hätten, die fünfzehnjährige Annette und den achtzehnjährigen Oleg. Der Junge sei ein intelligenter Tunichtgut, bereits zweimal sitzengeblieben, jedoch sehr frühreif, was seine skandalösen Frauenaffären anginge. Ernst wolle sicher aus Rainer Engstern herausquetschen, was man im Lehrerzimmer für Klagen hatte. Ich fragte Kitty, ob sie ihn auch unterrichte.

»Ja, bei mir hat er Geschichte und bei Rainer Französisch. Ich persönlich kann seinem Charme schlecht widerstehen, irgendwie kommt er bei mir immer mit einem blauen Auge davon.«

Kitty war mir sympathisch, ungeachtet meiner Ängste, daß sie es auf Witold abgesehen hatte. Sie war klein und drahtig, ein Pfadfindermädchen mit gesunder Gesichtsfarbe; ihr Äußeres war unauffällig, ihre Kleidung verhalten. Sie beobachtete mit kritischen Augen, manchmal spöttisch, aber niemals bösartig. Zuweilen machte sie eine trockene Bemerkung, die überaus witzig war. Ich hatte das Gefühl, einem zuverlässigen, ein bißchen introvertierten Menschen zu begegnen. Kitty schien nicht verheiratet zu sein, was eigentlich verwunderlich war.

Erst als wir fast wieder im Bickelbacher Holzweg angekommen waren, blieben die Männer stehen und warteten auf uns. Nun ging Kitty mit Ernst Schröder voran, um mit ihm den Oleg zu besprechen. Ich trödelte absichtlich, um Witold noch einige kostbare Minuten ganz für mich zu haben. Ich fragte ihn nach Kitty.

»Eine sehr liebe Kollegin«, betonte er, »allgemein geschätzt. Wir haben früher mehrere Klassenfahrten zusammen gemacht, da sind wir ein perfektes Gespann gewesen.«

Der Pferdevergleich paßte zu Kitty, obgleich sie sicherlich kein Ackergaul, sondern ein freundliches Pony war.

»Ist sie verheiratet?«

»Aber nein, erstaunlicherweise hat sie noch nicht den Richtigen gefunden. Aber Kitty stellt eben Ansprüche, und das mit Recht«, stellte er fest. Ob sie ihn für den Richtigen hielt?

»Und wie ist es mit Vivian gelaufen?« fragte ich, bestimmt etwas zu indiskret.

Aber Witold sprach nicht ungern über Intimitäten. Sein Gesicht nahm einen ärgerlichen Ausdruck an.

»Unsere letzte Aussprache war sehr unerfreulich. Ich weiß gar nicht, ob ich in diese Beziehung noch investieren soll; der Altersunterschied macht sich eben doch bemerkbar. Kann sein, daß Vivian sich unter Freundschaft etwas anderes vorstellt als ich. Wie es nun weitergehen wird, weiß ich nicht – vielleicht geht es eben nicht mehr weiter.«

Wir schwiegen beide. Das Häuschen tauchte auf.

»Bevor wir dort sind, Witold«, sagte ich leise und schnell, »sag mir um Gottes willen noch rasch, wie diese Pamela ist!«

Witold liebte solche Fragen und grinste.

»Die hat Feuer im Arsch«, sagte er, und ich errötete. »Die Scarlett wollte mal Schauspielerin oder Sängerin werden, daraus ist nichts geworden. Nun ist sie halt Mutter und Apothekers Gattin.«

Nach einer kleinen Gedankenpause sagte er wie zu sich selbst: »Vor ein paar Jahren...«, er sprach nicht weiter. Ich sah ihn fragend an.

»Ach nichts«, er lächelte versonnen, und mir lief eine leichte Gänsehaut über die Arme.

Das Häuschen war nun gut zu sehen, ein weiteres Auto parkte auf der Wiese.

»Na, da sind ja deine Freunde«, sagte ich zu Witold, »wie klug, daß du mit der Wanderplanung noch gewartet hast.«

»Das sind sie nicht«, verbesserte mich Witold, »das ist nämlich Scarletts Auto. Vielleicht sind es die Kinder.«

Wir hatten Ernst und Kitty eingeholt. Ernst verzog das Gesicht, er teilte uns mit, der Sohn habe vor einer Woche den Führerschein gemacht, aber eigentlich nicht die Erlaubnis erhalten, mit dem Wagen seiner Mutter herumzukurven. Im Haus saßen Pamela Schröder, der berühmte

Oleg und seine Schwester vor den Resten des Zwetschgenkuchens, der beachtlich geschrumpft war.

»Was ist los?« fragte Ernst.

Annette maulte: »Ach Papa, seit gestern habe ich so schreckliche Halsschmerzen, und im ganzen Haus ist nicht eine Lutschtablette.«

»So ist das halt bei Apothekers«, warf Witold ein.

Die Mutter der Sprößlinge war etwas gereizt. »Wenn es schon seit gestern früh so schlimm war, warum kommst du denn jetzt erst auf die Idee, nach Tabletten zu fragen?«

Oleg behauptete: »Sie wollte den Papa nicht an seinem freien Tag belästigen. Aber jetzt mußte ich sie einfach herbringen, so schlimm ist es geworden.«

Witold zwinkerte ihm zu.

Ernst seufzte: »Na, komm mein krankes Schätzchen, deine Schmerzen haben dich ja nicht daran gehindert, den Kuchen zu spachteln. Im Auto habe ich wahrscheinlich Medikamente.«

Pamela warf ihrem Sohn einen heftigen Blick zu: »Meinst du etwa, dieses Spiel wäre nicht allzu durchsichtig? Auf einmal machst du auf Bruderherz, nur weil du mit meinem Auto fahren willst!«

Oleg widersprach. Er hätte ja auch eine Spritztour nach Frankfurt machen können – dann hätten die Eltern das gar nicht gemerkt – und nicht ausgerechnet nach Bickelbach.

Annette und ihr Papa kamen wieder herein, setzten sich nebeneinander auf die Eckbank, und die Tochter kuschelte sich an den Vater. Ernst strahlte.

Oleg hatte inzwischen eine liebenswürdige Plauderei mit seiner Geschichtslehrerin begonnen, Witold durch mehrere Witze zum Lachen gebracht und seinem Vater die Erlaubnis abgeluchst, zwei Flaschen Wein für eine Party mitzunehmen. Scarlett wollte, daß die Kinder noch im Hellen heimfuhren, da sie Olegs Fahrkünsten nicht so recht traute.

»Wenn ihr endlich ein Telefon in Bickelbach hättet, dann könnten wir ja von zu Hause anrufen, daß wir lebend angekommen sind«, bemerkte Oleg diplomatisch fordernd, da dies anscheinend ein altes Thema war.

Endlich zogen die Gören ab. Ich hatte die Hoffnung gehegt, daß wir jetzt zur Sache kämen. Aber die stolze Mutter nahm den Besuch ihrer Kinder zum Anlaß, ausführlich ihre Vorzüge zu schildern. Annette: Noch ein richtiges kleines Mädchen, so anhänglich und lieb, im Gegensatz zu ihren Freundinnen noch ohne Freund und diesbezüglich reizend kindlich. Mir stieg die Wut hoch. Aber nun kam das Söhnchen dran. Er spielte Schlagzeug in einer Schüler-Band, und wir vernahmen, daß ein echter Künstler in ihm steckte. Ich hatte Lust zu gehen. Aber schließlich war ich hier, um demnächst mit Witold zu wandern, da mußte ich so etwas vorerst ertragen. Es konnte heiter werden, wenn diese Frau die ganze Zeit von ihren verwöhnten Kindern sprechen wollte, die sie ja offensichtlich bedenkenlos allein ließ.

Witold war es, der unterbrach.

»Da der Familie Mommsen anscheinend irgend etwas dazwischengekommen ist, wollen wir jetzt mit der Lagebesprechung anfangen.«

Ernst grinste mir zu. »Vorsicht, Lehrer!« flüsterte er. Witold nahm aus einer Aktentasche Kartenmaterial und fotokopierte Bögen, die er verteilte.

»Ich habe für jeden Teilnehmer eine Liste gemacht, was er unbedingt dabei haben sollte, da ja nicht jeder so erfahren im Wandern ist wie wir beide«, er wandte sich an Kitty. »Ich hoffe, ihr habt alle einen Rucksack?«

Ich schüttelte den Kopf. Die anderen lasen ihre Listen.

In das Schweigen hinein vernahm man plötzlich Pamelas harte Stimme: »Rainer, das ist totaler Blödsinn. Wenn ihr auch nur den geringsten Wert darauf legt, daß ich mitkomme, dann werden keine Rucksäcke geschleppt!«

»Sondern?« fragte Witold.

»Mein Gott!« entfuhr es der Rothaarigen, »wir sind doch keine Schulklasse! Es wird wohl Möglichkeiten geben, unsere Koffer mit dem Auto zu transportieren. Ich jedenfalls fühle mich zu alt, um noch Wandervogel zu spielen. Am Ende denkst du auch noch an Zelt und Feuerchen machen, Rainer Engstirn, he?«

Witold beteuerte beleidigt, man werde selbstverständlich in Hotels übernachten, vielleicht ein einziges Mal in einer Jugendherberge mit Familienzimmern. Er breitete die Karte vor uns aus, seine Etappen waren mit orangenem Leuchtstift eingezeichnet.

Nun war es Ernst, der meuterte.

»Hör mal, Rainer, ist ja alles schön und gut. Aber wenn ich ans Elsaß denke, dann fällt mir in erster Linie gutes Essen und ein trockener Riesling ein. Warum sollen wir überhaupt so viel rumlaufen?«

Witold stöhnte. »Es ist doch nicht zu fassen! Wir planen

gerade eine Wanderung, und dieser Mensch will überhaupt nicht laufen!«

Ernst Schröder war kein Spielverderber. Er mußte etwas lachen. »Rainer, klar will ich auch ein bißchen laufen, sonst schmeckt es mir doch gar nicht. – Und außerdem mußt du mein hohes Alter berücksichtigen!«

»Was sagt ihr dazu?« wandte sich Witold hilfesuchend an Kitty und mich.

»Ach, mir ist alles recht«, meinte Kitty, »ich kann lange wandern und auch einen Rucksack schleppen – das weißt du ja. Aber ich finde es auch schön, in diesen herrlichen Gaststuben zu sitzen und Sauerkraut zu essen.«

Ich wußte nicht genau, was ich sagen sollte. Einerseits wollte ich Witold gefällig sein, aber andererseits fand ich es nicht erstrebenswert, mit einem schweren Rucksack über die Berge zu japsen.

»Ich bin keine trainierte Läuferin«, sagte ich.

»Also gut, also ohne Rucksack«, Witold sah seinen Freund forschend an, »aber dann müssen wir mit zwei Autos einen komplizierten Pendeldienst organisieren: mit Koffern und zwei Wagen jeden Morgen zum nächsten Ziel fahren, ein Auto dortlassen, mit dem anderen wieder zurück. Zu Fuß hinwandern und mit dem dortigen Auto das andere wieder holen – claro?«

Ernst lachte. »Rainer, du planst alles immer viel zu versiert und exakt. Wir können doch ganz einfach ins Blaue fahren. Am ersten Tag übernachten wir in Wissembourg und laufen dort ein bißchen in der Gegend herum, dann fahren wir nach Lust und Laune ein Stück weiter.«

Alle außer Witold nickten einverstanden. Er gab seufzend nach und räumte leicht gekränkt seine Karten und Wanderpläne wieder weg.

»Guck nicht so wie die Mater dolorosa«, sagte Scarlett.

Vermittelnd meinte Ernst: »Schaut mal zum Fenster raus, jetzt regnet es wie wild. Das könnte uns nächste Woche genauso passieren, dann ist es doch angenehm, wenn man Koffer, Auto und Hotel in Reichweite hat. Aber nun wollen wir endlich zum gemütlichen Teil kommen. Ich eröffne hiermit die Kaminsaison und mache ein Feuerchen, Pamela schmeißt uns dieweil was Gutes in den Backofen, und du, Rainer, machst mal den Rotwein auf.«

Nun entstand eine familiär-geschäftige Atmosphäre. Die Küche war in den Wohnraum integriert, der das ganze Untergeschoß ausmachte. Scarlett teilte Arbeit aus: Kitty schnitt am großen Eßtisch Zwiebeln und Tomaten, ich wickelte Riesenkartoffeln in Alu-Folie, nachdem ich sie sauber gebürstet, in der Mitte einmal durchgeschnitten und mit gesalzener Knoblauchbutter bestrichen hatte.

»Was gibt's denn Leckeres?« fragte Witold gefräßig.

Die rote Hexe blies ihm Zigarettenrauch ins Gesicht.

»Ich kann kein Schlemmermahl richten, wenn ich vorher nicht weiß, wie viele wann und ob überhaupt welche kommen. Es gibt ganz ordinär Kartoffeln, Hühnerbein und Tomatensalat.«

»Ist doch phantastisch«, lobte Witold und entkorkte Rotwein. Ernst saß in meditativer Stimmung am Kamin und sorgte dafür, daß das ganze Zimmer rauchte. Kitty bekam einen Hustenanfall und eilte an die frische Luft. Pamela beschimpfte ihren Mann, daß er Kittys empfindliche Lungen malträtiere, worauf er die vielen Zigaretten von ihr und Witold dafür verantwortlich machte.

Über dem Kamin stand auf einem hölzernen Bord eine alte eiserne Ofenklappentür, davor eine Sammlung von vielen rostigen Schlüsseln. Typisch Scarlett.

Im Backofen brutzelten Huhn und Kartoffeln, die Arbeit war getan, der Kamin brannte nun vorschriftsmäßig. Witold lüftete und holte Kitty wieder herein. Wir rückten alle um das Feuer herum und warteten auf das immer intensiver duftende Essen.

»Was macht dein Hahn?« fragte Ernst.

»Noch ein Weilchen«, antwortete Scarlett.

Kitty stimmte an: »Der Hahn ist tot, der Hahn ist tot«, und Witold setzte mit cremiger Stimme in Französisch ein. Den dritten Einsatz brummte Ernst. Ich schwieg, da ich diesen Kanon nur ungenau kannte und mich außerdem genierte.

»Los, Scarlett, du bist die einzige hier, die singen kann! Warum schweigt unsere Nachtigall?« fragte Witold.

»Rainer, ich bin für euren Kinderchor nicht geeignet«, entgegnete Pamela.

Kitty sang unverdrossen das nächste Lied, und Witold stand ihr bei. Schließlich fragte er wieder: »Womit könnten wir denn deine Gunst und Kooperation erringen, holde Philomele?« und verneigte sich dabei tief vor Pamela.

»Wenn schon, dann ohne euer Gejaule«, meinte sie abschätzig, »ich singe doch nicht am Lagerfeuer ›kein schöner Land in dieser Zeit‹!«

Jetzt mischte sich Ernst ein. »Sie will mit Leidenschaft

genötigt werden. Meine Damen und Herren! Sie hören jetzt die berühmte Brecht-Interpretin mit Songs aus der Drei-Groschen-Oper!«

Auf einmal tat ich auch den Mund auf: »Ach bitte! Das Lied von der Seeräuberjenny!«

Scarlett sah mich nachdenklich an, dann nickte sie. Mit einer Handbewegung brachte sie alle zum Schweigen, ergriff einen Teller und ein Küchenhandtuch als Requisiten und schwang sich behende auf den eisernen Kasten, der neben dem Herd stand.

Alle waren von ihrem Vortrag hingerissen. Scarlett hatte zwar keine liebliche Singstimme, aber sie artikulierte hart und glasklar mit faszinierender Eindringlichkeit, so daß wir für kurze Zeit unsere gewärmte Bauernstube in ein lumpiges Hotel verwandelt sahen und die gerade noch kochende Hausfrau in eine Milva. Der Beifall war frenetisch, aber die Primadonna gab keine Zugabe, sondern piekste mit einem Stäbchen in Kartoffeln und Fleisch, ob der gewünschte Weichheitsgrad erreicht war. Ich geriet in einen Taumel zwiespältiger Gefühle. Durch Witold lernte ich Menschen kennen, wie sie mir im Versicherungsbüro nie über den Weg gelaufen wären! Wenn ich doch auch so eine verrucht-verräucherte Sünderinnenstimme hätte wie die fuchsige Exotin, wenn ich doch irgend etwas so gut könnte, daß alle Beifall klatschen würden!

Doch, dachte ich, ich kann etwas, es weiß nur keiner; ich habe mehr Macht als die anderen alle zusammen. Aber leider jubeln sie nicht mir zu, sondern der Rothaarigen. Auch wenn sie mein Lied für mich gesungen hatte, konnte ich ihr den Erfolg nicht verzeihen.

Nun wurde das Essen aufgetragen. Witold legte sich eine Küchenschürze über den Unterarm und servierte artig.

»Wünschen Gnädigste noch ein Hinkelchen? Geruhen El Hakim noch einen Rotspon zu süffeln?«

Der Tisch war ohne Tischtuch gedeckt, die Hausfrau hatte ihn nur mit einem suspekten Lappen von Asche und Zwiebelschalen befreit. Mir fiel mein gepflegtes, steifes Diner für Witold ein, und ich schämte mich rückwirkend.

Unsere beiden Stimmungskanonen waren in Form. Kitty gackerte nach zwei Gläsern Wein wie ein übermütiges Mädchen, und Ernst entwickelte einen bärenhaften Charme. Plötzlich sagte Scarlett, der Rotwein mache müde und faul, Sekt müsse her. Sie holte eine Flasche. »Wer will auch?« Keiner meldete sich. Sie nahm zwei Gläser aus dem Schrank und gab mir das eine.

»Du bist viel zu gedämpft, dir täte ein Gläschen sicher gut!«

Ich wagte nicht zu widersprechen, obgleich ich bezweifelte, daß mich die Mischung aus Kaffee, Kuchen, Rotwein, Sekt, Huhn und Kartoffeln besonders munter machen würde.

Scarlett nahm das Glas, trank einen ergiebigen Schluck, ergriff ein Hühnerbein und stellte sich auf ihren Stuhl, als ob sie eine weitere Darbietung zum besten geben wollte.

Ich wurde kalkweiß und stöhnte. Beate stand hoch auf der Turmbrüstung vor mir, Sektglas in der einen, Hühnerbein in der anderen Hand.

»Um Gottes willen, was ist mit dir?« fragte man von

allen Seiten. Ich konnte mit Mühe herausbringen, mir sei nicht gut, ich wolle lieber heimfahren.

»Aber dann warte doch ein bißchen, so kannst du dich doch nicht ins Auto setzen«, riet der besorgte Apotheker und wollte mir ein Kreislaufmittel anbieten. Aber ich blieb stur, sagte eilig meinen Dank und verließ den Raum.

Als ich das Auto aufschloß, kam Witold angerannt. Ich ließ mich auf den Sitz fallen, und er pochte an die Scheibe der rechten Tür, die ich für ihn öffnete.

»Soll ich dich nicht lieber heimfahren?« fragte er, sehr zart und einfühlsam, »was war denn auf einmal los mit dir?«

Weil er so lieb war, mußte ich hemmungslos weinen. »Sekt und Hühnchen, das war Beates letzte Mahlzeit«, schluchzte ich. Witold legte den Arm um mich.

»Thyra, ich versteh' dich nur zu gut. Wenn ich mit den Schröders zusammen bin, dann taucht in bestimmten Situationen immer wieder Hilke auf, denn unzählige Male haben wir zusammen in diesem Häuschen gesessen, getrunken, gefeiert. Dann vergeht mir auch von einer Minute zur anderen das Lachen.«

Ich nickte und lehnte mich ein wenig an seine Schulter. Die Berührung war so wunderbar, daß ich seinen Pullover gründlich mit meinen Tränen einweichen mußte.

»Komm, komm, ist ja schon gut«, beschwichtigte er mich, »weißt du, wir trauern beide um einen vertrauten Menschen und können es nicht so recht rauslassen. Ich habe inzwischen beschlossen, eine Therapie zu beginnen, die Sache mit Hilke kann ich ohne kompetente Hilfe nicht verkraften. Im Grunde war es auch Quatsch, zur Ablenkung ein Techtelmechtel mit einem jungen Mädchen anzufangen.«

»Warum kannst du die Sache mit deiner Frau nicht verkraften?« schniefte ich, nur um weiter so innig an seiner Schulter zu lehnen und von seinem Arm gehalten zu werden.

Aber Witold ließ schon wieder locker.

»Ich fühle mich schuldig. Wegen mir ist sie tot. Dir mache ich keine Vorwürfe.«

»Aber eure Beziehung war doch schon gestört...«, wandte ich ein.

»Das ändert nichts an meiner Schuld, sie wird eher noch größer. Sieh mal: Daß Hilke getrunken hat, dafür bin ich doch irgendwie verantwortlich.«

»Warum denn?«

Witold ließ mich nun ganz los und zündete sich rücksichtslos eine Zigarette an.

»Es ging schon früh los. Hilke stammt aus einer Arbeiterfamilie, sie hat die Hauptschule besucht. Jahrelang hat sie darunter gelitten, daß ich sie ständig belehren und erziehen wollte. Mir ist das selbst gar nicht so aufgefallen. Und – na ja – treu war ich auch nicht.«

»War sie es denn?« fragte ich.

»Ja, viele Jahre lang. Aus Trotz hat sie mich schließlich auch betrogen. Vielleicht glaubst du jetzt, ich hätte einen Schuldkomplex, und das stimmt wahrscheinlich auch, aber sicher ist, daß ich ihr viel angetan habe, zum Teil natürlich ohne Absicht.«

Plötzlich küßte er mich leicht auf die Stirn, sagte tschüs, er werde mich morgen anrufen. Es war nicht mehr die Rede davon, daß er mich heimfahren wollte.

Wieder einmal lag ich schlaflos im Bett. Bilder verfolgten mich: Beate auf dem Turm, Scarlett auf dem Stuhl, die junge Kitty neben Witold im Wagen.

Außerdem begann der Glanz um Witold in leiser Trauer zu verblassen, aber schließlich war er ein Mensch mit Fehlern und ich kein Backfisch, der einen Mann schwärmerisch idealisiert. Ich hatte genug Lebenserfahrung, um die liebenswerten Schwächen eines Menschen zu akzeptieren. Eitel war mein Held, das hatte ich schon früh bemerkt, und geltungsbedürftig. War er mit mir allein, konnte er muffig, aber auch fürsorglich sein, erst in Gesellschaft wurde er spritzig. Daneben fiel mir eine gewisse Launenhaftigkeit und latente Hypochondrie auf – nun, damit ließ sich leben.

Zu seinem Freund Ernst Schröder hatte er ein kumpelhaftes, zuweilen rivalisierendes Verhältnis: Der gemütliche Apotheker war nicht zu unterschätzen; er tat zwar so, als könne er kein Wässerchen trüben, aber er schien sich doch stets durchzusetzen. Seine Frau behandelte ihn nicht gut, spottete häufig über ihn und machte ihn geradezu lächerlich, aber trotzdem schien auch sie ihm letzten Endes zu gehorchen. Auch zu Witold war sie ehrlich bis zur Schamlosigkeit. Auf mich wirkten die Scharmützel dieser beiden Wortgewandten spannungsgeladen; da glomm ein Funken, der leicht zu Feuer werden konnte.

Scarlett und Vivian: Zwei Paradiesvögel, war das Witolds Geschmack? Kitty und ich, wir waren ganz bestimmt die Antagonisten dazu, die Aschenputtel. Im Märchen bleiben die Pechvögel die Sieger. Wie aber ist es im Leben?

Gegen Morgen schlief ich erst ein und träumte einen sehr plastischen Traum. Ich lag in meinem Bett, das dringend frisch bezogen werden mußte. Auf dem Kopf trug ich Lockenwickler von großer Scheußlichkeit, wie ich sie in meiner Jugend benutzt hatte, auf dem Gesicht eine Kräutermaske. Gekleidet war ich in das übelste aller Nachthemden, von dem ich mich schon längst getrennt hatte. Der Raum war ungelüftet, Geschirr mit verkrusteten Essensresten stand auf dem Boden, der Spiegel war von Fliegenkot gesprenkelt.

Ich, Rosemarie Hirte, war im Begriff des Verfaulens, obgleich ich mit Wicklern und Creme dagegen ankämpfte.

Die Tür flog auf: Witold, Ernst, Kitty, Scarlett, Hilke, Beate und Vivian tänzelten herein, alle in modischer Freizeitkleidung, gebräunt (bis auf Vivian) und sportlich, lustig und erfolgreich.

»Wir haben dir etwas mitgebracht«, sagte Witold, der Samariter, und krönte mich mit einem Kränzlein aus Rosmarin. Das war zuviel, ich murmelte qualvoll: »Ho...«, »ho...«, und kam nicht auf das Zauberwort, »hoppla«, so wie Kalif Storch nicht auf »mutabor« und Ali Babas Bruder nicht mehr auf »Sesam, öffne dich« gekommen waren. Aber Kitty half mir, kniete sich neben mich und flüsterte in mein Ohr das rettende »Hoppla!« Ich sprach es laut, worauf sechs Köpfe unter mein Bett rollten. Kitty, die zum Lohn heil geblieben war, lüftete gründlich, ergriff einen Besen und fegte die Stube rein.

Die Häupter, die sie wie faules Obst mit dem altmodischen Reisigbesen vor sich her trieb, hatten ihr braungebranntes Aussehen schlagartig verloren und zeigten die angemessene Leichenblässe, nur Vivians im Leben so morbider Kopf blühte blutrot auf. Auch der Tau auf meinem Rosmarinkranz perlte in klebrigen Blutstropfen auf meine Stirn und rann als feurige Spur über mein gecremtes Gesicht.

Mit einem gräßlichen Schrei wachte ich auf.

8

Trotz dieses unguten Vorzeichens – denn als solches empfand ich den Traum – trat ich die gemeinsame Fahrt an. Wir starteten mit zwei Autos und ohne das pflichtvergessene Ehepaar Mommsen.

Ich hatte meinen Wagen in Ladenburg vor Witolds Haus stehen lassen, dann fuhren wir nach Schriesheim, um Kitty abzuholen. Da Schröders noch nicht fertig gewesen waren, mußten wir nun wieder zurück nach Ladenburg, um im Konvoi mit ihnen zu starten. Witold war über diese Verzögerung leicht verdrossen.

Beim Kofferpacken hatte ich Witolds ursprüngliche Rucksack-Liste nochmals eingehend studiert. Gegenstände wie Feldflasche, Fahrtenmesser, Hüttenschuhe und Trainingshosen fehlten völlig in meiner Aussteuer, waren aber nun wohl nicht mehr nötig. Auf alle Fälle hatte ich sowohl den Jogginganzug als auch den Seidenpyjama im Koffer. Ich hatte nicht gewagt, nach der Zimmerverteilung zu fragen. Aber bald erfuhr ich, daß man praktischerweise ein Doppelzimmer für Schröders, eins für Kitty und mich und ein Einzelzimmer für Witold bestellen wolle, falls mir das recht sei. Ich fand es taktlos zu sagen, daß ich auch lieber ein Einzelzimmer hätte, weil ich Kitty nicht kränken wollte.

Am frühen Mittag fuhren wir los, am späten erreichten wir Wissembourg. Die Suche nach einer Bleibe begann.

Witold hatte natürlich einen Hotelführer dabei, aber seine angekreuzten Quartiere waren bereits ausgebucht. Da meldete sich Ernst Schröder zu Wort, der eine Geheimadresse wußte, allerdings nicht in Frankreich, sondern gleich an der Grenze auf der deutschen Seite. Dort kamen wir ohne weiteres unter; man konnte zu Fuß in einer Viertelstunde nach Wissembourg wandern und dort am Abend der französischen Küche huldigen.

Ich packte den Koffer aus. Vom Fenster konnte ich direkt auf Weinberge schauen. Ein ganz leichter Regen hatte eingesetzt, aber es war für die Jahreszeit noch erstaunlich warm. Wir beschlossen, erst einmal Kaffee und frischen Apfelkuchen zu bestellen. Gutgelaunt wollten wir anschließend den Regen mißachten und, mit geeigneter Kleidung ausgerüstet, unsere Beine in Bewegung setzen.

Ich nahm einen Schirm mit, Scarlett auch. Die anderen trugen ihre Regenjacken.

Witold sammelte Walnüsse und Roßkastanien, von denen er großzügig einige an mich und Kitty verschenkte, obgleich sie auch uns ständig vor die Füße fielen. Scarlett lehnte die Gabe ab.

»Männer sind und bleiben infantil«, vermerkte sie, »weil ich ihm verboten habe, Pfadfinder zu spielen, will er heute abend bestimmt zum Trost aus Kastanien und Streichhölzern Männchen basteln.«

»Stimmt ganz genau«, pflichtete ihr Witold bei, »du bist doch die Klügste von allen.«

Ich hielt die glatte, pralle Kastanie im Inneren der Jackentasche in meiner Hand und gedachte, sie zur ewigen Erinnerung aufzuheben.

Witold machte den Stadtführer, als Französischlehrer mochte er schon mit so mancher Klasse hier gewesen sein. Er kannte sich aus, zeigte uns malerische Foto-Ausblicke entlang der Lauter, sprach über die Geschichte der Stadt inklusive sämtlicher Katastrophen und beendete den Rundgang mit der Besichtigung der Kirche Saint-Pierre-et-Saint-Paul.

Wahrscheinlich hätte sein Programm noch stundenlang weiterlaufen können, wenn die Schröders nicht von Anfang an darauf gedrungen hätten, spätestens um acht vor einem gedeckten Tisch zu sitzen. Ernst Schröder meinte, er wolle an diesem ersten Abend alle einladen und dafür ein wenig gutmachen, daß seine Frau und er bremsend auf die geplanten Wanderfreuden eingewirkt hätten.

Da wir gegen die Einladung nichts einzuwenden hatten, bestimmte er nun als Gastgeber für alle ein einheitliches Essen: Nach der Gänseleber gab es Fasan auf Sauerkraut und am Schluß frischen Gugelhupf; die Rieslingflasche konnte vom Ober kaum schnell genug erneuert werden. Witold hatte gleich am Anfang in unerhört elegantem Französisch den Kellner um die Karte gebeten, aber eine bodenständig alemannische Antwort erhalten.

Das Essen zog sich stundenlang hin. Sowohl an unserem als auch an den Nachbartischen wurde immer lauter gesprochen und herzlicher gelacht. Am Nebentisch, wo anfangs zwei Ärzte über nichts anderes als über die sinkende Zahl ihrer Krankenscheine geklagt hatten, während ihre Ehefrauen ihre Langeweile nicht verhehlten, war inzwischen eine solche Heiterkeit ausgebrochen, daß wir hin und wieder lauschen mußten. Der eine Mediziner war

Zahnarzt und erzählte sehr komisch, wie er in jungen Jahren eine Leiche anhand ihres Gebisses datieren sollte. Dabei stellte er fest, daß der Tote eine Prothese hatte. Anhand der Verschleißerscheinungen des Kiefers konnte er trotzdem eine ziemlich genaue Altersangabe nachweisen.

»Wie kann man über so ein makabres Thema Witze machen?« entrüstete sich Kitty mit roten Wangen. Aber Ernst und Scarlett konnten vor Lachen nicht an sich halten, weil zwar nicht die Geschichte selbst komisch war, sie jedoch so zwerchfellerschütternd dargeboten wurde.

Witold und ich fixierten uns mit bitterem Blick. Leichen als Dessert-Gespräch waren uns nicht genehm. Witold mahnte zum Aufbruch. Man müsse noch ein Stück laufen, und zwar bei Regen und Dunkelheit. Morgen wolle man schließlich früh aufstehen und wandern.

Scarlett sagte spöttisch: »Im Frühtau zu Berge! Mich wirst du vor zehn Uhr bestimmt nicht zu Gesicht kriegen!«

Ernst Schröder meinte, da man bis zehn Frühstück bekäme, wäre es am besten, wenn wir uns alle auf elf Uhr für den Start einstellen würden. Witold seufzte: »Hakim, du bist unverbesserlich«, aber er gab nach.

Das Zimmer, das ich mit Kitty teilte, hatte Dusche und Klo. Ich ließ ihr den Vortritt, da ich am Abend eine gründliche Reinigung betreibe und dafür Zeit brauche. Kitty war in fünf Minuten fertig. Sie trug einen rosa Kinderschlafanzug und rieb sich, auf dem Bett hockend, heftig das Gesicht mit Nivea-Creme ein. Dabei schwatzte sie angeregt, der Wein und das gute Essen hatten sie munter gemacht. Ich verschwand nun meinerseits im Bad, beschloß aber, mein seidenes Verführungsnegligé nicht für Kitty zu verschwenden. Als ich endlich ins Bett stieg, las Kitty noch, gähnte aber herzhaft dabei. »Wir sind eine nette Crew«, sagte sie, »ich freue mich auf morgen.«

Auf dem Programm stand eine Wanderung zu den Ruinen der Burg Fleckenstein. »Zum Eingewöhnen«, hatte Witold gesagt. Der Regen hatte aufgehört, und wir liefen durch herbstliche Wälder und Wiesen ohne sonderliche Strapazen. Witold wollte hin und wieder von Ernst den Namen eines Pilzes wissen, sein Freund sagte aber meistens lakonisch »toxisch« oder »atoxisch«. Im übrigen bildeten sich keine festen Gruppen, Witold sorgte unermüdlich wie ein Hirtenhund dafür, daß die Karawane zusammenblieb.

Scarlett fragte mich neugierig über meinen Beruf aus. Ich gab ihr gern Auskunft. Bislang hatte sich noch niemand dafür interessiert. Aber dann nervte sie mich ausgiebig mit den noch unausgegorenen Berufswünschen ihrer Kinder. Ein wenig interessant war nur die Klage über ihren vielversprechenden Oleg, daß er in punkto Frühreife seinem Papa nachschlagen würde, der in jungen Jahren auch ein rechtes Früchtchen gewesen sei. Ich konnte mir das kaum vorstellen.

Einmal sprach sie auch von Hilke Engstern, mit der sie gut befreundet gewesen war.

»Was war diese Hilke eigentlich für ein Mensch?« wollte ich wissen.

»Ein wenig resigniert neben diesem Ausbund an Charme«, sagte Scarlett, »Rainer muß ja immer im Vordergrund stehen. Aber sie war sehr klug und eine Persönlichkeit, vielleicht etwas zu empfindlich. Man mußte immer auf der Hut sein, im Nu hatte man sie beleidigt und wußte gar nicht, wieso.«

Nun, ich konnte mir gut vorstellen, daß Pamela Schröder so manchen beleidigt hatte, denn sie hielt mit ihrer Meinung nie hinterm Berg.

»Rainer und ich...«, begann sie wieder, bremste sich plötzlich und meinte dann: »Jetzt habe ich den Faden verloren.«

Ich haßte sie.

Auf der Burg Fleckenstein gab es eine Führung, von einem deutschsprachigen Veteranen nach alter Tradition gemeistert; er warf mit Zahlen um sich, aber diese Längen-, Breiten- und Höhenangaben langweilten; Witold hätte es sicher besser gemacht.

Dieser erste Tag verlief harmonisch, das freundliche Herbstwetter trug einen Teil dazu bei. Unsere Wanderung dauerte vier Stunden, ich fand es erträglich. Am Nachmittag wurde eine kleine Siesta eingebaut, ein zweiter Bummel durch das Städtchen folgte und das abschließende gute Essen. Diesmal gab es Coq au Riesling, eine Quiche lorraine vornweg, Sorbet hinterher und viel Wein dazu. Ich hatte kräftiger zugelangt als am Abend vorher, denn der ungewohnte Aufenthalt an der frischen Luft hatte mir Appetit gemacht. Außerdem war ich, seit ich in Witold verliebt war, immer magerer geworden, so daß ich mir vornahm, mich zu vermehrter Nahrungsaufnahme zu zwingen.

Aber ich hatte die Rechnung ohne den Wirt gemacht. In

der Nacht wurde mir schlecht, ja mehr als das, sterbenselend. Ich wagte nicht, mir in der Hotelküche eigenmächtig einen Tee zu kochen. Schließlich mußte ich mich von dem delikaten Abendessen unter qualvollem Würgen wieder trennen, und mir wurde etwas besser. Schlafen konnte ich indes immer noch nicht. Ich war außerdem nicht gewöhnt, einen fremden Atem neben mir zu hören. Nicht etwa, daß Kitty unruhig schlief. Wie ein kleiner Zinnsoldat lag sie da, stramm und gerade ausgestreckt, ohne im Traum zu zappeln oder mit dem Federbett zu rascheln. Erst gegen vier Uhr schlief ich ein.

Aber schon kurz nach sieben klopfte es leise an unsere Tür. Ich war sofort hellwach, auch Kitty reagierte prompt. Witold steckte seinen Kopf herein. Nur an der Flüsterstimme konnte ich ihn erkennen. »Ich mache jetzt einen Morgenspaziergang, will jemand mitkommen? Bis zum Frühstück um zehn sind wir längst wieder da.«

Nein, dachte ich, nicht um sieben in der Früh! Schließlich habe ich Urlaub und eine schlechte Nacht hinter mir! Ich schüttelte den Kopf. Bei aller Liebe – das ging zu weit. Aber Kitty willigte fröhlich ein.

»Warte unten fünf Minuten, ich putze mir nur die Zähne und fahre in meine Klamotten!« In Windeseile war sie fertig, fix und leise, und weg.

Aber wie soll man wieder einschlafen nach solcher Unterbrechung? Es war noch gar nicht richtig hell draußen. Vom Fenster aus sah ich die beiden mit großen Schritten über den tauigen Rasen zur Landstraße gehen.

Ich gähnte mehrmals, machte das Nachttischlämpchen an und griff nach meiner Wirtschaftszeitung. Aber zum ersten Mal im Leben fand ich sie stinklangweilig. Was sollten diese toten Zahlen, wenn man es mit lebendigen Menschen zu tun hatte? – Und mit toten.

Was las Kitty? Einen Bestseller in englischer Sprache. Ich war beeindruckt. Wieder einmal empfand ich mich als alt, ungebildet, spießig und langweilig.

Ich ging mir die Zähne putzen. Kittys kosmetische Ausrüstung war karg, keinerlei Make-up oder Malgeräte standen ihr zur Verfügung. Eine Dose mit Mandelkleie, eine Honigseife und eine Meersalz-Zahnpasta. Wie alt mochte sie sein? Ich öffnete ihre Nachttischschublade: Portemonnaie und Ausweis lagen vertrauensselig vor mir ausgebreitet. Na, doch schon fünfunddreißig, las ich erstaunt. Ich sah nach ihrem Gepäck. Kitty kam mit einer bemerkenswert kleinen Reisetasche aus. Unterwäsche, zwei weiße Blusen, ein zweites Paar Jeans, ein zweiter Pullover, Socken – das war's. Ich hatte gut und gern die vierfache Menge mitgenommen.

Nun war ich richtig wach, ging unter die Brause, zog mich an. Erst halb neun. Ich trat auf den Flur. Neben unserem lag Witolds Zimmer, der Schlüssel steckte. Kein Mensch zu sehen. Ich trat leise ein, um auch hier ein wenig zu kundschaften. Was hatte Witold für Zahnpaste?

Als erstes sah ich aber einen vollen Aschenbecher neben dem Bett. Pfui, dachte ich, du bist mir der Rechte! Nachts wird gequalmt, und tags machst du auf Naturmensch und Wandervogel. Auf dem Bett lag ein zerknäulter dunkelblauer Schlafanzug. Wenigstens das Fenster hätte er aufmachen sollen, fand ich. Vorm Waschbecken lag eine ausgefranste Zahnbürste, Rasierkram und ein billiges Aftershave. Auch hier öffnete ich die Nachttischschublade, aber ich spürte dabei eine ängstliche Erregung, die sich zusehends steigerte. Dieses Gefühl hatte ich früher gehabt, wenn ich Witold vom dunklen Garten aus beobachtete. Ein süchtiges Drängen voll Sehnsucht, Furcht und Kraft.

Ein Foto in der Brieftasche: Es schien Hilke mit den Söhnen zu sein, wohl vor einigen Jahren aufgenommen. Hilke lachte, ihr schwarzes Haar glänzte, und sie sah sehr anders aus als damals, als ihre grüne Bluse vom auslaufenden Blut dunkel wurde. Der eine Sohn – wohl der ältere – sah ihr auffallend ähnlich. Ich hatte Witolds Kinder noch nie gesehen und betrachtete sie gierig, aber ohne Zuneigung.

Ein Brief von Vivian, allerdings schon vier Wochen alt. Ihre Handschrift war kaum zu lesen, der Text erging sich in Andeutungen und sprunghaften Assoziationen, mit denen ich nichts anfangen konnte. Nur der Schluß war klar: LOVE, YOURS EVER VIVIAN. Auch die Anrede vermochte ich schließlich zu entziffern: »Geliebter Pharisäer!«

Solche Briefe konnte ich nie und nimmer schreiben, englische Bücher konnte ich nicht lesen, Brechtlieder konnte ich nicht singen, und Kinder konnte ich schon gar nicht mehr kriegen.

Noch einmal starrte ich auf den Aschenbecher, das muffige Bett und die schweißigen Socken auf dem Teppichboden. Wie seltsam hatte es die Natur eingerichtet, daß die Menschen fähig waren, über solche ekelhaften Details hinwegzusehen, und sogar versessen darauf waren, ein solches Nachtlager zu teilen. »Hast du Lust, in dieses Bett zu kriechen, Rosi?« fragte ich mich. Meine Zweifel waren groß. Zum ersten betrafen sie meine Empfindlichkeit gegen Gerüche und meine Abneigung gegen Entblößungen, zum anderen meine Ängste, den Erwartungen eines Mannes nicht gerecht zu werden. Liebte ich Witold wirklich?

Ich ging wieder in mein Zimmer, legte mich mit Kleidern aufs Bett und nahm meine Zeitschrift. Aber statt zu lesen, starrte ich an die Decke.

Die Tür wurde aufgerissen. Kitty wehte herein, Frische im Gesicht und Begeisterung in den Augen. »Es war sooo schön«, sagte sie herzlich, »morgen mußt du unbedingt auch mitkommen!«, und sie drückte mir eine geknickte lila Aster und eine späte rosa Rose in die Hand. »T'is the last rose of summer«, sang sie und warf dabei Stück für Stück ihrer Kleidung aufs Bett. »Hab' doch noch gar nicht gebraust«, sagte sie, schon nackt. Zutraulich blieb sie vor meinem Bett stehen: »Morgens ist es am schönsten, Nebel steigt aus den Wiesen, Herbstzeitlosen blühen, im Dorf wird die Milch zur Sammelstelle gefahren. Und diese herrlichen Bauerngärten, sooo große Dahlien...«, zeigte sie mit beiden Händen.

Ich mußte sie gegen meinen Willen ansehen, denn ich habe große Scheu vor Nacktheit. Kitty, die Unauffällige, das mußte wohl jeder zugeben, sah unbekleidet wunderschön aus. Ihr Körper war kräftig, dabei aber schlank, und strahlte eine natürliche Lebensfreude aus. Singend hopste sie unter die Dusche. Was machte sie so glücklich?

Ich beschloß, nicht zu weinen. Kitty war schließlich mit fünfunddreißig Jahren immer noch ledig; sollte ich sie beneiden, sie hassen? Das wäre verschwendete Energie.

Einer Schicksalsgenossin tut man nichts an. Hassen mußte ich eine andere Art von Frauen: die Mütter.

Beim gemeinsamen Frühstück klärte uns Witold auf, daß Kitty heute Geburtstag hatte. Der Grund für ihre Fröhlichkeit war also nicht eine Liebeserklärung von Witold – ich ärgerte mich, daß ich beim Nachlesen in ihrem Ausweis nur auf das Geburtsjahr geachtet hatte. Witold hatte Kittys Kaffeetasse mit Efeu und roten Hagebutten garniert. Sie sollte bestimmen, wie der Tag heute verlief.

»Toll!« sagte die bescheidene Kitty strahlend, »dann wünsche ich mir, daß wir ein Stück weiterfahren, ein neues Hotel suchen und ein anderes Stückchen Elsaß anschauen.«

»Stadt und Kultur oder Land und Natur?« fragte Ernst.

»Natur!« verlangte Kitty, »ein bißchen Dörfer mit Gärten, und vor allem gutes Essen.«

»Na, so anders war es bisher ja nicht«, meinte Scarlett, »wir haben nicht gerade gedarbt bis jetzt!«

Wir fuhren also los, und Kitty, die vorn neben Witold saß, durfte wie ein Fahrlehrer »rechts«, »links« und »stop« sagen. Sie wählte allerkleinste Straßen, begeisterte sich für Bauernhäuser, entdeckte einen Storch und hieß uns nach zwei Stunden in einem kleinen Dorf nach einer Auberge suchen. Hier wolle sie bleiben und nirgendwo anders. Die Herberge an der Hauptstraße hatte nur ein Zimmer frei, verwies uns aber an ein ehemaliges Gutshaus, das jetzt als Hotel umgebaut sei. Es war schwer zu finden, aber traumhaft schön.

»Wenn wir hier was kriegen«, sagte Kitty kindlich, »dann habe ich ein ganzes Jahr lang Glück!«

Sie hatten zwei Doppelzimmer frei, aber in das eine könne man noch ein Zusatzbett schieben.

»Abgemacht!« rief Kitty.

»Ja doch«, sagte Ernst Schröder, »dann gibt es halt ein Buben- und ein Mädchenzimmer.«

Das Haus war uralt, mit sehr dicken Wänden und einer breiten Außentreppe. Die grünen Schlagläden verwitterten allmählich oder fehlten ganz; unsere Zimmer lagen im ersten Stock, es gab noch einen zweiten. Zum Essen mußte man über einen gepflasterten Hof gehen, denn im ehemaligen Gesindehaus war das kleine Restaurant untergebracht.

Wir drei »Mädchen« hatten das größere Zimmer. Ich saß auf dem breiten Fensterbrett und hatte das Restauranthäuschen im Blick. Fünf Katzen hatten sich vor der Tür versammelt. Sobald sie von außen geöffnet wurde, flitzten sie wie die Irrwische hinein. Wenige Minuten später wurde die Tür von innen geöffnet, ein Koch trat auf die Schwelle und warf die Katzen allesamt, eine nach der anderen, die Stufen hinunter. Das hinderte sie jedoch nicht daran, sich zu sammeln und mit dem nächsten Gemüsehändler oder Metzger erneut durchzuschlüpfen.

Nachdem wir die hübschen herbstlichen Bilder genug bewundert hatten, wurde die heutige Wanderung in Angriff genommen. Der Garten des Weingutes stand voller Sonnenblumen. Hunde und Kälber, Kinder und Winzer wuselten herum. Kitty freute sich wie eine Schneekönigin.

Der Koch lief uns nach. Ob wir heute abend Baeckaoffa wünschten.

»Ja!« sagte Kitty.

Ich fragte schüchtern, was das wäre, denn mein Magen war nach dieser Nacht immer noch hochempfindlich. Der Koch sprach von Schweineschwanz, Hammelschulter und Rinderbrust, die er mit Kartoffeln, reichlich Zwiebeln und Knoblauch, Gewürzen und viel weißem Pinot stundenlang in einer irdenen Terrine in den heißen Ofen stellen würde. Meine Wanderkameraden begeisterten sich schon beim Zuhören. Sollten sie sich nur immer ihren Schweineschwanz zu Gemüte führen, ich würde mir einen Haferbrei bestellen.

Auch das Wandern machte mir heute nicht viel Spaß. Ich hatte Magenkrämpfe. Zum Frühstück hatte ich nur Tee getrunken, und eigentlich wäre ich am liebsten im Hotel in diesem urgemütlichen Bauernbett geblieben, hätte das Fenster weit aufgemacht, ein wenig gedämmert und auf die fremden Laute von Mensch und Tier draußen gelauscht. Aber sollte man mich für eine alte Ziege halten, kränklich, säuerlich, eine Spielverderberin? Ich biß die Zähne zusammen und lief und lief ...

Schließlich kam ich mir wie ein napoleonischer Krieger vor, der durch Rußlands endlose Steppen und Sümpfe marschiert, den sicheren Tod vor Augen.

Keiner merkte mir etwas an. Aber als ich drei Stunden lang nur »ja« und »nein« gesagt hatte, schaltete der stets pflegefreudige Witold schließlich doch, daß der Soldat Thyra nicht ganz auf dem Posten war. Ich gab zu, das gestrige Essen nicht vertragen zu haben. Witold holte aus seiner Anoraktasche einen Flachmann.

»Trink ein Schlückchen, das hilft!«

Weil er es war, der mir die scharf riechende Flüssigkeit

unter die Nase hielt, gehorchte ich. Es war ein scheußlicher Kräuterschnaps, der aber wirklich half.

»Nun?« fragte er gespannt und wartete auf eine Erfolgsmeldung. Ich nickte matt.

»Paß auf«, sagte er, »wir steuern jetzt eine Straße an, dort winke ich einem Auto, und du fährst zurück ins Hotel!«

Wider Erwarten klappte es. Ein Lieferwagen voller Farbeimer und Malerutensilien hielt sofort an. Witold konnte nun auch sein perfektes Französisch an den Mann bringen und erklären, daß Madame von einem heftigen Unwohlsein befallen sei.

»Dann fahre ich auch mit«, sagte Scarlett plötzlich, »wenn ich noch mal drei Stunden zurücklatschen soll, dann wird mir das auch zuviel!«

Sie tat dem Fahrer gegenüber so, als wolle sie mich Schwerkranke betreuen, kletterte hinten hinein und setzte sich auf eine farbverschmierte Leiter. Sie winkte den anderen königlich zu, während ich mich unendlich erleichtert neben dem Fahrer auf den Sitz fallen ließ.

Scarlett plauderte in gräßlichem Französisch und unter heftigem Gestikulieren mit dem Fahrer, der durch seinen Rückspiegel mit ihr in Blickkontakt stand. Obgleich mir ihre vielen Fehler auffielen, wäre ich doch nie imstande gewesen, mich in dieser Sprache zu unterhalten. Als wir ankamen und uns bedankt hatten, sagte Scarlett: »Leg du dich mal gleich ins Bett, ich geh' noch einen Kaffee trinken«, und verschwand im Restaurant.

Mir war es sehr recht. Frierend zog ich die Wanderkluft aus, den mausgrauen Jogginganzug an und das Federbett über die Ohren. Zehn Minuten später klopfte es. Ein kleines Mädchen von circa zehn Jahren trat mit wichtigem Gesicht an mein Bett, präsentierte mir in einem Körbchen eine Wärmflasche und erklärte, das schicke mir ihre Mutter. Ernsthaft nickte sie und verließ mich; natürlich konnte das bloß Scarlett organisiert haben. Das hätte ich diesem kaltschnäuzigen Vamp nicht zugetraut.

Etwas später kam sie selbst, auf einem Tablett trug sie Tee und Zwieback.

»Du mußt was in den Magen kriegen, sonst stehst du unsere Feier heute abend nicht durch«, sagte sie mit mütterlicher Strenge. Kritisch musterte sie mich.

»Große Passion für Schusters Rappen scheinst du im Gegensatz zu Kitty nicht zu haben. Wahrscheinlich bist du nur wegen seiner blauen Augen mitgekommen!«

Ich trank den Tee, mümmelte etwas Zwieback und schlief kurz danach fest ein.

Gegen sieben Uhr wurde ich durch Flüstern wach, das schärfer in mein Unterbewußtsein eindrang, als es normale Lautstärke getan hätte. Scarlett lackierte sich die Krallen.

Kitty fragte: »Haben wir dich wachgemacht? Wie geht es dir denn?«

Mir ging es tatsächlich viel besser, ich bin ja eine zähe Natur. Ich setzte mich auf und fragte, wann denn gefeiert würde.

»Erst machen wir uns schön, Mädels!« sagte Scarlett und imitierte den Ton einer Turnlehrerin aus vergangenen Zeiten. Ihre roten Haare waren frisch gewaschen und gelockt.

Kitty wühlte in ihrem Reisetäschchen und nahm eines der weißen Baumwollblüschen heraus. Scarlett pfiff.

»Hast du nichts anderes? Du wirst doch heute fünfunddreißig, da mußt du ausnahmsweise mal als Erwachsene auftreten!«

Kitty nahm nichts übel.

»Ich hab' weder hier noch zu Hause eine Diva-Ausrüstung!«

Scarlett prüfte nun den Bestand ihres eigenen Koffers und holte eine schwere goldbraune Samtbluse heraus.

»Probier die mal, zu meinen roten Haaren paßt die Farbe gut, aber zu blond vielleicht noch besser. Ist ein teures Stück!«

Kitty zog das teure Stück an und sah bezaubernd aus.

Scarlett war neidlos hingerissen. »Ich schenke sie dir zum Geburtstag«, sagte sie großzügig.

Mich beeindruckte diese verschwenderische Geste, sie war meinem Wesen sehr fremd. Aber wegen der Bemerkung über Witolds blaue Augen hatte ich eine heftige Wut auf Scarlett.

Kitty zierte sich überhaupt nicht, die teure Bluse anzunehmen. Sie umarmte und küßte Scarlett und posierte eine Weile vor dem Spiegel. Schließlich wurde ich von den beiden angesteckt, denn auch Scarlett zog Kleidungsstücke an und aus und schubste Kitty übermütig vom Spiegel weg. Ich verließ also das gute Bett und den wärmenden Jogginganzug und machte mich schön. Als wir schließlich zu den Männern stießen, glänzte Kitty in Goldbraun, Scarlett in Smaragdgrün und ich in Hellblau; dazu trug ich Frau Römers Brosche.

Im Lokal saß mir Ernst Schröder gegenüber. Wie gebannt starrte er meine Brosche an, während Kitty und Witold von der Fortsetzung der Wanderung ohne uns Schlappmacher erzählten.

»Woher hast du diese Brosche?« fragte er und musterte mich kalt. Ich wollte nicht die ganze Story von Frau Römer preisgeben.

»Gekauft«, erwiderte ich kurz.

»Wo?«

»Auf einer Antiquitätenmesse«, log ich.

Ernst streckte die Hand aus: »Kann ich sie mal von nahem sehen?«

Ich nestelte das schwere Ding ab und gab es ihm.

Er betrachtete die Brosche eingehend.

»Seltsam«, sagte er.

»Was ist denn so seltsam?« fragte ich, während Zusammenhänge nebelhaft in mir auftauchten.

»Ach nichts«, meinte er, »meine Mutter hatte just die gleiche Brosche, haargenau dieses schwarze Hermesprofil.«

Witold mischte sich ein, nahm die Brosche ebenfalls prüfend in die Hand.

»Ende neunzehntes Jahrhundert«, schätzte er, »vermutlich noch von der Generation unserer Großeltern. Wer hat denn die Brosche deiner Mutter geerbt?«

»Sie wurde gestohlen, meine Mutter war untröstlich. Sie wollte sie ihrer ersten Enkelin vererben, ich habe ja keine Schwester. Nun, das wäre meine Tochter gewesen. Aber meine Mutter starb, bevor Annette geboren wurde, und die Brosche war längst nicht mehr da.«

Der Baeckaoffa wurde, würzig duftend, auf den Tisch gebracht. Alle griffen kräftig zu. Witold bestimmte, daß ich mir ein paar der Kartoffeln zerquetschen solle, ohne den köstlich eingedickten Weinsud. Ich aß auch ein paar Happen und übersah geflissentlich, wie sich Kitty und Ernst den ekligen Schweineschwanz teilten.

Es wurde getafelt und gebechert wie an den letzten zwei Abenden, die Stimmung war überaus heiter. Ernst Schröder hatte einen unerhörten Durst. Obgleich er wie ein Scheunendrescher über den Baeckaoffa herfiel, war er doch nach zwei Stunden sichtbar angetrunken und sehr redselig.

»Wenn ich die heutige Jugend sehe – speziell meinen vielversprechenden Filius –, dann muß ich vor Neid ganz blaß werden. Was der mit achtzehn Jahren schon alles an Frauen verschlissen hat, das kann ich in meinem ganzen Leben nicht mehr aufholen!«

Scarlett warf ihm einen skorpionhaften Blick zu.

»Mit siebzehn hatte ich mein erstes erotisches Abenteuer, aber dann lange nix mehr. Das war aber damals ganz ungewöhnlich früh«, sagte er angeberisch, »beim Anblick von Thyras Brosche fällt mir alles wieder ein!«

»Erzählen!« rief Witold lustig.

Scarlett zischte: »Du wirst geschmacklos, Ernst.«

»Also, das war schon ein dolles Ding«, fuhr Ernst unbeirrt fort, »ich war ein reichlich verklemmter Schüler, so wie wir das in den fünfziger Jahren alle waren. Eines Tages sprach mich auf dem Heimweg von der Schule eine junge Frau an, weil sie eine bestimmte Straße suchte. Es war zufällig die, in der ich wohnte. Noch größer war der

Zufall, daß sie zu den Leuten im Souterrain unseres Miets-
hauses wollte. Dort war aber keiner zu Hause. Meine
Eltern waren für drei Tage verreist. Ich bat das fremde
Fräulein zu uns herein, damit sie einen Zettel für diese
Leute schreiben konnte.«

Wir waren alle ganz Ohr.

»Ein Roman, den das Leben schrieb«, spöttelte Witold.

»Weiter«, bat Kitty.

Scarlett hatte es aufgegeben, ihren Mann unter dem
Tisch zu treten.

Ernst, der große Don Juan, genoß sichtlich unsere Aufmerksamkeit.

»Ob ihr es glaubt oder nicht, ich – der völlig Unerfah-
rene – habe die noch viel Unerfahrenere gleich bei diesem
ersten Zusammentreffen verführt!«

»Ich bin sprachlos!« sagte Witold, »Hakim, wenn du
nicht lügst, bist du ein unerhörter Schwerenöter!«

Scarlett kniff jetzt Witold in den Unterarm.

»Du hast es gerade nötig, ihn dafür auch noch zu loben!«

»Wie ging es weiter?« wollte Kitty wissen.

»Meine Geliebte war mindestens acht Jahre älter als ich,
damals hatte eine unverheiratete Frau über fünfundzwan-
zig wahrscheinlich schon Komplexe und Torschlußpa-
nik.« – Ernst lächelte Kitty charmant an, um wiedergutzu-
machen, daß diese Bemerkung nicht besonders taktvoll
war.

»Na ja, um es kurz zu machen: Wir liebten uns inbrünstig und bei jeder sich bietenden Gelegenheit. Ich grüner
Junge wollte sie natürlich heiraten. Aber um auf die Bro-

sche zu kommen – ich klaute sie meiner Mutter und schenkte sie meiner Angebeteten als Liebespfand.«

»Und was ist aus der Frau geworden?« wollte Kitty wissen.

Ernst betrachtete die Brosche mit abwesendem Blick.

»Ich weiß es nicht. Sie zog plötzlich weg, schrieb mir einen Abschiedsbrief und hinterließ keine Adresse. Ich junger Spund kriegte nie heraus, wo sie hingegangen ist.«

»Meinst du denn, das ist die Brosche deiner Mutter?« fragte Witold.

»Mit Sicherheit wird man das nicht feststellen können, obgleich man bei so einem ausgefallenen Stück schon glaubt, daß nicht viele von dieser Sorte existieren.«

Witold nahm die Brosche wieder in die Hand. Auf einmal sah er Scarlett spitzbübisch an.

»Was meinst du, was ein richtiger Junge in seiner Hosentasche hat?«

Sie rümpfte die Nase: »Pfui Teufel, jetzt ziehst du gleich Blindschleichen und Molche heraus!«

Witold lachte. »Sehr schlecht geraten! Natürlich ein Schweizer Offiziersmesser!«

Er hatte das rote Prachtstück schon in der Hand.

»Thyra, darf ich mal vorsichtig mit dem kleinsten und feinsten Instrument die Rückseite von der Brosche ablösen? Vielleicht ist zwischen der Goldplatte und dem Stein eine Locke, ein Juwelierszeichen oder eine Inschrift.«

Ich nickte, und er begann sehr zart, die vielen dünnen Goldzähnchen umzulegen. In die von außen nicht sichtbare Hinterwand war tatsächlich ein Monogramm eingraviert: E. S. Ernst wurde ganz aufgeregt, es müsse der

Name seiner Großmutter väterlicherseits sein, Elise Schröder.

»Das bedeutet«, sagte Ernst, »daß meine frühe Geliebte entweder tot ist und ihre Hinterlassenschaft von den Erben verkauft wurde, oder daß sie in große Armut geriet und sich davon trennen mußte.«

Scarlett meinte spöttisch: »Du siehst das aber sehr durch die romantische Brille! Vielleicht mochte sie deine Brosche nicht besonders, und vielleicht war ihr auch die Erinnerung nicht gar so heilig, wie du glauben möchtest.«

Man aß weiter, der Baeckaoffa blieb lange heiß.

»Wieviel hast du denn dafür bezahlt?« fragte Ernst, den das Thema weiter beschäftigte.

Ich zuckte mit den Schultern. »Das weiß ich nicht mehr genau, aber sie war sehr teuer.«

Witold interessierte sich für Antiquitäten. »Solche Sachen haben natürlich Liebhaberpreise, ich könnte mir denken, daß sie in einem Heidelberger Antiquitätenladen mindestens dreitausend Mark kostet.«

Ernst sagte sehr leise zu mir: »Ich würde dir die Brosche gern abkaufen, aber fühle dich bitte nicht unter Druck gesetzt, sondern überlege in aller Ruhe. Ich würde jeden Preis zahlen oder dir auch ein Schmuckstück nach deiner Wahl kaufen.«

Ernst Schröder war also der Vater von Frau Römers Tochter! Verrückt war das schon; sah sie ihm ähnlich? Ich hatte diese Frau, die älter als Kitty war, erst einmal gesehen. Sie war Olegs und Annettes Halbschwester!

Mit einem gewissen Ekel sah ich Ernst Schröder an; er hatte Frau Römers Leben verpfuscht. Dann erinnerte ich mich an Scarletts großartige Geste, wie sie ihre goldfarbene Samtbluse verschenkt hatte.

»Ich mache keine Geschäfte mit dir, Ernst«, sagte ich mit eisigem Hochmut, »ich schenke dir die Brosche für deine Tochter.«

Das war ihm nicht recht. Er regte sich auf, aber immer mit begierigem Blick auf das Erbstück.

»Thyra«, sagte er, »ein solches Geschenk kann ich nie und nimmer annehmen. Wir gehen vor Weihnachten auf eine große Antiquitätenmesse, und du suchst dir dort etwas Wunderschönes aus. Aber du verstehst doch, daß dieses Stück für mich eine ganz persönliche Bedeutung hat?«

Die anderen hatten von unserem Handel nur mit halbem Ohr vernommen. Sie diskutierten über das morgige Programm. Kitty wollte wieder möglichst lange durch Wald und Feld marschieren, aber diesmal war es Witold, der etwas anderes im Sinn hatte.

»Entweder Colmar oder Straßburg«, schlug er vor, »Kinder, wir können doch nicht eine Woche durchs Elsaß fahren und jegliche Kunst und Kultur dabei aussparen.«

»Na gut, dann Straßburg«, sagte Scarlett, »ich habe mir vor Jahren totschicke Schuhe dort gekauft, diesen Laden finde ich wieder.«

»Banausin«, spottete Witold.

Das Geburtstagskind bewunderte die braunglasierte Keramikterrine, die hübsch mit weißen Blümchen und grünen Blättern bemalt war. »So eine kaufe ich mir in Straßburg, das Rezept vom Baeckaoffa schreibe ich mir genau auf, und heute in einem Jahr lade ich euch alle zu einem Gedächtnisessen ein.«

»Na wunderbar«, sagte Ernst freundlich.

Witold plante halblaut murmelnd die Besichtigung der Kathedrale, des Elsaß-Museums und des Viertels ›La Petite France‹.

Eine gewisse Trägheit nach dem reichhaltigen Essen machte sich breit. Besonders Kitty gähnte ungezwungen. Witold und sie waren ja bereits am frühen Morgen herumgelaufen.

»Wann sollen wir morgen aufbrechen?« fragte Witold.

»Ach Rainer«, maulte Scarlett, »wir haben doch Ferien, das müssen wir doch jetzt noch nicht festlegen. Das findet sich nach dem Frühstück.«

Kitty fragte unter unermüdlichem Gähnen: »Holst du mich morgen zum Frühspaziergang ab?«

»Na klar«, sagte Witold, »ich klopfe wieder an die Tür. Vielleicht kommt Thyra auch mit.«

»Vielleicht«, antwortete ich.

Kitty wollte ins Bett, und wir brachen nun alle auf. Sie lag in Windeseile im Grand Lit, das ich heute mit ihr teilen mußte, während Scarlett sich das Zusatzbett geschnappt hatte. Kitty streckte alle viere von sich, seufzte »Gute Nacht« und schlief den gerechten Schlaf der fleißigen Wanderer.

9

Pamela Schröder zog einen Trainingsanzug von ihrem Sohn an. »Meine Nachtkleidung taugt nicht für dieses Massenlager«, sagte sie, was ich nicht ganz verstand.

Sie grinste. »Ich schlafe sonst nackt«, erklärte sie schokkierenderweise.

Kaum lag ich neben Kitty, da fing sie an zu schnarchen. Scarlett fluchte.

»Das ist ja entsetzlich, macht sie das immer?«

Ich versicherte, daß Kitty die zwei vorherigen Nächte völlig diszipliniert und tonlos geschlafen hätte.

»Dreh sie mal um«, befahl Scarlett, »dann hört es meistens auf.«

Ich versuchte es. Aber Kitty wendete sich mit Kraft wieder in die ihr vertraute Rückenlage und schnarchte weiter.

Scarlett stand am Fenster. Plötzlich zog sie ihren Anorak an, ergriff die Zigaretten und das Feuerzeug und meinte, sie ginge noch eine rauchen.

Ich sah aus dem Fenster in den dunklen Garten. Dort glühte bereits eine Zigarette. Scarlett war zielstrebig dorthin gelaufen, und schon sah man zwei Glühwürmchen, die auf eine verschwiegene Bank zusteuerten.

Das konnte nur Witold sein, mit dem sie sich traf. Wollten beide nur in Ruhe qualmen, ohne von ihren nichtrauchenden Zimmergenossen gescholten zu werden, oder hatten sie etwas miteinander? Wenn ich nur hören könnte, was sie sprachen.

Nach fünf Minuten war meine Geduld zu Ende. Hier schnarchte Kitty mit unerschütterlicher Exaktheit, dort saß Witold mit der roten Hexe auf einer Bank. Ich zog mir die Jacke über den Jogginganzug, Socken und Hausschuhe über die bloßen Füße und einen Schal um den Hals. Die herbstliche Nachtluft war zwar nicht eisig, aber feucht und frisch.

Kitty merkte nicht, daß auch ich das Zimmer verließ. Die Treppe zum Erdgeschoß war breit, ich tastete, ohne Licht zu machen, hinunter, schlich durch die offene Tür in den Garten. Ein Hochgefühl überkam mich. Gleich würde ich wieder teilnehmen an Witolds Privatleben, würde ich Worte hören, die nur für einen bestimmten Menschen gedacht waren. Möglich war natürlich auch, daß ihre Unterhaltung völlig oberflächlich war.

In diesem Garten mit Kieswegen und Blumenbeeten kannte ich mich nicht gut aus. Es dauerte ziemlich lange, bis ich auf Umwegen und mit vielen Pausen in die Nähe der bewußten Bank – die ich ohne glimmende Zigaretten nur erahnen konnte – herangeschlichen war. In diesem Fall wäre es vernichtend peinlich gewesen, wenn sie mich entdeckt hätten. Nun hörte ich sie reden, aber leise und vertraulich, ich mußte noch viel näher herankommen, damit ich sie verstehen konnte. Wie ein Indianer kroch ich auf allen vieren, da die Büsche nur halbhoch waren und nicht genügend Schutz boten.

Scarlett schimpfte auf ihren Mann.

»Ich kann seine Angeberei nicht ertragen. Wenn er einmal angeleiert ist, kommt meistens noch ein Dutzend andere Weibergeschichten aufs Tapet.«

»Für mich war das heute aber eine echte Enthüllung«, meinte Witold, »diese Story hat er mir noch nie erzählt.«

»Wenn sie überhaupt wahr ist«, fauchte Scarlett, »es ist doch äußerst kränkend für mich, wenn er immer in meiner Gegenwart von gehabten Liebesfreuden redet, und geradezu scheußlich finde ich seine Klagen, daß es damit vorbei ist.«

»Du mußt dich rächen«, schlug Witold vor. »Denkst du auch noch oft an Portugal?«

Beide schwiegen.

Pamela Schröder fragte schließlich: »Wo hast du eigentlich diese alte Schachtel aufgetrieben?«

»Wen meinst du?«

»Na, diese Thyra, wie sie sich affigerweise nennt.«

»Aus deinen Worten spricht der blanke Neid, weil du in diesem Kreis nicht mehr die Königin der Exotennamen bist. Ich habe sie in Weinheim auf der Kerwe kennengelernt.«

»Rainer, jetzt lügst du. Solche hölzernen Gretchen lassen sich nicht auf der Kirmes ansprechen.«

»Sie war ja auch nicht allein dort. Hat Ernst dir nicht davon erzählt? Als du in Amerika warst, sind Ernst und ich auf die Kerwe gegangen und haben dort Thyra und ihre Freundin zufällig kennengelernt.«

»Ach ja, die Freundin ist doch die, die vom Turm gefallen wurde?«

»Stimmt, Beate hieß sie, eine wirklich nette Frau. Wie

die Sache mit dem Turm nun de facto war, kriegt nicht mal unsere Superpolizei heraus.«

»Rainer, du hast es raffiniert eingefädelt, auf diesem Elsaß-Trip deine Fans um dich zu scharen...«

»Gehörst du etwa dazu?«

Scarlett lachte und verlangte Feuer für die zweite Zigarette. »Ich habe eben ein Rascheln gehört«, sagte sie zu meinem Schrecken.

»Mäuse, Katzen, Löwen und Tiger. Und außerdem der eifersüchtige Ernst mit einem Hirschfänger«, scherzte Witold.

»Ach, wenn er doch eifersüchtig wäre! Ich habe das Gefühl, es interessiert ihn gar nicht, was ich so treibe.«

»Sollen wir das mal wieder testen?« schlug Witold vor.

»Auf so ein Angebot warte ich schon lange«, erwiderte Scarlett, »und als erstes könntest du mich etwas wärmen, es wird nämlich kalt hier draußen.«

Witold schien den Arm um sie zu legen, die beiden Zigaretten waren sich sehr nahe. Ich hatte Lust, beide auf der Stelle zu lynchen.

»Um wieder auf deine Verehrerin zu kommen«, begann Scarlett erneut, »merkst du gar nicht, daß sie alles täte, um deine Gunst zu erringen?«

»Na und, will das nicht jede Frau?« fragte Witold frech.

Scarlett schien ihn zu mißhandeln, denn er schrie etwas zu laut: »Au, bist du verrückt!«

»Und die liebe Kitty hast du dir auch unterworfen. Hast du eigentlich mal mit ihr geschlafen?«

»Mein Gott, Scarlett, du muß mich ja wahnsinnig lieben, daß du so viel Eifersucht produzierst!«

»Du Hund von einem trauernden Witwer! Irgendeine Frau hast du, das spüre ich genau. Oder war es etwa diese Beate?«

»Nicht schlecht geraten. Aber, liebe Scarlett, du dürftest allmählich bemerkt haben, daß ich das Alter unter dreißig bevorzuge!«

Mitten in diesem Geplänkel fing sie an zu schluchzen. Das Weib war raffiniert, denn auf der Stelle brach Witolds Tröster- und Helfernatur durch; er flüsterte und schien sie zu liebkosen.

Mir war, als würde mein Herz zerschnitten. Diese Frau hatte einen netten Mann und zwei Kinder, sie hatte Schönheit und Temperament, Geld und Freunde. Warum nahm sie sich diesen Mann, wo sie doch wußte, daß Kitty und ich ihn brauchten.

Ganz leise und sanft sagte sie: »Im Auto ist es ein bißchen wärmer!«

Jetzt schlichen die beiden davon, so wie ich vorhin herbeigeschlichen war. Kurze Zeit später hörte ich den Motor von Witolds Auto. Anscheinend hatten sie wenigstens den Anstand, es nicht direkt auf dem Parkplatz zu treiben.

Ich brauchte nun nicht mehr zu schleichen. Zitternd ging ich wieder ins Haus und legte mich neben Kitty, die Ahnungslose.

Ich wartete. Zwei Stunden waren vergangen. Kitty schnarchte diskreter, ich schlief immer wieder sekundenlang ein, wachte aber sofort mit dem Entsetzen auf, daß ich meinen Kampf um Rainer Witold Engstern verloren hatte. Nicht an Vivian, die junge, auch nicht an Kitty, der ich den

Sieg um ein Haar gegönnt hätte, sondern an eine Teufelin. Im Mittelalter hätte man sie verbrannt.

Ich mochte doch etwas länger geschlafen haben. Plötzlich meinte ich, von einem Geräusch geweckt worden zu sein. Kitty atmete ruhig; war Scarlett zurückgekommen und im Bett? Ich knipste das Lämpchen an. Es war halb vier, das Zusatzbett war leer. Mein ebenfalls leerer Magen knurrte, ich empfand brennenden Durst. Ich machte das Licht wieder aus und tappte die vier Schritte zur Badezimmertür, um Wasser zu trinken.

Die Bäder waren in diesem alten Haus nachträglich eingebaut worden. Man hatte von dem an sich großen Raum eine Ecke abgeknapst und in ein Mini-Bad verwandelt. Auf abenteuerliche Weise war es dem Architekten gelungen, ein schwenkbares Bidet, eine kleine Wanne, Klo und Waschtisch unterzubringen und somit den Vorschriften Genüge zu leisten.

Im Bad brannte Licht, aber es war nicht abgeschlossen. Scarlett lag in der Wanne. Ich starrte sie an wie ein Gespenst. Sie war ein wenig verlegen.

»Komm ruhig rein«, sagte sie, »ich schließe nie ab. Ich war so durchgefroren, da hilft mir nur ein heißes Bad.«

Ich nahm das Zahnputzglas und füllte es mit Wasser.

»Du warst nicht im Bett?« fragte ich.

Sie reagierte gereizt und aggressiv. »Wenn du es schon weißt, warum fragst du dann.«

In mir kochte es. »Du denkst wohl, eine alte Schachtel, ein hölzernes Gretchen, müßte gleichzeitig auch noch blöde sein? Ich weiß, mit wem du draußen warst.«

Scarlett war kampfbereit. »Du hast uns belauscht«,

stellte sie fest, »und zwar, weil du ihn selber willst. Pfui Spinne, ich finde das zum Kotzen!«

»Scarlett, wie du dich affigerweise nennst, was du gemacht hast, ist natürlich edel und anständig«, konterte ich.

»Ich habe wirklich nichts Unrechtes getan«, sagte sie, »aber wenn prüde und zu kurz gekommene Jungfern hinter allem und jedem Sünde wittern und andere Menschen belauschen, dann ist das für mich der Inbegriff von Schlechtigkeit.«

Ich schnaubte vor Haß und rang nach Worten, um es ihr heimzuzahlen.

Scarlett hob ihren hübschen kleinen Fuß mit den rotlakkierten Zehnägeln hoch und betrachtete ihn zufrieden.

»Was war mit Beate?« fragte sie.

Mir stockte der Atem. »Wieso?«

»Sie hat was mit Rainer gehabt«, fabulierte das Biest, »und du hast sie aus Neid vom Turm gestoßen.«

Ich griff nach dem elektrischen Lockenstab, den Scarlett bei ihrem abendlichen Aufputz benötigt hatte. Der Stekker war eingeschaltet. Blitzschnell fegte ich ihn in die volle Badewanne.

Durch den Kurzschluß ging die Spiegelleuchte aus, aber die Deckenlampe zum Glück nicht. Scarlett wurde ohnmächtig. Oder war sie tot?

Ich schloß geistesgegenwärtig die Tür ab. Ob Kitty von unserem – nicht sehr lauten – Gespräch wach geworden war? Was sollte ich nun machen?

Ich zog den Stecker aus der Steckdose, den Lockenstab aus der Wanne. Ich besah mir die Nackte und fühlte den Puls, war mir aber nicht ganz sicher, ob ich ihn schwach spüren konnte oder nicht. Irgendwie hatte ich das Gefühl, daß sie lebte. Sie würde bald zu sich kommen, schreien, mich verraten: Nicht nur, daß ich sie ermorden wollte, sondern auch die Sache mit Beate.

Meine Ärmel durften nicht naß werden. Ich krempelte sie hoch, setzte mich auf den Wannenrand und schob ihren Kopf langsam hinunter, bis er ganz unter Wasser war, dafür aber die Beine aus der kleinen Wanne ragten. Ich sah auf die Uhr und hielt den Kopf eine gute Viertelstunde in dieser Lage. Scarlett bewegte sich nicht. Die Augen stierten mir grün zwischen den roten, tangartigen Haarsträhnen entgegen, ihr sommersprossiger Körper erschien mir lappig und schwammig. Sie war tot.

Ich trocknete mir gründlich die Arme ab, wickelte Scarletts Lockenstab in ein Hotelhandtuch und lauschte am Schlüsselloch, ob irgendwelche Laute von Kitty zu vernehmen waren. Nichts zu hören. Vorsichtig drehte ich den Schlüssel herum und öffnete unendlich leise die Tür. Kitty schlief fest wie seit Stunden. Mit dem Lockenstab im Handtuch schlüpfte ich aus dem Bad, schloß die Tür, tastete mich an meinen Koffer und versteckte das feuchte Bündel unter meinen Kleidern. Dann versuchte ich, mich ohne die geringste Erschütterung auf das Bett gleiten zu lassen. Kitty drehte sich ein wenig und murmelte »Rainer«.

Nun lag ich da und wußte, daß ich wieder krank werden würde. Diesmal fand man eine Leiche in meiner unmittelbaren Nähe. Das eine Handtuch war naß, Scarlett aber lag in der Wanne und hatte es nicht benutzt; das zweite Handtuch fehlte ganz – war das nicht überaus verdächtig? Ob mich jemand nachts im Garten gesehen hatte? Vielleicht hatte Ernst seiner Frau nachspioniert? Sah man einem Körper an, daß er einen Elektroschock erlitten hatte – gab es Spuren? Bei Starkstromverletzungen, das wußte ich, kam es zu schweren Verbrennungen. An Scarlett war mir äußerlich nichts aufgefallen, aber ich war weder Arzt noch von der Kripo. Auf keinen Fall durfte ich als erste aufstehen und die Leiche finden. Witold würde Kitty wieder frühzeitig wecken. Sie würde dann ins Bad huschen, und ich mußte von ihrem grauenhaften Schrei geweckt werden.

Ich lag im Bett, es wurde langsam hell, ich wartete auf Witolds Klopfen und auf Kittys Schrei, aber es war schließlich acht, und nichts rührte sich.

Während die Minuten dahinschlichen, überlegte ich, ob ich Witold überhaupt noch wollte. Ich hatte solche Opfer für ihn gebracht, meine Freiheit, mein soziales Ansehen und auch alle meine bisherigen Lebensgewohnheiten aufs Spiel gesetzt. Wenn er mich plötzlich – was unwahrscheinlich war, lieben würde, mit mir Tisch und Bett, Geld, Urlaub, Freunde und Gewohnheiten teilen wollte, war das eigentlich erstrebenswert? Alles kam mir fragwürdig vor; er war mir im Grunde unendlich fremd. Verzweiflung überfiel mich; warum hatte ich drei Frauen umgebracht? Die erste mehr oder weniger aus Versehen, da konnte ich mir nicht viel vorwerfen. Eine schlimme Sache war der Mord an Beate, total überflüssig. Ich mochte nicht daran zurückdenken. Aber die heutige Tat – das Ertränken einer Hexe – erfüllte mich mit einer gewissen Genugtuung. Diese Frau hatte mich im Gegensatz zu den anderen aufs tiefste beleidigt.

Kitty rührte sich. Ich mußte mich fest schlafend stellen. Aus der Matratzenbewegung war zu schließen, daß sie sich aufsetzte, die Füße aus dem Bett schwang, wahrscheinlich auf die Uhr sah. Ich wußte, daß es halb neun war. Sie gab einen winzigen Laut der Verwunderung von sich, reckte und streckte sich und tappte auf bloßen Füßen ins Bad.

Der erwartete Schrei kam nicht, dafür eine von ihr bisher nicht benutzte resolute Lehrerinnenstimme: »Thyra, komm sofort!«

Das Kommando war durchdringend laut, so daß ich gehorchen mußte. Mit fahlem Gesicht und Übelkeit im Magen begab ich mich an den Ort meines Verbrechens. Die Fenster im Bad waren völlig beschlagen. Kitty hielt Scarletts Kopf aus dem Wasser.

»Pack an!« befahl sie, »halte sie unter dem rechten Arm, wir legen sie über den Wannenrand, damit das Wasser aus der Lunge laufen kann.«

Der schlaffe Oberkörper wurde mit vereinten Kräften über den Rand gehängt, lauwarmes Wasser tropfte in Mengen auf den Boden.

»Hol sofort die Männer! Ich halte sie in dieser Lage«, ordnete Kitty weiter an.

Ich raste ins Zimmer neben uns und machte auf, ohne anzuklopfen. Witold rasierte sich vor dem Waschbecken, Ernst schlief noch.

»Komm sofort, ein schrecklicher Unfall!« schrie ich; nicht Kitty, sondern ich war hysterisch geworden. Witold ließ den Rasierpinsel fallen, wischte den Schaum mit einem Handtuch weg und sauste mit nacktem Oberkörper ins

Nachbarzimmer, ich hinter ihm her. Ernst Schröder war zwar wach geworden, konnte aber nicht so schnell reagieren.

Kitty kommandierte im Badezimmer: »Ernst soll mir helfen, sie aufs Bett zu tragen, damit ich sofort mit der Mund-zu-Mund-Beatmung anfangen kann. Rainer, du rufst Notarzt und Rotkreuzwagen!«

Ernst kam nun auch verschlafen hereingetorkelt und kriegte einen solchen Schock, daß er stolperte und hinfiel. Trotzdem jagte Kitty Witold zum Telefonieren hinunter, weil er als einziger gut französisch sprach. Ich mußte mit Kitty die Leiche packen und zum Bett tragen; Ernst Schröder rappelte sich indes wieder hoch und half.

Kitty warf eine Decke über die tote Nackte und begann zielsicher mit der Beatmung. Ernst hatte Scarletts Hand genommen und sagte immer wieder: »Sie ist nicht tot.«

Tatsächlich war das Badewasser noch nicht kalt, und daher war wohl auch der Körper nicht starr und unterkühlt.

Irgendwann flitzte Witold die Treppe wieder hoch und löste Kitty bei ihrer Tätigkeit ab. Scarlett sah schrecklich aus, aber zum Glück brauchte ich sie mir nicht anzusehen. Ich wußte, daß die fieberhaften Bemühungen vergeblich waren.

Bemerkenswert schnell hörte man das Martinshorn. Zwei Rotkreuzhelfer und ein Arzt kamen im Galopp mit einer Trage, Sauerstoffgerät, Infusion und Arzttasche. Der Arzt befahl jedoch nach wenigen Handgriffen, die Tote in den Rettungswagen zu bringen. Sie wurde auf die Bahre gelegt, blitzschnell angeschnallt und wiederum in unglaublicher Geschwindigkeit in die Ambulanz gebracht. Dort wurden die Türen geschlossen, und der Arzt begann mit der Reanimation.

Wir standen wortlos herum, konnten nicht sehen, was sich im Inneren des Wagens tat, hatten aber das Gefühl, daß der Sanitätswagen jetzt eigentlich unter Sirenengeheul losfahren mußte. Nur ich wußte, daß er es wegen der Unmöglichkeit einer Wiederbelebung nicht tun würde. Gleichzeitig aber klapperten mir alle Knochen vor Angst, wenn ich an die Konsequenzen einer erfolgreichen Auferstehung dachte.

Nach einer Viertelstunde trat der Arzt mit ernster Miene aus dem Wagen, und man konnte an seinem Gesicht ablesen, was er zu sagen hatte. Er fragte auf Französisch, mit wem er reden könne.

Witold erklärte, Ernst Schröder sei der Ehemann der Verunglückten, spreche aber leider fast gar kein Französisch. Der Arzt wandte sich trotzdem an Ernst und sagte in mühseligem Deutsch: »Es tut mir leid, mein Herr, man kann nichts machen.«

Zu Witold gewandt, sagte er, daß er noch einige Fragen habe.

Keiner von uns war angezogen. Ich war im Jogginganzug, Kitty im Schlafanzug, Witold nur in der Pyjamahose, Ernst in einem Bademantel. Wir gingen ins Haus. Kitty lief hinauf und holte für Witold einen Pullover. Ich ging nach ihr in unser Zimmer, holte das nasse Hotelhandtuch wieder aus dem Koffer und warf es in eine Badezimmerecke, rollte den Lockenstab in schmutzige Wäsche und vergrub ihn wieder gut auf dem Grunde des Koffers.

Dann zog ich mich rasch an und ging wieder zu den anderen. Auf dem Flur entdeckte ich den Sicherungskasten. Mit einem Taschentuch öffnete ich ihn und drückte die herausgesprungene Sicherung wieder ein.

Der Arzt wollte wissen, ob Pamela herzkrank gewesen sei oder an einer anderen chronischen Krankheit gelitten habe, ferner ob sie regelmäßig Medikamente einnehme. Zu meiner Verwunderung sagte Ernst, seine Frau habe einen angeborenen Herzfehler gehabt, der jedoch nicht behandlungsbedürftig gewesen sei. Allerdings habe sie körperliche Belastungen – wie zum Beispiel anstrengendes Wandern – gemieden. Aber sie sei im Grunde kaum krank gewesen, wenn man von Bagatellen absehe.

Der Arzt schrieb alles auf, Witold dolmetschte hin und her. Schließlich meinte der Mediziner, die Todesursache sei nicht eindeutig festzustellen, da er die Tote ja nicht als Patientin kenne. Er könne keinen Totenschein ausstellen, sondern müsse in einem solchen Fall eine Obduktion anordnen und auch routinemäßig die Polizei einschalten.

Schließlich verabschiedete er sich, fragte aber zuvor, ob er Ernst noch eine Beruhigungsspritze geben solle. Witold erklärte, Monsieur sei selbst Apotheker und mit jeglichen Medikamenten bestens ausgerüstet.

Der französische Arzt zog bei dem Wort »Apotheker« prüfend die Augenbrauen hoch und musterte Ernst kritisch. Als er wegfuhr, war es fast zehn. Die Leiche war von den Sanitätern, die in der Ambulanz keine Toten transportieren durften, wieder aus dem Wagen genommen und in ein kleines Nebenzimmer im Erdgeschoß gebracht worden. Ernst begab sich zu der Toten, die demnächst abgeholt werden sollte, saß neben ihr und versteinerte.

Die Wirtin war zwar auch völlig außer sich, aber dabei mitfühlend und liebenswürdig. Die anderen Gäste waren zum Glück schon zeitig zu einer Fahrt aufgebrochen, und die große Katastrophe ließ sich vielleicht verheimlichen. Auf mütterliche Art befahl sie uns, erst einmal etwas anzuziehen und dann einen starken Kaffee zu trinken. Die Polizei hatte auch schon angerufen und darum gebeten, im Bad nichts anzutasten.

Kitty und ich duschten in einem anderen Zimmer. Witold war bereits fertig. Er nahm eine Tasse Kaffee vom Frühstückstisch und brachte sie seinem Freund. Kitty und ich tranken ebenfalls Kaffee, aßen sogar ein trockenes Hörnchen.

Witold sah aus wie das verkörperte schlechte Gewissen. Natürlich hatte er keine Ahnung, wer von uns von seiner nächtlichen Eskapade etwas wußte. Um seine sichtliche Nervosität zu vertuschen, entwickelte er eine übertriebene Geschäftigkeit. Ständig wieselte er vom Frühstücksplatz, wo wir Frauen saßen, in die Küche zur Wirtin und dann in den stillen Raum, wo Ernst bei seiner toten Frau saß und nicht gestört werden wollte.

»Ich mache mir Vorwürfe«, sagte Kitty zu Witold und mir, »gerade in dieser Nacht habe ich wie ein Stein geschlafen, man hätte mich wegtragen können, und ich wäre nicht wachgeworden. Thyra oder ich hätten eigentlich hören müssen, als sich Scarlett spät in der Nacht das Badewasser einlaufen ließ, vielleicht hätten wir ihr noch helfen können.«

»Wahrscheinlich hatte sie eine Herzattacke, verlor das Bewußtsein und ertrank«, meinte Witold, »das könnte doch ganz lautlos geschehen sein. Kitty, du mußt dich nicht verantwortlich fühlen. Unterlassene Hilfeleistung ist wirklich nicht dein Stil, schließlich hast du hervorragend reagiert, traumwandlerisch alles richtig gemacht...«

Das tat Kitty gut. Sie lobte nun auch uns, daß wir phantastisch schnell geschaltet hätten. Wie entsetzlich, daß alles vergeblich war!

»Der arme Ernst!« seufzte sie, »wie geht es ihm denn jetzt?«

Witold meinte, er müsse ihn bald dazu bewegen, jenes Zimmer zu verlassen.

In punkto Kitty schien Witold beruhigt zu sein, aber er wußte natürlich immer noch nicht, ob Ernst oder ich von seinem Rendezvous etwas ahnten. Ich beruhigte ihn, indem ich in seiner Gegenwart zu Kitty sagte, daß ich nach der vorherigen Nacht voller Magenbeschwerden nun auch traumlos und tief geschlafen hätte.

Ein Polizist wurde von der Wirtin in unser Schlafzimmer und das Bad geführt. Er versiegelte die Badezimmertür, maß zuvor mit einem Thermometer das immer noch vorhandene Badewasser und fragte Kitty, wer in welchem Bett geschlafen habe. Der junge Mann sprach kein Elsässisch. Kitty antwortete in fließendem Französisch, verstummte allerdings, als Witold auftauchte, und überließ ihm die weitere Konversation. Der Beamte sagte, wir müßten alle hierbleiben, bis uns ein Kollege vernommen hätte, und der könne frühestens in zwei

Stunden hier sein. Er sah auch nach der Toten, bat aber vorher Ernst Schröder, diesen Raum zu verlassen.

Ernst kam zu uns herein. Auf einmal schüttelte ihn ein Weinkrampf. Kaum konnte man ihn verstehen, aber er klagte sich selbst aufs heftigste an. Er habe mit seinem Geschwätz beim Abendessen Pamela beleidigt, denn seit Jahren könne sie solche Themen nicht ausstehen. Wahrscheinlich sei sie ganz wörtlich an gebrochenem Herzen gestorben. Kitty streichelte ihn wie ein Kind, nahm ihn in die Arme und sprach beruhigend auf ihn ein. Der Polizist kam wieder herein und sagte, er würde hier auf seinen Chef warten. Er ging dann in die Küche, um sich von der freundlichen Wirtin noch etwas Baeckaoffa aufwärmen zu lassen. Wir saßen beklommen da. Nur zu gern hätte Witold gewußt, ob Ernst ihn am Abend hatte wiederkommen hören. Wahrscheinlich mußte er ja noch wach gewesen sein, als Witold mit der Zigarette das Schlafzimmer verließ. Wir erfuhren aber von Ernst selbst, daß er eine Schlaftablette genommen hatte, da er nach reichlichem Alkoholgenuß häufig überdrehte Zustände habe und nicht recht einschlafen könne.

Die Wirtin brachte uns eine Tasse heiße Zwiebelsuppe. Schließlich erschien auch der Leichenwagen, aber dessen Fahrer hatte die Anweisung erhalten, auf den Kommissar zu warten, bevor er die Tote zur Pathologie brachte.

Nach gut drei Stunden kam der Kommissar. Auch er hielt sich zuerst bei der Wirtin in der Küche auf, wo bereits die zwei Totenträger und der Polizist saßen. Schließlich ging er mit der Fotoausrüstung und einem geheimnisvollen Köfferchen zu der Toten, die nun abtransportiert wurde. Kitty, die die Leiche gefunden hatte, sollte ihm oben im Badezimmer genau schildern, wann und wie das gewesen sei. Er fragte tatsächlich, warum das Handtuch naß in der Ecke läge, da sich Tote ja nicht abtrocknen. Kitty antwortete, wahrscheinlich habe sie Scarlett damit angefaßt. Scarletts Gepäck wurde in das Polizeiauto getragen. Ich war halbtot vor Angst, daß auch mein Koffer inspiziert würde. Aber es geschah nicht.

Schließlich wurden wir einzeln befragt. Anscheinend hatte einer der anderen Gäste, der unter uns wohnte, gehört, daß um Viertel nach drei noch Wasser lief, hatte sich darüber geärgert und sich die Zeit gemerkt. Kitty und ich sagten aus, daß wir absolut nicht wahrgenommen hätten, daß Scarlett noch so spät gebadet hatte. Auch Ernst erzählte nichts von Witolds später Zigarette, da er das wahrscheinlich vergessen hatte oder für unwichtig hielt. Die Wirtin hatte tief in der Nacht einen Wagen kommen hören, wußte aber nicht, wann. Die Gespräche mit dem deutsch sprechenden Kommissar zogen sich in die Länge. Er war erst am späten Nachmittag mit uns fertig. Wir sollten am nächsten Tag in sein Büro kommen und die Protokolle unterzeichnen.

Ernst hatte sich nach dem Tränenausbruch und dem Verhör etwas gefaßt. Seine Sorge galt jetzt seinen Kindern. Er wollte ihnen die Nachricht persönlich, aber keinesfalls telefonisch mitteilen. Andererseits mußte er auf alle Fälle hierbleiben, bis alle Formalitäten geklärt und auch die Überführung der Leiche nach Deutschland geregelt war.

Witold schlug vor: »Wenn wir morgen bei der Polizei fertig sind, dann bitte ich dich, Kitty, mit meinem Wagen und Thyra heimzufahren. Ihr könnt hier doch nichts mehr für Ernst tun. Ich bleibe hier bei ihm, übersetze bei den amtlichen Sachen und fahre ihn schließlich mit seinem Wagen heim. Aber natürlich müssen Annette und Oleg sofort informiert werden.«

Kitty fragte Ernst nach einer Person seines Vertrauens, die auch einen guten Draht zu den Kindern hätte. Ernst kam nun selbst auf die Idee, seine langjährige Apothekenhelferin und ein befreundetes Ehepaar anzurufen, das versprach, sich der Kinder anzunehmen und ihnen behutsam die schreckliche Wahrheit zu sagen.

Dabei fiel mir ein, daß ich bereits sieben Kinder – wenn auch keine kleinen – mutterlos gemacht hatte.

Keiner mochte an diesem Abend essen, aber die Wirtin brachte uns ungefragt eine Kleinigkeit aufs Zimmer, da sie uns vor der üblichen Heiterkeit der anderen Gäste bewahren wollte. Wir gingen danach ein paar Schritte vor die Tür. Kitty hängte sich bei Ernst ein, sie ließ ihn sprechen, sich anklagen, weinen und hadern. Witold ging mit mir hinterher. Er war ebenfalls fix und fertig. Ein paarmal setzte er an und wollte etwas sagen, es gelang aber nicht.

»Thyra...«, begann er wieder ganz leise, »ach nichts.«

Ich hatte nicht Kittys Fähigkeit, ihn an der Hand zu nehmen. Außerdem hatte ich auch keine Lust mehr dazu. Dieser Mann, das wurde mir immer klarer, würde, wenn ich viel Glück hatte, mal ein kurzes Techtelmechtel mit mir haben. Aber ich machte mir keine Illusionen, daß er treu und ehrlich bei mir bleiben würde. Beate hatte früher schon so etwas angedeutet: Eine Beziehung zu einem solchen Mann brachte nur Leid. Auch Scarlett hatte von einem »Ausbund an Charme« gesprochen, neben dem seine Frau Hilke stets im Schatten gestanden hatte. Nein – keine Hand.

Aber plötzlich legte er los und war nicht mehr zu bremsen: »Thyra, drei Frauen sind tot. Eine davon war meine Frau, die hast du nicht kennengelernt, aber du warst bei ihrem Tod dabei. Wir sind beide in diesem Fall schuldig geworden. Die nächste war Beate, deine Freundin, die ich durch dich kennengelernt habe und deren Tochter meine Geliebte wurde. Ein Zufall, könnte man sagen. Bei der dritten, die die Frau meines Freundes war, sind wir beide während ihres Sterbens nur wenige Meter entfernt gewesen. Ist das auch ein Zufall?« Er fing nervös ein fallendes Blatt auf.

»Wenn ich abergläubisch wäre«, fuhr er fort, »würde ich denken, daß wir – du und ich –, wenn wir zusammen sind, eine geheimnisvolle und unheilvolle Macht ausüben. Aber ich glaube nicht an Übersinnliches. Trotzdem, mir sind diese drei Todesfälle nicht geheuer. Ich weiß, am ersten bin ich selbst schuld. Aber die zwei anderen haben eine gewisse Parallelität dazu – auch da waren es Frauen, die weder krank noch alt waren und auf eine unnatürliche Weise umkamen. Was sagst du dazu?«

Ich überlegte. »Abergläubisch bin ich auch nicht. Es ist mir unvorstellbar, daß wir beide quasi als Todesengel Verderben bringen sollen. Wie könnte das vor sich gehen?«

Witold flüsterte, kaum hörbar: »Mord.«

»Einmal war es Totschlag im Affekt, zweimal war es ein Unfall«, antwortete ich kühl. »Der Unfall auf dem

Turm war freilich spektakulär. Der in der Badewanne aber – statistisch gesehen – eigentlich nicht. Die meisten Unfälle, das weiß ich besser als du durch meine Arbeit in der Versicherung, geschehen nicht im Verkehr und Beruf, sondern im häuslichen Milieu.«

Witold gab sich damit zufrieden oder tat wenigstens so.

10

Am nächsten Tag fuhren wir nach einer Nacht mit qualvollen Träumen zur Polizei. Die Protokolle waren auf französisch abgefaßt, ordentlich getippt und zur Unterschrift bereit. Witold übersetzte, und wir unterschrieben. Danach fuhren wir zurück ins Hotel, Kitty und ich packten.

»Ich meine, Scarlett hatte irgendwo einen Lockenstab rumliegen«, sagte Kitty.

»So?« fragte ich.

Sie sah sich um, zuckte mit den Schultern. »Na, vielleicht hatte sie ihn schon eingepackt. Die Polizei hat ja ihren Koffer. Wahrscheinlich suchen sie nach Drogen oder so was, wo sie doch Apothekersfrau ist.«

Wir verabschiedeten uns von den Männern. Witold tat mir nun doch leid, wie er sich käsebleich und schlecht rasiert die achte Tasse schwarzen Kaffee eingoß und die schwere Aufgabe nun vor ihm stand, mindestens für einen weiteren Tag dem trauernden Ernst zu helfen.

Kitty fuhr ruhig und zügig. Sie sprach wenig, was mir sehr recht war. Jede von uns hing ihren Gedanken nach.

»Magst du den Rainer?« fragte sie plötzlich sehr direkt.

»Schon«, sagte ich vorsichtig.

Sie lachte ein wenig.

»Wir fallen alle auf ihn rein. Warum soll es dir anders gehen als mir. Er ist ein lieber Freund, wenn man damit zufrieden ist. Und wenn ich dir einen guten Rat geben soll, versuche, damit zufrieden zu sein.«

Ich hätte Kitty gern alles erzählt, so wie ich früher gern alles Beate anvertraut hätte. Aber über meine Liebe konnte ich nicht sprechen, denn sie war schließlich das Motiv für meine Verbrechen. Ganz klar war mir das aber selber nicht.

»Ach Kitty...«, begann ich, und tat mich so schwer, wie Witold am Abend zuvor.

»Kitty, ich laufe den Männern nicht mehr nach. An dieser Wanderung reizte mich die gemischte Gesellschaft, so etwas hatte ich vorher noch nie ausprobiert.«

»Ja, das verstehe ich. Nimm's mir nicht krumm, daß ich so daherrede. Ich wollte dir nicht zu nahe treten.«

»Ist schon gut, Kitty. Übrigens fahre ich gern mit dir Auto, du tust das so souverän.«

»Gut, daß ich nicht den dicken Apothekerschlitten fahren muß, dann wäre ich bestimmt nicht souverän.«

Kitty brachte mich vor Witolds Tür, wo mein Wagen stand. Sie gab mir die Hand und bedauerte, daß diese Elsaßreise so traurig zu Ende gegangen war.

Ich nahm meinen Koffer, fuhr Richtung Mannheim und überlegte fieberhaft, wie ich als erstes den elektrischen Lockenstab loswerden könnte. Ich hielt am Neckarufer, holte das Corpus delicti aus dem Koffer und steckte es in die Handtasche. Dann ging ich einen Feldweg entlang und warf das Ding an einer geschützten Stelle ins Wasser.

Als ich etwa zwei Stunden zu Hause war, rief Witold an. Er meinte, Ernst und er könnten am nächsten Tag auch heimfahren. Die Leiche würde von Frankreich aus nach

Ladenburg überführt. Die Polizei habe allerdings noch eine Frage: In Scarletts Gepäck befände sich die Schachtel für einen elektrischen Lockenstab, der aber nicht darinläge. Ob wir – Kitty und ich – diesen Gegenstand versehentlich eingesteckt hätten. Ich verneinte, sagte jedoch, daß auch Kitty ihn irgendwo gesehen zu haben glaubte.

»Also war das Ding mit auf der Reise?« überlegte Witold. »Ich hatte nämlich die Idee, daß Scarlett aus Schlamperei nur die leere Schachtel mitgenommen hatte. Na ja, ich weiß weder, wie so ein Ding aussieht, noch, warum sich die Polizei dafür interessiert.«

Er verabschiedete sich und versprach, sich bald wieder zu melden.

Hinterher ärgerte ich mich. Vielleicht wäre es richtig gewesen zu behaupten, daß ich den Lockenstab eingepackt hätte. Ein neuer wäre schnell gekauft gewesen. Andererseits hatte ich keine Ahnung, welche Marke und welches Alter Scarletts Lockendreher hatte. Es würde wahrscheinlich noch viel verdächtiger aussehen, wenn das Gerät nicht zu der Originalschachtel paßte. Trotzdem war ich beunruhigt und nervös. Zum Glück hatte ich noch zwei freie Tage; ich wollte sie ganz zu meiner körperlichen und seelischen Regeneration verwenden.

Am nächsten Tag rief Frau Römer an. Ob sie mal reinschauen könne? Sie kam also nachmittags, der Dieskau lag mir in den Armen und rührte mich. Frau Römer begann vorsichtig, auf ihre geplante Amerikareise zu verweisen. Ich versicherte, daß mir der Hund jederzeit willkommen sei, und Frau Römer war beglückt. Wenn das wirklich so wäre, wollte sie demnächst einen Flug buchen und dann drei Wochen bei ihrer Tochter in Amerika bleiben. Ich ermutigte sie, ruhig doppelt so lange zu verreisen, denn wenn man schon einmal dort war... Bei dieser Gelegenheit fragte ich sie auch, ob ihre Tochter wisse, wer ihr Vater sei. Nein, sie glaube, ihr Vater sei tot.

Übrigens trug ich an diesem Nachmittag die Brosche, um Frau Römer zu ehren. Ich hatte sie Ernst Schröder noch nicht übergeben, plante aber, sie ihm nach der Beerdigung zu schicken. Frau Römer war glücklich, daß ich das wertvolle Stück angesteckt hatte.

Sie erzählte von ihrem alten Hund, der anscheinend nicht mehr gut sehen und riechen konnte.

»Als junger Hund war der Dieskau ein großer Katzenjäger. Überhaupt fegte er hinter allem her, was sich bewegte, auch hinter Vögeln. Bei zunehmender Erfahrung hat er das wenigstens aufgegeben.« Sie lachte vor sich hin.

»Einmal, als er noch sehr jung und dumm war, nahm ich ihn mit auf einen Segel- und Sportflugplatz. Von weitem konnte man sehen, wie so ein Riesenvogel auf die grüne Wiese zuflog und sanft landete. Der Hund war nicht an der Leine und schoß davon, um diese Beute zu fangen. Ich natürlich hinter ihm her, denn er war unter der Absperrung durchgewitscht. Mit viel Geschrei und Gerufe gelang es mir, ihn zurückzukommandieren.

Na, sagte ich, was hättest du denn mit diesem Vogel gemacht, du kleiner Hund, wenn du ihn erwischt hättest?«

Ich lachte auch ein wenig, pflichtgemäß.

Frau Römer fuhr fort: »Später kam mir dieses Bild oft wie ein Symbol vor. Auch ich, beziehungsweise alle Menschen, rasen hinter einem großen Ziel her, wollen unbedingt alles haben und erkennen ebensowenig wie der kleine Hund, daß diese Beute das falsche Kaliber hat und wir gar nichts damit anfangen könnten.«

Sie sah mich an und meinte: »Übrigens, was ganz anderes! Gehen Sie mal zum Arzt, Frau Hirte, Sie gefallen mir in letzter Zeit gar nicht.«

Ich lag an diesem freien Tag hauptsächlich im Bett. Am Sonntag abend ließ Witold von sich hören, Kitty hatte sich gar nicht gemeldet. Ernst und er seien wieder zu Hause. Die Apotheke sei geschlossen. Ernst beschäftige sich intensiv mit seinen Kindern.

Ich fragte nach der Beerdigung.

»Kommenden Mittwoch«, antwortete Witold, »die Obduktion hat übrigens ergeben, daß Scarlett ertrunken ist. Wie wir schon dachten, hatte sie einen Herzanfall, wurde bewußtlos und ertrank.«

»Witold, wie geht es dir?« wollte ich wissen.

»Den Umständen entsprechend«, sagte er kurz.

Ich entschloß mich zu einer Bemerkung.

»Du hast mit Scarlett noch nachts eine Zigarette geraucht«, begann ich, »da es aber sicher unwichtig in diesem Zusammenhang ist, habe ich der Polizei nichts erzählt.«

Witold gab einen Laut von sich, der ziemlich waidwund klang.

»Thyra, ein für allemal: Du brauchst mich nicht zu beschützen. Ich kann auf mich selbst aufpassen.«

»Warum hast du dann nichts davon gesagt?«

»Aus Respekt vor der Toten und natürlich vor Ernst. Es war so schon schlimm genug für ihn. Soll er nun auch noch Zweifel kriegen, ob seine Frau ihn mit seinem Freund betrogen hat?«

»Aber sie hat«, konstatierte ich.

Ich hörte Witolds Feuerzeug klicken und dann das heftige Ein- und Ausatmen.

»Purer Quatsch«, sagte er zornig, »wir haben ziemlich lange draußen gesessen und geredet, aber das war's auch.«

»Warum seid ihr denn dann noch ins Auto gestiegen?« fragte ich.

Witold erregte sich.

»Wenn das ein Verhör sein soll, dann würde ich an deiner Stelle erst mal vor der eigenen Tür kehren. Wir sind ins Dorf gefahren, um Zigaretten zu holen. Tschüs!«, er legte auf, wütend.

Nach zehn Minuten rief er wieder an.

»Thyra, nimm's mir nicht krumm, ich bin dabei, die Nerven zu verlieren. Natürlich ist es nett von dir gewesen, nichts über unseren nächtlichen Treff zu verraten. Ich danke dir dafür. – Hast du denn gehört, als Scarlett wieder zurückkam?«

Aha, die lange Zeit im Auto reichte nicht für einen kleinen Trip zum Zigarettenautomaten. Witold befürchtete wohl, daß ich durchaus ahnte, daß im Auto nicht bloß geraucht worden war.

»Natürlich habe ich sie nicht gehört«, versicherte ich, »ich bin wohl gegen zwölf fest eingeschlafen.«

Er schien beruhigt zu sein, sprach über etwas anderes und fragte schließlich, ob ich zur Beerdigung käme.

»Um wieviel Uhr ist sie denn?« wollte ich wissen.

»Um vierzehn Uhr ist die Trauerfeier in der Kapelle vom Ladenburger Friedhof, soviel ich weiß.«

»Das wird nicht gehen, ich kann nicht schon wieder freinehmen«, erklärte ich, denn ich hatte kein Verlangen, in so kurzer Zeit eine zweite Totenfeier mitzumachen. Wir verabschiedeten uns freundlich.

Ich mußte wieder ins Büro, obgleich es mir reichlich schwer fiel. Nichts von meiner Arbeit war delegiert oder gar vom Chef selbst übernommen worden, alles häufte sich auf meinem Schreibtisch, was ich in dieser Woche zu tun gehabt hätte. Wäre ich doch ganze drei Wochen weggefahren, dann wäre das nicht möglich gewesen! Ich war für die nächste Zeit mit Überstunden eingedeckt. Langweilige Aktenberge würden meine Büro- und Freizeit ausfüllen. Die Gedanken an Verliebtheit, gutes Essen und Wandern waren weit weg, aber auch die Erinnerung an tote Frauen, an Gefahr und Nervenkitzel wurde von meinem Berufsleben ziemlich verdrängt. Früher hatte es mir nicht viel ausgemacht, auch mal abends einen wichtigen Fall zu bearbeiten. Wahrscheinlich durchlief ich jetzt gerade einen Schub des Alterns oder den endgültigen Beginn der Menopause, denn es fiel mir unendlich schwer, zeitig aufzustehen, den Tag über konzentriert zu arbeiten und noch am späten Abend Wäsche aufzuhängen und meine Tasse zu spülen. Fast vergaß ich, täglich an Witold zu denken, dem noch vor kurzem mein erster innerlicher Gruß am Morgen und mein letzter am Abend gegolten hatte.

Nach etwa fünf Tagen, die mit mühseliger Arbeit ausgefüllt waren, rief er an. Witold war aufgeregt. Kaum brachte er seine übliche freundliche Einleitung, mit der er immer seine Gespräche begann und die nur der Frage nach meiner Befindlichkeit galt, zustande.

»Erinnerst du dich, Thyra, daß man früher immer von ›Kommissar Zufall‹ sprach? Heute ist dieser erfolgreichste aller Polizisten durch ›Kommissar Computer‹ ersetzt worden. Jedenfalls gibt es nun viele junge Kriminalisten, die ihren Computer pausen- und gnadenlos mit Daten, Fakten, Personen und Untaten füttern und auf diesem Wege zuweilen Zusammenhänge entdecken, auf die sie sonst nicht gekommen wären.«

Ich lauschte angespannt. »Na und?« hauchte ich.

»Also, ich wurde mal wieder zur Ladenburger Polizei zitiert. Nach Hilkes Tod war ich häufig dort, aber in der letzten Zeit herrschte Funkstille.

Nun, um es nicht zu spannend zu machen: Die elsässische Polizei hat den Fall Pamela Schröder abgeschlossen und ihren Ladenburger Kollegen weitergegeben. Und in Ladenburg sitzt also ein Computerfreak. Auch ohne technische Hilfe war ihm bereits aufgefallen, daß die Ehefrauen von zwei befreundeten Männern innerhalb kurzer Zeit unter relativ unklaren Umständen gestorben sind. Aber jetzt wird es interessant. Er kennt einen Kollegen an der Bergstraße, der Beates Fall bearbeitet hat und der ebenfalls computerbesessen ist. Sie dachten beide, daß alle diese Fälle in räumlicher Nähe stattfanden und daß alle drei Frauen weder alt noch krank waren.

Thyra, das gleiche habe ich neulich auch zu dir gesagt, und ich bin kein Kommissar!«

»Ich verstehe überhaupt nicht, was du mit dem Computer willst«, sagte ich.

»Das kommt doch gerade. Also, die beiden Kriminalisten fütterten ihre Computer mit allen Personen, die mit diesen drei toten Frauen zu tun hatten. Natürlich haben sie auch noch viele andere Spuren verfolgt, die im Sande verliefen. Na, jedenfalls stellten sie fest, daß ich alle drei gekannt habe, zwei davon sehr gut. Daß ich mit Vivian befreundet war, wußten sie übrigens genau, sie müssen mich gelegentlich observiert haben.«

»Ja, aber was für Schlüsse ziehen sie nun daraus?«

»Thyra, sie haben mir natürlich nicht unter die Nase gerieben, daß sie mich für einen begnadeten Frauenmörder halten. Aber vielleicht denken sie doch in diese Richtung. Jedenfalls werde ich wieder beobachtet, das habe ich heute deutlich gemerkt.«

»Haben sie auch etwas über mich gesagt?«

»Sie sagten, daß beispielsweise auch Ernst Schröder diese drei Frauen gekannt habe – er steht nicht anders da als ich. Sie werden sich bestimmt mit ihm beschäftigen. Vermutlich bin ich aber noch mehr verdächtig, weil die Serie mit meiner Frau begann.«

»Und was war mit mir?« fragte ich wieder.

»Namentlich haben sie dich nicht erwähnt. Tatsächlich hast du Hilke ja nicht gekannt. Aus meinem Umkreis haben viele Leute sowohl Scarlett als auch Hilke gekannt, jedoch nicht Beate. Sie konzentrieren sich vermutlich erst mal auf diejenigen Menschen, die mit allen drei Toten in Beziehung standen, und das sind höchstwahrscheinlich nur Ernst und ich.«

»Meinst du, daß sie mich auch sprechen wollen?«

Witold überlegte kurz, im Augenblick dachte er hauptsächlich an sich selbst.

»Was weiß ich? Vielleicht unter ›ferner liefen‹. Aber man wird bei dir kein Motiv finden.«

»Witold, um Gottes willen, von wo rufst du an?«

»Von einer Zelle, ich bin doch nicht verrückt. – Bei mir liegt theoretisch ein Motiv vor, meine Frau umgebracht zu haben: Ich konnte ihren Suff nicht mehr ertragen. Aber bei den zwei anderen? Beate hatte nichts gegen meine Beziehung zu Vivian, niemand kann glauben, ich hätte sie aus dem Weg räumen müssen, um dieses Mädchen zu kriegen. Und falls man mir unterstellt, ein Auge auf Scarlett geworfen zu haben, dann hätte ich ja viel eher ihren Mann ermorden müssen.«

»Geht man etwa davon aus, daß es sich in allen Fällen um Mord handelt?« fragte ich, nun auch äußerst irritiert.

»Das sagen sie nicht so direkt. Sie meinen nur, es gebe allzu viele Ungereimtheiten. Wie würdest du dich denn an meiner Stelle verhalten? Weder bei Hilke noch bei Scarlett habe ich ein reines Gewissen.«

»Du solltest dir das auf keinen Fall anmerken lassen«, riet ich.

Dachte er gar nicht an mich? Kam ihm überhaupt kein Verdacht? Vor kurzem war er doch nahe an die Wahrheit herangekommen. Er ist egozentrisch, dachte ich, auch Ernst interessiert ihn nicht sonderlich. Ich versprach, über alles nachzudenken, nichts über seine (und meine) Rolle bei Hilkes Tod zu sagen, auch nicht über sein Rendezvous mit Scarlett kurz vor ihrem Ende.

Ich mußte auf der Hut sein. Man glaubte also, drei Frauen könnten ermordet worden sein und eventuell alle vom gleichen Täter. Ich mußte überlegen, was ich bei einem möglichen Verhör sagen sollte. Und denkbar war durchaus, daß auch mein Telefon abgehört wurde und man mich beschattete.

Mittwoch abend. Die Beerdigung von Scarlett mußte wohl vorbei sein. Witold und Kitty waren sicher wieder zu Hause. Ich mochte nicht anrufen, sondern fuhr vom Büro aus nach Ladenburg. Vor Witolds Tür stand Beates Auto. Sekundenlang setzte mein Herz aus, bis ich begriff, daß es Vivian sein mußte. Nein, die wollte ich nicht bei einem Tête-à-tête mit ihm überraschen. Ich fuhr sofort weiter. Nach Hause wollte ich auch nicht, daher beschloß ich, Kitty zu besuchen.

Obgleich ich schon einmal mit Witold zu Kitty gefahren war, fiel es mir nicht leicht, ihre Wohnung in Schriesheim zu finden, ich mußte zweimal fragen. Es war ein Mehrfamilienhaus in einer Wohngegend. Ich schellte. Die Tür wurde sofort aufgerissen. Kitty stand mit einem Kind im Flur. Sie wunderte sich nicht über meinen Besuch, verabschiedete sich von der Nachhilfeschülerin und machte mit ihr einen neuen Termin aus, dann gingen wir ins Wohnzimmer.

Kittys Wohnung war nordisch hell, eine Gitarre hing an der Wand, blaue Flickenteppiche lagen am Boden, auf den Segeltuchsesseln hingen Schaffelle. An den Wänden standen rohe Holzregale mit vielen Büchern, auf dem Schreibtisch lauerte eine Katze.

Um einen Moment der Befangenheit zu überbrücken,

trat ich auf die Katze zu und wollte sie streicheln, aber das Tier sprang ängstlich weg und versteckte sich. Kitty ließ mich Platz nehmen und verschwand in der Küche: Sie wollte Teewasser aufsetzen. Witolds Buch lag auf dem Schreibtisch. Ein Foto von ihm und ihr, wohl von einer gemeinsamen Klassenfahrt, hing sehr delikat gerahmt und ein wenig versteckt in der Fensterecke. In mir wallte nun doch eine eifersüchtige Wut auf, denn solche Fotos besaß ich nicht.

Als Kitty mit zwei irdenen unglasierten Teeschalen, braunem Zucker und Ingwerplätzchen wieder erschien, fragte ich, ob ihre Fotos von der Elsaßwanderung fertig wären. Sie sah mich entsetzt an.

»Mein Gott, nach diesem Schock denkst du noch an Fotos! Der Film ist nur halb verknipst, sicher werde ich die andere Hälfte noch monatelang für eine passende Gelegenheit aufheben.«

Nun fragte ich, wie die Beerdigung gewesen sei. Kitty rannte wieder in die Küche, um das kochende Wasser in die Teekanne zu schütten.

»Natürlich war es schrecklich«, begann sie, »der Pfarrer hat aber wenigstens eine gute Rede gehalten, weder sentimental noch banal. Wir alle waren ergriffen. Ernst und die beiden Kinder – das war kaum zum Ertragen! Ein so großes Leid, das kann ich dir gar nicht schildern!« Kitty hatte Tränen in den Augen.

»Waren viele Leute da?«

»Ganz Ladenburg, so schien mir. Auch das halbe Lehrerkollegium, die Schulklassen von Oleg und Annette, verschiedene Vereine. Die Schröders sind sehr beliebt. –

Ach, es ist schon tragisch, wenn eine Mutter von zwei Kindern stirbt.«

Ich hörte wieder mit Genugtuung von der großen Beerdigung. Alles mein Werk. Jetzt tat es mir doch leid, nicht dabei gewesen zu sein.

»Warum warst du nicht dort?« wollte Kitty wissen.

Ich erklärte ihr, daß es schon große Schwierigkeiten gegeben hätte, für diese Wanderung freizukriegen; an einem Nachmittag so kurz darauf sei es einfach nicht möglich gewesen.

»Meinst du, ich soll Ernst Schröder die Brosche seiner Mutter einfach als Päckchen zuschicken?« fragte ich.

Kitty überlegte und kraulte dabei die Katze.

»Ich würde noch warten. Im Augenblick hat er sicher ganz andere Dinge im Kopf. Außerdem wird ihn diese Brosche an den letzten gemeinsamen Abend erinnern. Er denkt ja leider, daß er mit dieser Broschengeschichte seine Frau verletzt hat. Nein! Warte auf jeden Fall, bis die erste schlimme Zeit vorbei ist. Dann kann Rainer ja vorsichtig anfragen, ob er die Brosche überhaupt noch haben will.«

Ein vernünftiger Rat, aber ich hatte einen fast unbezähmbaren Drang, Frau Römers Brosche wegzugeben, sie loszuwerden. Vielleicht wollte ich damit etwas wiedergutmachen...

»Wie geht es Witold?« Ich konnte nicht anders und mußte diese Frage stellen.

Kitty betrachtete mich. Sie war müde. In ihren alten Jeans und einem noch älteren Norwegerpullover hing sie im Schaffell und hatte einen großen Teil ihrer frischen

Wandervogelaura gegen eine gestreßte Lehrerinnen-freundlichkeit eingetauscht.

»Rainer mochte Scarlett sehr, glaub' ich. Ihr Tod geht ihm nahe«, sie zögerte ein wenig, »ich nehme aber an, seine junge Freundin wird ihn trösten.«

Die letzten Worte waren trotzig. Kitty wollte, daß ich von Vivians Existenz erfuhr, offensichtlich war sie ebenso als »einzige Vertraute« eingeweiht worden wie ich. Ich beschloß, nicht zu lügen.

»Ich weiß von seiner Freundschaft mit Vivian«, sagte ich, »er hat mir natürlich davon erzählt.«

Das schien Kitty nicht allzu sehr zu verwundern, sondern nur ihren Verdacht zu bestätigen, daß wir beide als vertraute Beichtschwester für diesen Charmeur fungierten. Konnte man ihm das vorwerfen? Wahrscheinlich machte er keine falschen Versprechungen und Liebeserklärungen, sondern kostete es nur aus, möglichst viele Eisen im Feuer zu haben.

Kitty seufzte. Sie schien ähnlichen Gedanken nachzusinnen. Ich wagte aber nicht, nach ihrer Beziehung zu fragen.

Es wurde nun schon früh dunkel. Ich beschloß, wieder über Ladenburg zurückzufahren. Aus alter Gewohnheit stellte ich den Wagen ab, lief zu Fuß an Witolds Haus vorbei und starrte auf Beates Auto. Ich kroch in die Apfelbäume, die allerdings ihre Blätter abwarfen und teilweise schon kahl waren.

Im Wohnzimmer saß Vivian ganz allein und weinte. Eigentlich hatte ich etwas anderes erwartet, beispielsweise eine Verführungsszene. Aus der Küche kommend, betrat ein junger Mann die Bühne, es war wohl der älteste Sohn, und stellte ein Tablett mit Brot, Butter und Aufschnitt auf den Tisch. Witold rief aus der Küche, und der Sohn holte einen wurzeligen Korkenzieher aus der Schublade und verschwand. Vivian schneuzte sich. Ihre Augen waren verschmiert, die Nase rot. Nun kam Witold, strubbelte ihr im Vorbeigehen freundlich übers schwarze Haar und stellte Rotwein und Gläser auf den Tisch. Die drei setzten sich und aßen. Sie waren nicht sonderlich lustig, sondern ziemlich still. Aber trotzdem ging von dieser Szene des gemeinsamen Essens unter einer Hängelampe ein Zauber der Geborgenheit aus, der mich mehr erregte, als es eine erotische Vorführung zustande gebracht hätte. Ein grenzenloses Heimweh nach menschlicher Gesellschaft und Zugehörigkeit überkam mich. Meine Ausgeschlossenheit von jeglichem familiärem Leben würde erst mit meinem Tod enden, das wurde mir klar. Und wieder fiel mir der Revolver ein, der inzwischen in meinem Badezimmer versteckt war. Er lag in einem ausgedienten Kulturbeutel ganz oben auf dem Medizinschränkchen. Vielleicht sollte ich ihn bald an den eigenen armen Kopf setzen.

Die Glastür war fest verschlossen, von den Gesprächen der drei war kaum etwas zu vernehmen. Der Sohn holte eine Zeitung und schien etwas nachzulesen, worüber man diskutierte. Ich wagte nicht, mich nahe heranzupirschen. Es war kalt. Ich war einsam.

Schließlich ging der Sohn mit Vivian aus dem Haus, sie fuhren gemeinsam mit Beates Auto davon. Witold trug das Geschirr in die Küche. Seine Bewegungen waren lahm, sein Gesicht zeigte einen leicht resignierten Ausdruck. Ich beschloß heimzufahren.

Abrupt öffnete Witold die Glastür und trat auf die Terrasse. Er atmete tief durch, und plötzlich sah er mich. Anscheinend erkannte er nur eine schemenhafte Gestalt, er rief, eher ängstlich: »Wer ist da?«

Es war gräßlich. Kein Mauseloch weit und breit. Sollte ich wegrennen? Dann könnte er mich mühelos fangen, wie eine Einbrecherin, die Böses im Schilde führte. Ich schämte mich zu Tode, trat aber ans Licht und sagte: »Ich bin's.«

Witold sah mich fassungslos an.

Ich stotterte: »Eigentlich wollte ich dich besuchen und fragen, wie die Beerdigung gewesen ist. Als ich aber das Auto vor der Tür sah und merkte, daß du Besuch hast, wollte ich nicht stören.«

Witold rang nach Worten.

»Soll ich das etwa so verstehen, daß du mich bespitzelst?«

»Nein, um Gottes willen, nein! Das würde ich nie tun! Aber irgend etwas zog mich in den Garten, wo ich damals stand, als es mit deiner Frau passierte.«

»Meinst du, der Täter kommt an den Ort seines Verbrechens zurück?«

Witold packte mich unsanft am Handgelenk und zog mich herein. Er schloß die Tür.

»Wie oft hast du schon da draußen gestanden?« Er war so böse, daß ich richtig Angst vor ihm bekam.

»Heute zum zweitenmal. Es überkam mich auf einmal so«, stammelte ich.

»Ich glaube dir kein Wort mehr.« Witold steckte sich eine Zigarette an und musterte mich mit einem unverhohlen feindseligen Ausdruck in den Augen.

»Wenn es noch einmal vorkommt, daß ich dich in meinem Garten erwische, rufe ich die Polizei und zeige ihnen deine großen Füße!«

Das war unfair. Ich weinte los. Weniger wegen der großen Füße als wegen seiner Gehässigkeit. Ich wußte aber, daß er bei Tränenausbrüchen weich wurde, daß er trotz seiner Entrüstung immer noch ein gelernter Frauentröster war. Richtig: Nach einigen Zigarettenzügen seinerseits und einigen Schneuzern meinerseits lenkte er ein.

»Thyra, du bist ein sehr einsamer Mensch. Nein, widersprich nicht; seit Beate nicht mehr lebt, kannst du dich wohl mit niemand mehr aussprechen. Vielleicht solltest du Anschluß an eine Frauen-Selbsterfahrungsgruppe suchen oder es mit einer psychologischen Beratung probieren . . .«

»Meinst du, ich hätte eine Schraube locker?« schluchzte ich.

Er legte den Arm um mich.

»Das haben wir doch alle. Sicher bin ich genauso neurotisch wie du. Nur interessante und sensible Menschen brauchen einen Psychologen. Ich werde demnächst auch einen aufsuchen, ich habe schon einen Termin.«

»Mir kann keiner helfen«, plärrte ich, »am besten, ich wäre tot!«

Witold streichelte meinen Rücken, was äußerst angenehm war. Schon, damit er nicht aufhörte, weinte ich weiter.

»Aber, aber! Hier ist ein Taschentuch. Wenn du in

Zukunft vor meinem Haus stehst, dann schellst du, ganz egal, ob Besuch da ist. So einfach ist das!«

Ich beruhigte mich und fragte schließlich auch Witold nach der Beerdigung. Sofort verfinsterte sich sein Gesicht.

»Nun habe ich den ganzen Zirkus mit meiner Frau schon durchgemacht, jetzt muß ich alles noch mal mit Ernst durchstehen! Mein armer Freund war unselbständig wie ein Kind. Aber du weißt ja nicht, was man sich alles vom Bestattungsunternehmer anhören muß. ›Dem Leben einen würdigen Abschluß geben‹ heißt, möglichst viel Geld in einen Sarg investieren. Früher hätte Ernst so etwas abgelehnt und das Geld lieber einem Kinderdorf gespendet, aber jetzt war er so hilflos und unglücklich, daß er nur das Teuerste für seine tote Frau bestellt hätte.«

Über diese Seite der Angelegenheit hatte ich noch gar nicht nachgedacht. Wieviel Geld hatte man bei diesen drei Beerdigungen wohl insgesamt ausgegeben?

Wir saßen stumm nebeneinander. Witold rauchte, ich knüllte nervös sein nasses Taschentuch in meinen Händen.

»Die Kinder sind ins Kino gefahren«, sagt er auf einmal beiläufig, »ich war zu müde und hatte auch keine Lust dazu.«

»Die Kinder?« fragte ich.

»Na ja«, erklärte er, »vom Alter her gehört Vivian eher zu meinen Kindern als zu mir. Sie scheint in mir auch weniger den Liebhaber als den Papa zu suchen. Mein Gott, sie hat tausend Probleme, mit denen sie nicht fertig wird.«

Ich hätte gern gewußt, ob sie nun seine feste Freundin war oder nicht. Wie wir beide so traurig nebeneinander hockten, dachte ich, daß wir auch ein Ehepaar sein könnten, das nach dem Besuch seiner Kinder wieder schweigsam zusammensitzt. Witold schien meine Neugierde in puncto Vivian zu ahnen.

»Ich bin zu alt für dieses Mädchen«, flüsterte er, »schließlich habe ich einen Beruf, auch den Haushalt und den Garten. Ich kann und mag nicht mehr die Nächte durchmachen – ich brauche meinen Schlaf.«

Tausend Gedanken schossen mir durch den Kopf. Sollte ich ihm meine Liebe gestehen, sollte ich einen Versuch in diese Richtung wagen? Und wenn er dann in einem Anflug von Einsamkeit und Sentimentalität mit mir ins Bett gehen wollte? Ich überlegte scharf, ob ich das überhaupt anstrebte. Andererseits – wer nicht wagt, kann auch nicht gewinnen, ein alter Spruch. Ich lehnte mich ein wenig an ihn, ein zaghafter Test des Auslotens. Der Druck wurde nicht erwidert. Er ließ es geschehen, um nicht unhöflich zu sein, trachtete aber danach, sich nach Ablauf einer Toleranzminute durch Bewegung zu entziehen und nach einer weiteren Zigarette zu suchen.

Was sollte ich überhaupt über Möglichkeiten nachgrübeln, wenn sie doch von vornherein zum Scheitern verurteilt waren! Er wollte mich nicht; nur meine platonische Verehrung tat ihm gut, und um sie zu erhalten, war er auch bereit, sich bei Gelegenheit tröstend und fürsorglich ins Zeug zu legen. Ich stand auf. Er tat es mir sofort nach, ohne mich auch nur mit der geringsten Geste zu weiterem Bleiben zu veranlassen. Wir gingen zur Tür.

»Also merk dir für die Zukunft: Ich bin immer für dich da. Aber ich möchte nicht, daß jemand in meinem Garten steht und mich heimlich beobachtet. Allein bei diesem

Gedanken könnte ich ausrasten!«, aber er lächelte ein wenig, um seinen warnenden Worten die Schärfe zu nehmen, und berührte federleicht mit seinen Lippen meine Wange. Ich verließ ihn.

Frau Römer fuhr nach Amerika. Ich bekam den Hund und fühlte mich durch seine Gegenwart ein wenig getröstet. Ich sprach viel mit ihm, wie es einsame Menschen zu tun pflegen; ich sprach auch mit den Toten, mit Beate, meiner Mutter, sogar mit Scarlett und klärte sie über meine Verwundungen und meine trübe Seelenlage auf.

Eines Abends rief Witold an; ich hatte ihn seit damals, als er mich im Garten gestellt hatte, weder gesehen noch gesprochen. Im nachhinein war mir die Peinlichkeit dieser Situation immer deutlicher geworden, und ich hatte auf einmal das Bedürfnis, ihn nie wieder zu treffen.

Er sprach ohne lange Prämissen.

»Eben war der Computer-Polizist wieder hier. Ich rufe eigentlich nur an, um dich zu warnen. Es könnte gut sein, daß er auch bei dir noch auftaucht.«

»Gibt es neue Erkenntnisse? Muß ich auf irgend etwas besonders achten?« fragte ich.

»Na ja, wir haben ja schon darüber gesprochen. Du hattest mir zugesagt, nichts über mein nächtliches Treffen mit Scarlett und nichts über deine und meine Beteiligung an Hilkes Tod zu sagen. Kann ich mich darauf verlassen?«

»Klar, kannst du. Im Fall Hilke beruht das ganz auf Gegenseitigkeit.«

Bereits eine halbe Stunde nach diesem Gespräch war der Ladenburger Kriminalist bei mir. Ich sperrte den maulenden Hund ins Schlafzimmer. Der Mann war höflich und kühl. Er habe einige Fragen, denn es gebe in drei Mordfällen noch ungelöste Probleme, zu denen mir unter Umständen etwas einfallen könne.

Zuerst fragte er mich eingehend über mein Verhältnis zu Beate aus, obgleich doch gerade dieser Fall nicht in seinem Kompetenzbereich lag. Ich sollte überdies präzise schildern, was ich über den Unfall wußte.

»Ich kann doch nur sagen, was in allen Zeitungen stand«, meinte ich.

»Nun, vielleicht doch noch mehr als das. Ich könnte mir denken, daß Ihre Freundin mit Ihnen telefoniert und Ihnen von einem bevorstehenden Picknick erzählt hat. Es ist immerhin möglich, Frau Hirte, daß Sie eine bestimmte Person decken wollen, beispielsweise Herrn Engstern. Immerhin wußten Sie als einzige, daß Ihre Freundin in ihn verliebt war, das scheint sie nämlich sonst keinem verraten zu haben.«

»Ja, das hat sie mir anvertraut. Aber Beate hat keinen Zweifel daran gelassen, daß diese Verliebtheit bisher eine einseitige Angelegenheit war. Wenn sie mit Herrn Engstern eine Verabredung gehabt hätte, hätte sie es mir vielleicht gesagt. Sie hat aber nicht!«

Der Kriminalbeamte sah mich aufmerksam an, er schien noch weitere Zweifel zu haben.

»Der Einkaufszettel Ihrer Freundin lag in ihrem Portemonnaie, der Korb mit den Wochenendeinkäufen stand im Auto. Den Sekt kann sie natürlich von zu Hause mitgenommen haben, aber das Essen stammte nicht von ihr, daß muß jemand anderes mitgebracht haben. Der Metzger, bei dem sie ihren Sauerbraten gekauft hat, verkauft nämlich keine fertig gegrillten Hähnchen. Woher wußten Sie eigentlich, daß Beate Sperber Grillhähnchen gegessen hat?«

»Habe ich das gesagt?« fragte ich.

»Sie haben es zu Herrn Engstern gesagt«, behauptete er, »er sprach nämlich von dieser letzten Mahlzeit, als sei er dabeigewesen. Mit Sektglas und Hühnerbein habe Beate Sperber auf dem Turm gestanden und sei heruntergefallen. Wir haben den Mageninhalt der Toten nicht für die Öffentlichkeit bekanntgegeben, nur über die leere Sektflasche stand etwas in einer Zeitung. Herr Engstern behauptete zuerst, vom Grillhähnchen in der Zeitung gelesen zu haben, aber nach längerem Diskutieren meinte er, Sie hätten davon gesprochen.«

Ich zuckte mit den Schultern. Mir fiel die Szene in Bickelbach ein: Scarlett mit Sekt und Huhn. Das hatte mich damals schockartig an Beate erinnert, und wahrscheinlich hatte ich es Witold gesagt.

»Ich kann mich nicht erinnern«, meinte ich und tat unbefangen. »Falls ich es gesagt haben sollte, kann ich es eigentlich auch nur gelesen oder von einer weiteren Person gehört haben. Beate jedenfalls hat mir über dieses Picknick nichts gesagt.«

Der Beamte ging an meinen Gläserschrank. Zielstrebig suchte er meine fünf kristallenen Sektgläser heraus.

»Ein solches Kristallglas wurde von Ihrer Freundin für den Sekt verwendet. Wo ist Ihr sechstes Glas?«

»Aber ich bitte Sie«, antwortete ich entrüstet, »Gläser gehen immer mal kaputt. Wer hat schon von allen Gläsern die vollständige Zahl.«

»Sie, Frau Hirte«, entgegnete er lakonisch, »hier sehe ich zum Beispiel sechs Sherrygläser, sechs Weingläser und sechs Wassergläser. Bei Ihnen sieht alles fast wie neu aus und äußerst ordentlich.«

Das war ein unverschämter Trick, ich wurde böse.

»Na und? Ich habe keine Familie und wenig Besuch, da werden Geschirr und Gläser naturgemäß nicht viel gebraucht. Aber Sekt trinke ich auch, wenn ich allein bin, weil ich zu niedrigen Blutdruck habe. Mir ist schon vor langer Zeit ein Glas zersprungen. Wollen Sie mir aus einem fehlenden Sektglas einen Strick drehen?«

Er sagte nichts dazu, sondern betrachtete meine Füße.

»Welche Schuhgröße haben Sie?«

»Neununddreißig«, log ich, sollte er doch nachmessen.

»Ich werde eines Ihrer Gläser mitnehmen, wenn's geht auch Ihre Fotoalben. Außerdem möchte ich mir Ihren Schuhschrank mal ansehen. Besitzen Sie Turnschuhe?«

Ich schüttelte den Kopf. Sollte ich nach einem Durchsuchungsbefehl fragen und einen Anwalt anrufen?

Er stand auf.

»Ach so, ich möchte auch einen Blick ins Bad werfen.«

Ich ging mit ihm. Zuerst begab er sich ans Schuhregal, das er, ohne zu fragen, im Schlafzimmer fand. Der Hund knurrte ihn böse an. Er prüfte mehrere Paare und sagte vorwurfsvoll: »Größe einundvierzig, bei neununddreißig würden Sie sich arg quälen!«

Am Kleiderschrank hielt er sich nicht sehr lange auf.

Darauf ging er ins Bad. Ich folgte. Er zog die weißen Resopalschubladen der kleinen Kommode auf und kontrollierte das Funktionieren meines Föns.

»Machen Sie mal den Medizinschrank auf!« befahl er wie ein Zöllner. Ich stand außerdem näher dran als er. Seine Augen glitten hurtig über meine Pillen- und Kosmetikvorräte.

»Und was ist da drin?« er deutete auf die Kulturtasche, die oben darauf lag.

»Ausrangierte Lockenwickler«, sagte ich.

Mit einer Kopfbewegung kommandierte er: »Runterholen, aufmachen«, gleichzeitig ging er selbst auf die Knie und öffnete die Klapptür unter dem Waschbecken, hinter der ein Eimer mit Scheuerpulver und Putzlappen stand. Ich riß den Revolver aus der Tasche und schoß ihm aus nächster Nähe direkt in die linke Schläfe, er hatte nichteinmal Zeit gehabt, sich nach mir umzudrehen.

Da lag er mit einem Loch im Kopf, Blut lief auf den Badevorleger, der Schuß dröhnte mir im Ohr. Er hatte sicher nach Scarletts Lockenstab gesucht, er hatte mein Sektglas eingesteckt, und er hätte am Ende noch herausbekommen, daß ich das Grillhähnchen bei meinem Metzger gekauft hatte.

Ich saß benommen und verstört auf dem Badewannenrand (wie schon einmal) und starrte das Blut an. Das schwerhörige Ehepaar unter mir hatte den Schuß wahrscheinlich nicht registriert, aber meine Nachbarin um so sicherer. Ich lief auf den Flur und lauschte, aber das stets dudelnde Radio war nicht zu hören, kein Licht schien durch die milchige Glasscheibe der Tür.

11

Was sollte ich jetzt machen? Ich nahm als erstes das Glas wieder an mich, dann wischte ich Blut weg und betäubte mich mit dieser anstrengenden Arbeit in gebückter Haltung.

Plötzlich mußte ich erbrechen. Ich verfehlte das Klo, und der Anblick und Geruch von Blut, Tod und säuerlichem Mageninhalt ließ mich in die Knie gehen. Ich verließ taumelnd mein kleines, sonst immer pieksauberes Bad und ließ mich im Wohnzimmer aufs Sofa gleiten. In den Schläfen pochte es, das Herz schlug wie ein Preßlufthammer, gleichzeitig trat mir eiskalter Schweiß auf die Stirn. Ein Kreislaufkollaps, ich wußte es. Gnädigerweise verstand es die Natur in Krisenmomenten, den gebeutelten Menschenkopf kurzfristig durch Ohnmacht abzustellen. Aber ich tauchte wohl nur sekundenlang weg. Bald waren Angst und Verstand wieder voll da. Das da im Bad muß verschwinden! sagten sie.

Nach einigen Minuten wählte ich mit zitternden Fingern Witolds Nummer, ich vertat mich zweimal. Er war gleich dran und merkte an meiner tonlosen Stimme sofort, daß eine Katastrophe eingetreten war.

»Was ist, sag doch!« schrie er beinahe.

»Komm sofort«, konnte ich eben noch sagen und auflegen. Dann sank ich wieder aufs Sofa und fühlte, daß ich nun mit akutem Durchfall rechnen mußte. Es war grauenhaft, das Bad wieder zu betreten, aber es ging nicht anders.

Ich öffnete kurz darauf die Tür für Witold, der mich mit einem ahnenden Entsetzen anstarrte. Ich sah wohl selbst aus wie eine Leiche. Aus dem Schlafzimmer hörte man den Hund wolfsartig heulen.

Er schüttelte mich an den Schultern.

»Nun sag doch!« schrie er, selbst in Panik.

»Ich mußte ihn umbringen!« stieß ich hervor.

»Wen?«

»Den Polizisten.«

Witold glaubte mir nicht.

»Warum, wo ist er, nun dreh mal nicht durch«, er drückte mich aufs Sofa. Auf einmal sah er Blut auf meinem grauen Pullover. Er machte sich eine Zigarette an.

»Ganz ruhig, Thyra«, sagte er, wobei er nun selber zum Nervenbündel wurde, »ganz ruhig. Nun sag mal langsam und vernünftig, was passiert ist.«

»Ich habe ihn umgebracht«, ich konnte es kaum sagen, meine Zähne klapperten.

»Wo denn?« Witold regte sich schrecklich auf.

»Im Bad.«

Er rannte im Glauben hinaus, mich über die Ausgeburten meiner hysterischen Phantasie aufklären zu können. Nach unendlich langer Zeit, wie mir schien, kam er zurück. Er rauchte, ging aufs Telefon zu.

»Witold, er wollte dich verhaften«, sagte ich, »ich mußte es tun.«

»Mich, warum?« Witold blieb zögernd vorm Telefon stehen.

»Er wußte, daß du mit Scarlett zusammen gewesen bist, weil eine Kellnerin meinte, euch im Garten gesehen zu haben.«

Witold starrte mich mit offenem Mund an.

»Das wäre wirklich kein Grund für eine Verhaftung«, fand er.

»Außerdem hat er aus mir herausgequetscht, daß du den Schuß auf Hilke abgefeuert hast; ich kann so schlecht lügen«, log ich.

Witold überlegte offensichtlich, ob er einen Psychiater oder die Polizei anrufen sollte.

»Warum hast du eigentlich den Wahn, mich vor dem Fallbeil retten zu müssen?« fragte er mich streng, aber doch in einer fernen Kammer seines Herzens gerührt, daß ich seinetwegen diesen Polizistenmord begangen hatte.

»Ich habe dich vom ersten Blick an geliebt«, flüsterte ich.

Witold war sichtlich bestürzt. Nun stand er vor der schrecklichen Aufgabe, mich, die ihn liebte und schützen wollte, an die Justiz oder die Nervenheilanstalt auszuliefern.

»Was soll ich denn machen?« fragte er mich und sich, »womit hast du ihn überhaupt erschossen? Etwa mit dem gleichen Revolver wie Hilke ...?«

Ich nickte. Dann murmelte ich erklärend: »Wahrscheinlich habe ich ihn aufgehoben, um mich selbst damit umzubringen. Das Leben hat keinen Sinn für mich, weil du mich niemals lieben wirst.«

Witold konnte nicht gegen seine Natur. Er nahm

meine Hand. »Thyra, sag so was nicht! Du weißt, daß ich dich sehr gern mag und dir helfen will.«

Er warf wieder einen abwägenden Blick aufs Telefon.

»Der Hund macht mich wahnsinnig«, schimpfte er, als wieder ein langgezogener Heulton aus dem Schlafzimmer drang. Ich ging hin und ließ den Dieskau heraus. Er begrüßte Witold aufgeregt und wollte zum Badezimmer laufen. Ich hielt ihn zurück.

»War der Polizist mit dem Auto da?« fragte Witold, »wahrscheinlich weiß man auf der Wache, daß er hier ist, und sie werden ihn bald vermissen.«

Er sah auf die Uhr.

»Merkwürdig, daß der Bursche überhaupt so spät noch unterwegs war, es ist ja gleich neun. Bei mir ist er gegen halb acht gegangen.«

Unschlüssig ging er auf und ab.

»Ich seh' mal in seinen Taschen nach, ob er Wagenschlüssel bei sich hat.«

Witold ging mit Überwindung zurück ins Badezimmer. Er kam mit einer Brieftasche, Schlüsseln, einem Taschentuch und einem Notizblock zurück.

»Ich erinnere mich jetzt, er war bei mir auch mit dem Wagen da, er muß ihn unten stehen haben, ich schau' mal nach«, sagte er und ging hinunter. Ich hatte die Befürchtung, daß er von einer Telefonzelle aus den Notruf betätigen wollte. Aber Witold kam schnell wieder, einen jungenhaften und verschwörerischen Ausdruck im Gesicht.

»Ich habe den Wagen eine Ecke weiter geparkt, aber es ist gar kein Polizeiauto«, sagte er atemlos, »und nun werden wir überlegen, was weiter zu tun ist.«

Ich hatte inzwischen die Notizen des Toten gelesen, soweit man seine Kürzel und Wortfetzen deuten konnte. Er hatte nach dem Besuch bei Witold geschrieben »R. Hirte aufsuchen. Verdacht durch Engsterns Aussage – Hühnerbein«. Ich zerriß das Blatt und spülte die Fetzen ins Klo, damit Witold es nicht las. »Man muß die Leiche beseitigen«, schlug ich vor.

»Ganz einfach«, sagte Witold, »nichts leichter als das. Wir nehmen die Leiche und legen sie auf die Straße.«

Er blies Rauch in den Lampenschein.

»Wie stellst du dir das eigentlich vor? Da spiele ich nicht mit! Ich kann dir einen Rechtsanwalt empfehlen, ich kann dir Geld leihen, aber ich kann keine Leichen beseitigen!«

Ich hatte auch keine gute Idee. Schließlich wohnte ich mitten in Mannheim, in einem Mehrfamilienhaus in einer belebten Straße. Aber der Tote mußte verschwinden, das war mein größtes Bestreben.

Witold überlegte auch.

»Verheiratet ist er nicht, aber wahrscheinlich hat er eine Freundin, die auf ihn wartet. Vielleicht ruft sie auf der Wache an, wenn er nicht pünktlich kommt.«

Ich fügte hinzu: »Vielleicht ist sie aber auch daran gewöhnt, daß er spät kommt, und außerdem lebt er am Ende allein. Alles ist möglich.«

»Ich rufe jetzt an«, entschloß sich Witold, »Thyra, wir sind doch keine Gangsterbande. Das Unrecht wird schlimmer, je länger wir warten«, er stand wieder auf.

»Ich habe das nur für dich getan«, warnte ich ihn, »wenn sie mich befragen, muß ich auch alles über dich sagen.«

»Es kommt doch sowieso heraus. Es war ein großer

Fehler, daß ich versucht habe, mich bei Hilkes Tod auf diese Art aus der Affäre zu ziehen. Thyra, es hat keinen Zweck.«

Ich weinte, aber es schien diesmal nicht den erwarteten Eindruck zu machen. Immerhin hatte er das Telefon bis jetzt noch nicht angerührt.

»Man könnte den Toten in den Keller tragen«, fiel mir plötzlich ein, »sein Auto kann man in eine Einfahrt stellen, wo früher die Kohle abgeladen wurde. Dann könnte man ihn ziemlich unbemerkt in sein Auto legen und wegfahren.«

»Thyra, die Leiche wird auf jeden Fall untersucht, und dann stellt man natürlich fest, daß er mit demselben Revolver getötet wurde wie meine Frau.«

Witold stutzte. Mit Schrecken fiel ihm ein, daß nun der Verdacht durchaus wieder auf ihn fallen könnte.

»Hättest du doch den Revolver weggeworfen!« schrie er mich an.

Ich wurde nun ruhig.

»Wenn er im Auto liegt, fährst du mit ihm zu einem Steinbruch und läßt das Auto runterfallen und explodieren. Ich fahre mit meinem Wagen hinterher und nehme dich wieder mit zurück.«

»Sag mal, wie viele Krimis . . .« Aber er schien doch über meinen Vorschlag nachzudenken.

»Es geht nicht. Schon auf der Treppe können wir gesehen werden!«

»Wenn wir bis Mitternacht warten, ist es völlig problemlos. Meine Nachbarin geht früh ins Bett, die Alten unter mir erst recht, das junge Paar ist sowieso verreist . . .«

»Ich habe Hunger«, sagte Witold unvermutet. Ich wertete das als positives Zeichen.

»Was soll ich dir machen? Käsebrot, Eier?«

»Ja, ein Brot. Von mir aus Brot mit einem Spiegelei darauf.«

Ich ging in die Küche und ließ Butter in der Pfanne heiß werden. Der Geruch verursachte mir einen Magenkrampf. Doch ich bin zäh, brachte nach fünf Minuten das Gewünschte auf den Tisch und fragte, was Witold trinken wollte. Er hörte nicht hin, schien nachzudenken und mechanisch zu essen.

Nun wagte ich mich noch einmal ins Bad. Ich wischte wieder gründlich auf und betrachtete mir dann den Toten. Die Kopfwunde hatte nicht allzulange geblutet, nur der kleine Frotteeteppich vor der Badewanne war blutgetränkt. Auch das Hirn war nicht ausgetreten oder sonstige schleimige Substanzen.

Der erste Mann, den ich umgebracht hatte! Ich sah ihn mir eingehend an; er war relativ klein, drahtig und sportlich. Hätte er sich nicht in vollkommener Sicherheit gewähnt, wäre mir die Überrumpelung niemals geglückt. Ein wenig spürte ich jetzt Stolz und Erleichterung, wenn auch die Angst und der stets lauernde körperliche Zusammenbruch noch im Vordergrund standen.

Inzwischen hatte Witold aufgegessen. Er hatte es geschafft, daß mein kleines Zimmer schon in kurzer Zeit voller Qualm war. Aber ich verlor kein Wort darüber, da er ernsthaft zu überlegen schien, wie man die Leiche verschwinden lassen könnte.

»Die Idee mit dem Steinbruch ist nicht so übel«, sagte

er, »wenn man die Leiche ungesehen ins Auto geschafft hat, ist alles andere gar nicht so problematisch.«

»Man müßte ihn jetzt schon etwas zusammenfalten«, schlug ich vor, »ich weiß nämlich nicht, wie schnell er steif wird.«

Witold ekelte sich bei meinen praktischen Worten, aber es leuchtete ihm ein. Er stand auf, und ich folgte ihm ins Badezimmer.

»Hast du einen großen Müllsack?« fragte er.

Meine Müllsäcke waren leider klein, passend für meinen Küchenmülleimer, denn bei mir fielen ja keine Gartenabfälle an. Ich wickelte die blutige Badematte um den Kopf des Toten und stülpte die größte Plastiktüte darüber.

»Ich könnte ja einen Bettbezug nehmen«, schlug ich vor, »wenn uns dann jemand auf der Treppe sehen sollte, sieht es wie ein großer Wäschesack aus.«

Witold sagte nur: »Wir probieren es mal.«

Ich holte meinen schlechtesten Bezug aus dem Schrank. Gemeinsam brachten wir den Toten in eine zusammengekauerte Stellung, die er ansatzweise schon vorher eingenommen hatte, und schoben ihn in den Bettbezug. Es war ein sehr unhandliches Bündel. Witold hob es probeweise hoch; er konnte dieses Paket zwar tragen, aber wie ein Sack voll Wäsche sah es nicht aus.

»Wir müssen noch etwas warten«, sagte ich, »es ist erst elf, da laufen noch zu viele Leute auf der Straße und vielleicht sogar auf der Treppe herum.«

Der Dieskau kam plötzlich aus dem Wohnzimmer gelaufen und begann unser Wäschepaket ausgiebig zu beschnüffeln. Ich sperrte ihn wieder ins Schlafzimmer, irgendwie schämte ich mich vor dem Hund.

Wir saßen zusammen und berieten.

»Entweder wir nehmen den Steinbruch in Dossenheim oder den in Weinheim«, überlegte Witold. Ich hatte den Verdacht, daß er einen gewissen sportlichen Ehrgeiz entwickelte, diese Aufgabe vorbildlich zu lösen. Pfadfinderträume, am Lagerfeuer singen, mit dem Taschenmesser schnitzen, Spuren auslöschen, Räuber und Gendarm spielen – solche kindlichen Wünsche waren in seinem Herzen nicht verkümmert, sie warteten geradezu darauf, irgendwann in die Tat umgesetzt zu werden. Dazu kam seine ausgeprägte Ader, den großen Bruder zu spielen, der alle Frauen als kleine Schwester sieht und an die Hand nimmt, sie dazu bringt, ihn zu verehren, sie tröstet und anleitet. Er war genau der richtige Komplize. Abgesehen davon standen seine Moral und Entschlußkraft auf wackligen Füßen; ich war, was die Schnelligkeit einer pragmatischen Entscheidung angeht, ihm weit überlegen.

»Um zwölf hole ich den Wagen wieder her. Du kannst mir ja schon zeigen, wo die Kellereinfahrt ist.«

Ich begleitete Witold nach unten, er besah sich die Stelle, wo er den Wagen hinstellen sollte. Er war zufrieden.

»Wir werden die Leiche auf den Rücksitz legen, nicht in den Kofferraum. Auf dem Weg nach Weinheim werden wir in der Nacht bestimmt nicht aufgehalten. Auf jeden Fall nimm eine alte Decke mit, die wir auf den Toten legen. Hast du einen Reservetank mit Benzin im Auto?«

Nein, natürlich nicht. Und dabei fiel mir ein, daß mein Tank praktisch leer war.

»Dann nimm meinen Wagen«, bestimmte Witold, »es wäre ja ein schlechter Scherz, wenn wir beim Heimfahren steckenblieben, weil kein Benzin mehr im Tank ist.«

Ich fahre ungern mit fremden Autos, aber ich nickte gehorsam. Witold würde mir helfen, da durfte ich keine Zicken machen. Die Zeit verstrich sehr langsam. Der Tote lag ordentlich gebündelt im Bad, die Tür war geschlossen. Der Hund klagte leise. Die Lichter waren bis auf eine kleine Lampe im Wohnzimmer gelöscht. Wenn es schellen sollte, wollte ich nicht öffnen. Eine alte Decke lag bereit. Witold qualmte mir weiter die Bude voll und redete viel dummes Zeug.

Kurz vor zwölf ging er den Wagen holen. Ich war allein und sofort wieder ängstlicher. Als Witold zurückkam, mußte er zuerst eine weitere Zigarette rauchen. Dann sagte er, fast zu forsch: »Packen wir's an!« Ich schlich in den Flur. Alles war still. Ich winkte Witold, er schulterte das Bündel, ich knipste mein Flurlicht aus. Er ging leise und langsam, die Bürde war schwer. Zweimal mußte er absetzen.

Im Treppenhaus sah ich, wie bei dem alten Ehepaar das Flurlicht anging. Wir verharrten reglos. Sie konnten unter Umständen durch den Spion gucken; ob wir in ihrem Blickwinkel waren? Doch es blieb still, Witold setzte zur zweiten Treppe an. Als wir schließlich auf der Kellertreppe waren, hörten wir die Haustür aufgehen und erstarrten wiederum.

Endlich waren wir unten, und ich öffnete die Kellerausgangstür. Vor mir stand im Schatten der fremde Wagen. Witold setzte die Leiche ab und gab mir den Autoschlüssel. Ich schloß auf, und er packte das große Paket auf den

Rücksitz, ich breitete die Decke darüber. Wir atmeten beide auf.

»Weißt du, wo der Steinbruch in Weinheim ist?« fragte Witold, »du mußt nämlich voraus fahren und bei irgend-welchen Auffälligkeiten – Unfall, Polizeistreife oder so – Warnzeichen geben.«

Ich wußte nicht, wie man zum Steinbruch kommt. »Dann mußt du diesen Wagen fahren, es ist ganz einfach«, sagte Witold, wie mir schien, fast etwas erleichtert. Wollte er sich drücken?

»Ich fahre mit meinem Wagen voraus«, ordnete er an, »du folgst mir in Sichtweite. Wenn irgend etwas nicht in Ordnung ist, stelle ich kurz die Warnblinkleuchte an. Dann mußt du anhalten und abwarten.«

Ich nickte beklommen und stieg in das fremde Auto, einen ermordeten Kriminalkommissar auf der Rückbank. Das war alles wie ein Traum. Rosemarie Hirte sitzt im Büro und arbeitet, sie fährt nicht eine Leiche um Mitter-nacht in den Porphyrbruch.

Witold fuhr vor und sah sich um, ob ich mit dem frem-den Wagen zurecht kam. Vorsichtig setzte ich ihn in Be-wegung, im Prinzip lagen die Gänge nicht anders als bei meinem eigenen Auto, das Licht hatte Witold schon für mich angestellt. Im Konvoi fuhren wir über die Autobahn in Richtung Bergstraße. Es war wenig Betrieb um diese Zeit, und ich fühlte mich beim konzentrierten Fahren von der Angst des Entdecktwerdens etwas abgelenkt. Witold wollte mich nicht reinlegen, er wartete sofort, wenn sich der Abstand unserer Autos vergrößerte. Ich war ihm unendlich dankbar.

Wir fuhren in einem mittleren und möglichst unauffälligen Tempo nach Weinheim. Witold kannte sich aus und bog zielstrebig in eine steil berganführende Straße ein. Auf einem Parkplatz oben am Berg hielt er an, und ich stellte den Polizistenwagen neben den seinen. Alles war dunkel und menschenleer. Links führte die Straße weiter zu einer der beiden Burgen.

»Wir lassen meinen Wagen am besten hier stehen und fahren im anderen zum Steinbruch. So weit ich mich erinnere, ist es nämlich ein unbefestigter Weg.«

Froh, nicht mehr selbst fahren zu müssen, kletterte ich auf den Beifahrersitz. Witold nahm wortlos den Benzinkanister aus seinem Wagen und verstaute ihn neben der Leiche. Plötzlich gab er mir einen brüderlichen Kuß: »Jetzt gibt es kein Zurück mehr«, sagte er traurig und fuhr langsam und nur mit Standlicht den holprigen Weg entlang.

Aber schon nach hundert Metern tauchte eine Schranke auf, an die sich Witold nicht erinnern konnte. Wir stiegen aus und betrachteten im Licht vom Schweinwerfer und einer Taschenlampe das massive Vorhängeschloß.

»Unmöglich, das kriege ich nicht auf«, meinte Witold, »wir müssen umkehren und es in Dossenheim versuchen.«

Das war mir ein gräßlicher Gedanke, aber um dieses Schloß zu zerbrechen, war mindestens ein Vorschlaghammer nötig.

»Hast du wenigstens eine Haarnadel?« fragte Witold, und ich schüttelte schuldbewußt den Kopf. Er kehrte zum Wagen zurück.

Noch einmal leuchtete ich mit der Taschenlampe auf die

Schranke. Ein leiser Schrei der Begeisterung entfuhr mir, Witold blieb stehen.

»Schau mal«, rief ich, »die Zapfen der Halterung sind durchgerostet!«

Wir untersuchten den Mechanismus erneut und stellten fest, daß man die Schranke mit etwas Kraft einfach hochheben konnte; dabei blieb das Vorhängeschloß weiterhin intakt und für andere Fahrzeuge abweisend. Witold hob die Schranke hoch, ich fuhr mit dem Wagen darunter durch, dann tauschten wir wieder die Plätze und fuhren weiter.

Es kam mir unendlich lange vor, daß wir so zwischen Kastanien, Eichen und Buchen entlangholperten. Schließlich endete der Weg vor einem mannshohen Drahtzaun.

»Verflucht, der war doch damals noch nicht da!« schimpfte Witold. Wir stiegen wieder aus. Witold stellte das Licht ab und nahm die Taschenlampe. Gemeinsam gingen wir den Zaun auf beiden Seiten ein Stück ab; er war massiv, und auf seiner Rückseite befand sich gerollter Stacheldraht.

Witold öffnete den Kofferraum des fremden Wagens und untersuchte im Schein der Lampe, die ich ihm hielt, den Inhalt des Werkzeugkastens. Er war gut bestückt, es fand sich tatsächlich eine kräftige Zange.

»Gut«, lobte Witold den Toten, »hätte ich in meinem Wagen nicht gehabt. Aber dafür hat er keine Taschenlampe.«

Er probierte etwas ungeschickt, den dicken Draht zu knacken. Es gelang zwar nicht mühelos, doch es klappte schließlich. Aber trotz abwechselndem Handhaben von mir und ihm dauerte es über eine halbe Stunde, bis wir eine Reihe Maschendraht von oben bis unten durchgeknipst hatten. Aber auch die untere Verankerung gab nicht ohne weiters nach, ein zwei Meter breites Stück mußte auch hier gekappt werden.

Als wir endlich fertig waren, nahmen wir den Toten vom Hintersitz, entfernten Plastiktüte und Badematte und setzten ihn auf den Fahrersitz ans Steuer. Witold überschüttete die Leiche, die Sitze und die Matte mit Benzin und löste die Handbremse.

»Jetzt heißt es schieben!« forderte er mich auf. Wir mühten uns gemeinsam ab, aber wir kamen nicht über einen ungeschickt liegenden großen Stein. Witold stieß den Toten ein Stück zur Mitte und klemmte sich neben ihn.

»Ich fahre ein Stückchen zurück und dann mit Schwung über den Stein«, erklärte er mir, »stell du dich an den Rand mit der Taschenlampe!«

Ich kletterte über die Stacheldrahtrolle, leuchtete und wartete. Auch mit Motorkraft gelang es nicht auf Anhieb.

»Wir waren blöde«, sagte Witold, »wir hätten das Loch ein paar Meter weiter rechts schneiden sollen, da wäre es kein Problem gewesen. Wahrscheinlich müssen wir nun noch mal mit der Zange arbeiten.«

Er stieg wieder aus. Wir waren beide erschöpft.

»Ich probier' es noch einmal«, meinte er und drückte sich wieder neben den Toten. Ich stellte mich an den Rand des Abgrunds und gab Lichtzeichen.

Witold fuhr wieder ein Stück zurück. Mir kam es so vor, als hätten wir eine Menge Lärm gemacht, aber es war in dieser Jahreszeit unwahrscheinlich, daß ein Liebespaar oder sonst jemand mitten in der Nacht hier herumlief.

Mit Schwung kam Witold nun herangeprescht und schaffte es, den Stein zu überspringen. Aber offensichtlich kam er nicht an der rechten Stelle zum Stehen – der Wagen flog über meinen hellen Taschenlampenkreis hinaus und krachte in die Tiefe.

Hatte Witold nicht halten können, oder war es ein neuer Plan gewesen, im letzten Moment abzuspringen?

In abgrundtiefer Entfernung begann es zu knallen und zu brennen. Ich verharrte wie eine Statue und starrte hinunter. Außer dem lodernden Feuer und bunt explodierenden Päckchen konnte ich in der dunklen Wolfsschlucht nichts erkennen.

Nun war Witold auch tot. »Spring hinunter, Rosmarie!« sagte die Stimme meiner Mutter. Ich trat ganz nah an den Abgrund und beschloß, nicht lange zu fackeln. In der Ferne hörte ich eine Feuerwehrsirene, die mir die Realität der Situation zum Bewußtsein brachte. Ich mußte hier weg.

Ich lief mit der Taschenlampe in der Hand durch den dunklen Waldweg. Beim besten Willen ging es nicht schnell. Dabei meinte ich dauernd, menschliche Stimmen vor, hinter und neben mir zu hören. Witolds Wagen stand einsam auf dem Parkplatz. Der Schlüssel steckte in der hinteren Klappentür; Witold hatte ihn glatt vergessen, als er das Benzin herausholte. Wo war der Kanister geblieben? Wahrscheinlich stand er noch im Wald und machte diesen Mord auf den ersten Blick ganz deutlich: Zaun durchgeknipst und Leiche mit Benzin übergossen. Selbst wenn alles völlig verbrannt war, würde man nicht zweifeln, daß es sich um keinen Unfall handelte.

Mechanisch nahm ich die Wagenschlüssel, schloß auf, setzte mich in Witolds Wagen und fuhr los. Zu Fuß hatte ich einen allzu langen Weg nach Hause.

Nach Hause? Ich durfte Witolds Wagen auf keinen Fall in Mannheim vor meine Wohnung stellen. Wo er nun tot war, sollte man ihn auch für den Täter halten, das würde ihm nicht mehr weh tun. Also mußte ich das Auto vor seinem Ladenburger Haus parken. Es mußte so aussehen, als hätte er den Polizisten erschossen und dann die Leiche beseitigt, unter Umständen dabei Selbstmord begangen.

Aber würde er im Falle eines Selbstmordes nicht eher zum Revolver greifen und sich zu Hause erschießen, statt vorher noch die Plackerei im Steinbruch durchzustehen?

Ich fuhr also nach Ladenburg. In Weinheim hörte ich verschiedenartige Sirenen und Martinshörner, aber ich traf merkwürdigerweise keines der zugehörigen Fahrzeuge. Aus Unkenntnis konnte ich nicht in Schleichwege einbiegen und mußte meinen Weg mitten durch die Stadt nehmen. Anscheinend versuchte man von unten an den brennenden Wagen heranzukommen und war zu meinem Glück gar nicht erst von oben an den Abgrund herangefahren.

In Ladenburg stieg ich bei Witolds Haus aus und ließ die Schlüssel stecken. Zuvor wischte ich sie jedoch gründlich ab, ebenso das Lenkrad und die Schaltung.

Nun stand ich dort auf der Straße und überlegte, wie ich heimkommen sollte. Bahn, Taxi oder Straßenbahn schienen mir viel zu auffällig, einen Wagen anhalten erst recht.

Es blieb mir nichts anderes übrig, als einen weiten Fußmarsch durch die kühle Herbstnacht zu starten. Wie weit? Ich wußte es nicht. Die kurze Stecke mit dem Auto würde sich endlos dehnen, wenn ich sie erwandern müßte. Natürlich konnte ich mich irgendwo verstecken und am frühen Morgen eine Straßenbahn besteigen. Da fiel mir ein, daß ich in der Aufregung kein Geld mitgenommen hatte, nur meine Ausweise und die Hausschlüssel steckten in der Manteltasche.

Ich marschierte los. Es war sternklar. Ich ging möglichst im Schatten, drückte mich durch kleine Straßen und vermied es, Geräusche zu machen.

Mör – de – rin! trommelte mein Puls. Zu diesem Rhythmus konnte ich zügig wandern. Warum hatte ich bei der Ausführung meiner Taten immer so viel Glück gehabt? Warum war ich nie verdächtigt oder gar überführt worden?

Wieder half mir der Zufall: Ich fand ein unabgeschlossenes Herrenfahrrad, schwarz, alt und klapprig. Ich zögerte keine Minute, es zu ergreifen. Überdies stand es neben einem Müllcontainer und gehörte am Ende zum Sperrmüll. Als ich mich noch mühte, das Rad zu besteigen, öffnete sich ruckartig der Deckel des Müllcontainers. Ich fiel vor Schreck mit dem Fahrrad zu Boden. Wie der Vogel aus einer Kuckucksuhr steckte ein Stadtstreicher seinen Kopf heraus und schrie: »Diebe, Mörder!«

Mein Entsetzen war kaum zu schildern, aber gleichzeitig brach der Fluchtinstinkt wieder mächtig durch – weg hier, weg von diesem Unhold, der es sicher mit allen zehn Geboten noch weniger ernst nahm als ich.

Bevor er aus seiner Bettkammer herausgeklettert war, hatte ich es geschafft, mich hochzurappeln, aufzusitzen und unter Aufbietung aller meiner Kräfte halb stehend davonzuradeln. Nach einigen Minuten mußte ich anhalten und verschnaufen, aber ich war erfüllt von Euphorie: entkommen!

Als ungeübte Radfahrerin fiel es mir nicht leicht, mit diesem Fahrzeug heimzugelangen, zumal es keine Lampe hatte. Aber immerhin hegte ich doch die Hoffnung, nicht die ganze Nacht auf den Füßen verbringen zu müssen.

Es war noch stockdunkel, als ich nach Mannheim kam. Überall gingen Lichter an. Frühschichtler begaben sich unter die Dusche, Autos waren in Richtung Stadt unterwegs. Das Rad stellte ich auf einen Parkplatz und ging die letzten Minuten zu Fuß. Als ich auch noch die Treppe überwunden und meine Wohnung erreicht hatte, beschloß ich, sie nie mehr zu verlassen. Ins Bett gehen und nie mehr aufstehen. Am besten einschlafen und nie mehr aufwachen.

Kalter, miefiger Rauch schlug mir entgegen, ein Wadenkrampf fuhr mir ins rechte Bein, ein voller Aschenbecher und ein vom Stuhl gerutschter sandfarbener Pullover erinnerten mich an Witold, der noch vor einigen Stunden unversehrt hier gesessen hatte.

Ich öffnete das Fenster, taumelte ins Schlafzimmer und warf mich angekleidet aufs Bett. Ein schwarzer Schatten schoß hervor und stürzte sich auf mich. Es war der verängstigte Dieskau, den ich am Abend nicht mehr ausgeführt hatte. Ins Bett gehen lohnte sich kaum. Ich müßte doch bald aufstehen und ins Büro gehen. Trotzdem blieb ich auf dem Bett liegen, kraulte den Hund an den Ohren und war zu keinen klaren Entschlüssen, geschweige denn Taten mehr fähig.

Ich wollte krank sein, ich wollte im Krankenhaus in einem sterilen weißen Bett liegen, nur wildfremde Menschen sehen, mit niemand sprechen müssen. Keine Verantwortung mehr, keine Pflicht. Ich wünschte mir einen pflanzenhaften Zustand des Verdämmerns.

Aber nach einer halben Stunde stand ich auf und ging unter die Dusche. Ich machte mich bürofein, räumte auf, trank etwas Tee und führte den Dieskau kurz auf den Grünstreifen. Mit der Zeitung in der Hand kam ich wieder nach oben, aber aus Erfahrung wußte ich, daß nächtliche Ereignisse nie am folgenden Morgen veröffentlicht werden, es sei denn, sie seien von weltweiter Bedeutung.

Pünktlich wie stets verließ ich mit dem Hund die aufgeräumte Wohnung und fuhr ins Büro. Diesen Tag durchzustehen würde mir sicher besonders schwerfallen.

Kurz vor der Mittagspause bekam ich einen Anruf von der Polizei, ich sollte mich für ein kurzes Gespräch in meinem Bürozimmer bereithalten. Diesmal kamen sie zu zweit, mit sehr ernstem Gesicht. Ob gestern ein Kollege, ein Kommissar Wernicke, bei mir angerufen habe oder sogar vorbeigekommen sei?

Ich verneinte. Wo ich gewesen sei? Nach Büroschluß sei ich heimgefahren, unterwegs hätte ich allerdings noch etwas eingekauft. Zu Hause hätte ich nach einer kleinen Verschnaufpause gegen Abend einen Hundespaziergang gemacht. Ich wies auf den Dieskau unter meinem Schreibtisch, als ob er als Zeuge aussagen könne.

Ob Herr Engstern mich angerufen oder besucht hätte?

Ich verneinte abermals und sagte, ich hätte ihn zuletzt vor etwa zehn Tagen gesehen. Schließlich fragte ich, so energisch wie es mir noch möglich war, was diese Fragen bedeuteten.

Der eine Polizist, jung und drahtig wie sein toter Kollege, seufzte tief auf. Er sprach abgehackt.

»Morgen werden Sie es ohnehin in der Zeitung lesen. Letzte Nacht ist mein Freund Hermann Wernicke in seinem Wagen verbrannt.«

»Wie ist das passiert?« fragte ich.

»Wenn wir das so genau wüßten, wären wir nicht hier«, erklärte der zweite Beamte, etwas freundlicher, »aber es handelt sich um Mord, das ist sicher. Wernicke war der Lösung dieser ominösen Todesfälle dreier Frauen auf der Spur. Wahrscheinlich war Engstern der Täter, wenn auch manches noch sehr verworren erscheint. Wir wissen, daß Wernicke zu Engstern wollte, weil er neue Verdachtsaspekte vermutete. Seitdem wurde er nicht wieder gesehen und erst heute nacht halb verkohlt aus seinem zerquetschten Wagen gezogen.«

Von Witolds Leiche sagten sie nichts. Sollte ich nach ihm fragen?

Ich wagte es nicht.

»Wo ist das denn passiert?« klang neutraler.

»Der Wagen ist bei Weinheim einen Abgrund hinuntergestürzt, zuvor hat man meinen bewußtlosen oder bereits toten Freund mit Benzin übergossen«, sagte anklagend der Jüngere der beiden.

Mein Gesicht war blaß und elend, das wußte ich, aber in

Anbetracht dieser Schilderung war das wahrscheinlich angemessen.

Man legte mir noch einmal ans Herz, über alles nachzudenken, was Witold in der letzten Zeit zu mir gesagt hatte, und sofort anzurufen, wenn mir irgendeine Ungereimtheit einfiele.

»Was sagt er denn selbst?« fragte ich harmlos.

Sie wechselten einen Blick.

»Er kann nichts sagen«, meinte der eine.

»Warum?« fragte ich, »ist er geflohen?«

»Er liegt im Sterben«, kam die Antwort, »wahrscheinlich geht es heute noch zu Ende mit ihm, ohne daß er das Bewußtsein wiedererlangt. Die Ärzte geben ihm keine Chance. Er saß ebenfalls in dem abgestürzten Wagen, ist aber herausgeschleudert worden. Wahrscheinlich wollte er abspringen, und es ist im richtigen Augenblick mißglückt.«

Das Entsetzen stand mir in den Augen.

»Wo ist er denn jetzt?« fragte ich.

»Im Johanniterkrankenhaus, aber Besuch ist indiskutabel. Man beatmet ihn zwar noch, aber Sie sollten sich keine Hoffnung machen.«

Die Polizisten verabschiedeten sich höflich. Der Chef kam gleich nach ihrem Verschwinden herein, und die Neugierde stand ihm im Gesicht geschrieben.

Ich sagte ihm kurz und bündig, es gebe wieder einen Todesfall in meinem Bekanntenkreis.

»Frau Hirte, am meisten machen Sie mir Sorgen!« rief er bestürzt, »sehen Sie doch mal in den Spiegel, Sie sind ja selbst ein Abbild des Elends. Sie müssen auf der Stelle zum

Arzt, das ist ein dienstlicher Befehl! Und danach wünsche ich nicht, daß Sie wieder hier auftauchen. Sie legen sich zu Hause brav ins Bett und tun alles, was der Onkel Doktor sagt. Ich glaube fast, Sie haben es mit Ihrer eisernen Pflichterfüllung übertrieben. Nach so viel menschlichem Leid hält sich auch kein Übermensch mehr auf den Beinen!«

Ich dankte ihm und packte mein Brötchen wieder ein nahm Hund und Mantel und verschwand. Ich fuhr wirklich beim Arzt vorbei, sah dort aber, daß erst nachmittags ab vier Sprechstunde war.

Also konnte ich mich noch ein wenig hinlegen.

Aber zuvor mußte das Bad desinfiziert werden. Vor meiner Drogerie hatte ich eine Riesenflasche Sagrotan mitgebracht. Ich hatte dort bemerkt, daß mein Hund diese Nacht Durchfall gehabt hätte. Zwei Stunden putzte ich das Bad, aber danach noch die gesamte Wohnung.

Mein sogenannter Hausarzt, der mich in vielen Jahren nur sehr sporadisch zu Gesicht bekommen hatte, war mit meiner auffälligen Gewichtsabnahme und der Leichenblässe auch nicht einverstanden. Mein gesamter Bauch war gespannt und druckempfindlich, und er ordnete weitere Untersuchungen an, als nächstes für den folgenden Morgen eine Blutentnahme zwecks abklärender Laboruntersuchungen.

Zu Hause legte ich mich ins Bett, der Hund neben mir trauerte, die schmerzliche Brahmsmusik lief vom Band der Revolver und Witolds Pullover warteten neben mir Der restliche Tag verlief schwarz und violett, mein Leben lief in düsteren Bildern filmartig ab, mein Kopf war nicht mehr fähig zu denken.

Am nächsten Tag brachte die Zeitung einen längeren Artikel über den Polizistenmord. Der mutmaßliche Täter, der auch für drei andere Straftaten in Frage käme, läge auf der Intensivstation mit schwersten Verletzungen, von denen jede für sich zum Tode führen könne.

Ich fuhr zum Arzt und ließ mir Blut abzapfen, wurde für den nächsten Tag wiederbestellt und für zwei Wochen krankgeschrieben. Ich begab mich völlig erschöpft wieder ins Bett. Nie mehr würde ich wie ein normaler Mensch leben können.

Irgendwann erreichte mich Kittys Anruf. Sie weinte und war kaum zu verstehen.

»Ist er tot?« fragte ich.

»Schlimmer, viel schlimmer«, schluchzte Kitty, »er lebt noch, und falls er leben bleibt, ist es das schrecklichste Schicksal, das ich mir denken kann. Querschnittsgelähmt und hirnverletzt.«

»Ist er bei Bewußtsein?«

»Er war es kurzfristig.«

Ich erschrak fast zu Tode.

»Hat er etwas gesagt?«

»Nein. Gnädigerweise ist er wieder in künstlichem Dämmerschlaf. Falls er durchkommt, wird er ohne Sprache, wahrscheinlich auch ohne Gedächtnis und Verstand, im Rollstuhl dahinvegetieren. Ich komme nicht darüber hinweg.«

»Was meinst du zu den Dingen, die er getan haben soll?« fragte ich Kitty.

»Es ist mir egal, was er getan haben soll«, antwortete sie stolz, »ich würde ihn auch lieben, wenn er ein notorischer

Mörder wäre, aber er ist keiner. Im Augenblick lebe ich in der wahnsinnigen Situation, daß ich ihm den Tod als Alternative geradezu wünsche.«

Ihre Worte erschütterten mich, ich weinte nun auch. Kitty war ein guter Mensch und ich ein schlechter, aber was bedeuteten solche Begriffe.

Nach einigen Tagen kam der nächste Schlag: Ich erfuhr, daß ich ein Karzinom hatte und eine möglichst schnelle Operation unumgänglich war.

Wohin mit dem Hund? war nun mein erstes Problem.

Ich schickte die Brosche als Eilpäckchen an Ernst Schröder. In einem kurzen Brief teilte ich ihm andeutungsweise die Wahrheit mit: Daß ich die Brosche nicht gekauft, sondern von ihrer Besitzerin geschenkt bekommen hätte. Gleichzeitig frage ich ihn, ob er seine Kinder bitten könne, für zwei Wochen einen fremden Hund zu versorgen. Ernst rief sofort an, dankte mir sehr und versprach, noch am gleichen Abend den Hund abzuholen. Er kam mit Annette, die sich gleich auf den Dieskau stürzte und diese Aufgabe mit Freude auf sich nahm.

Als Annette schon im Auto saß, sagte ich leise: »Deine Tochter hat eine Schwester, von der du nichts weißt. Du kannst in Ruhe darüber nachdenken, ob du meine Worte zur Kenntnis nehmen willst oder weiterhin davon keine Ahnung hast.«

Ernst drückte mir beide Hände und konnte nichts sagen.

Ich hatte eine grauenhafte Angst vor Narkose und Operation. Früher hatte ich nie verstanden, wenn meine Bekannten sich vor einem Arztbesuch drückten und bei einer notwendigen Operation in Panik gerieten. Ich hatte sogar ausdrücklich betont: »Für die Ärzte ist das eine reine Routine-Angelegenheit; täglich machen sie solche Schneiderarbeit wie am Fließband – da kann einfach nichts schiefgehen.«

Jetzt, wo es um mich persönlich ging, sah die Fließbandarbeit anders aus. Immer wieder las man ja von Patienten, die aus der Narkose nicht mehr aufwachten, aber dank unmenschlicher Technik als lebender Leichnam noch jahrelang ein Bett beanspruchten. Wäre es eine Lösung für mich, überhaupt nicht mehr aufzuwachen?

Im Krankenhaus wies man mich in ein Zweibettzimmer ein; sämtliche vorherigen Untersuchungen wurden noch einmal wiederholt. Im Nachbarbett lag eine schweigsame Person mittleren Alters, die emsig an einem schockrosa Hütchen für Toilettenpapier häkelte und erst auf zweimaliges Fragen antwortete, sie würde morgen entlassen.

Am Abend vor der Operation kam ein griechischer Anästhesist, um meinen Blutdruck zu kontrollieren, meine Laborwerte, EKG und Thoraxaufnahme zu studieren und mich eingehend nach Familien- und eigenen Krankheiten sowie Allergien zu befragen.

»Haben Sie Angst?« fragte er.

Ich nickte.

»Viele Menschen fürchten sich vor der Narkose, weil sie sich einbilden, beim Aufwachen tot zu sein«, scherzte er (ich fand es überhaupt nicht lustig), »aber ich könnte Ihnen eine Epidural-Anästhesie anbieten, bei der Sie nur in der unteren Hälfte betäubt werden.«

»Um Gottes willen, dann sehe ich ja die rohen Gesichter

der Chirurgen und höre, wie sie über Fußball reden und ihre Messer wetzen!«

»Sie würden durch sedierende Mittel in einen schläfrigen Zustand versetzt und die Augen schließen. Für die Ohren gibt es Kopfhörer. Ich habe eine Kassette mit wunderbarer Sirtaki-Musik.«

Gern hätte ich gesagt, er solle sich den Sirtaki an seine grüne Duschhaube stecken. Aber ich blieb höflich und bat ihn, mir eine anständige Feld-Wald-Wiesen-Narkose zu verpassen, damit ich nicht das geringste von der Prozedur mitkriegen könnte.

Anschließend klärte mich ein Chirurg über die Operationsmethoden und -risiken auf. Ich nickte sachverständig, hatte hinterher aber das Gefühl, in meiner großen Aufregung kein Wort verstanden zu haben.

In dieser Nacht schlief ich seltsamerweise gut, eingewiegt durch ein Schlafmittel. Die Frau neben mir wurde in der Frühe von einem verbitterten Mann abgeholt, der es nicht für nötig hielt, mir guten Morgen zu wünschen.

Noch bevor man mich in den OP-Saal schaffte, wurde das ausgewechselte Nebenbett neu belegt. Eine weißhaarige Alte preßte mit schmerzhaftem Druck meine Hand.

»Ich bin die neue Stubenkameradin!«

Meine Kameradin zog einen Schlafanzug aus lila Frottee an und begann ihre Krankenhauszeit mit Purzelbaum, Kerze und Brücke auf der schmalen Bettstatt. Ich erfuhr, daß sie in ihrer Jugend Meisterin auf dem Rhönrad gewesen war. Als sie gerade anfing, mir aus einem Körnerbuch Rezepte für makrobiotische Gerichte vorzulesen, wurde ich abgeholt.

Ich erwachte erst Stunden später, eine Infusion am Arm und eine Krankenschwester an der Seite. Ich lebte noch.

Irgendwann aber setzten Schmerzen ein, langsam dämmerte ich aus Schlaf und Traum hervor und begriff, daß mir Schreckliches angetan worden war. An der Wand vor mir hingen Dürers betende Hände und van Goghs Zugbrücke, von einer passionierten Oberschwester als Hoffnungsträger aufgehängt.

Die Kameradin wurde am nächsten Tag operiert. Als es uns beiden besser ging und sie mir schließlich aus dem Tagebuch einer bayrischen Rutengängerin vorlas, wünschte ich mir eine neue Nachbarin.

Das war einer der wenigen Wünsche, die in Erfüllung gingen, und auch nur, weil ich besonders lange in der Klinik lag.

Die Neue war dachshaarig und wie ein kleines Mädchen ganz in einer einzigen Farbe angezogen: grün die Socken, grün Rock und Pullover, grün Schuhe und Schal. Als die Grüne fertig im moosfarbenen Nachthemd hingestreckt war, kam ihr Mann herein, der im Flur gewartet hatte. Ich hörte wieder einmal vertrauten Berliner Jargon.

»Ick hab' dir'n Foto von der Kleenen mitjebracht«, sagte er zärtlich und stellte ein Bild im Silberrahmen auf den Nachttisch. Als er weg war, linste ich hinüber. Es war das Foto einer Schäferhündin.

Auf die Dauer entpuppte sich die Hundemutter als gute Anrainerin. Gelegentlich trank sie aus einer eingeschmuggelten Schnapsflasche und bot mir stets herzlich davon an, nachdem sie das Mundstück extra mit dem Ärmel abgewischt hatte.

»Se ham mir ausjenommen wie 'ne Weihnachtsjans«, klagte sie. Wenn sie kalte Füße hatte, saß sie unten auf meinem Bett und steckte vertraulich ihre Eisklumpen unter meine Decke. Ich hätte mir bei jedem anderen solche Aufdringlichkeit verbeten, aber bei der Berlinerin wirkte es ganz natürlich, und ich schämte mich meiner Starrheit. Sie hatte einen starken Drang nach Körperkontakt und faßte mich beim Reden gern an. Vielleicht durfte sie sich das alles erlauben, weil sie mich einmal spontan in die Arme genommen hatte. Sie war wohl nachts von meinem leisen Weinen wachgeworden. Auf einmal wiegte sie mich wie eine Mutter hin und her und sagte überzeugend: »Allet wird jut!«

Aber es wurde nichts mehr gut. Niemand besuchte mich. Vom Büro kam eine vorgedruckte Karte: »Mit den besten Wünschen zur baldigen Genesung«, darunter hatten meine Kollegen unterschrieben. Der Chef schickte immerhin einen teuren Blumenstrauß und eine handgeschriebene Karte, auf der er seinen Besuch ankündigte. Aber er kam nie.

Zwei Tage bevor ich entlassen wurde, besuchte mich Frau Römer, frisch aus Amerika zurück.

»Sie machen mir ja Sachen!« rief sie, »ich kam gerade vom Flugplatz, las Ihren Brief und bin auf der Stelle hergekommen. Noch nichts ist ausgepackt. Und wo ist, um Gottes willen, der Dieskau?«

Ich berichtete von meiner plötzlichen beziehungsweise lang verdrängten Krankheit.

»Den Dieskau habe ich zu Freunden gegeben. Ich werde dort anrufen, damit man Ihnen den Hund zurückbringt.«

Frau Römer beteuerte, sie könne den Dieskau selbst abholen, aber ich gab ihr weder Ernst Schröders Namen und Adresse, noch sagte ich ein Wort über seine Identität. In diese Angelegenheit wollte ich mich nicht einmischen. Ich hörte mir lange Frau Römers Reisebericht an.

»Denken Sie mal, ich habe mir angewöhnt, Eiswasser zum Essen zu trinken! Und wie finden Sie meine neue Frisur?«

Frau Römer, deren falbes Haar schon lange von vielen weißen Strähnen unterwandert wurde, hatte sich einem amerikanischen Meisterfrisör anvertraut, der das Beige rausgezwungen und die neue schneeweiße Pracht mit einem bläulichen Schatten unterlegt hatte.

»Würde Ihnen auch stehen«, sagte Frau Römer.

Sie blieb lange, und es tat mir unendlich gut.

Als sie fort war, rief ich Ernst Schröder an. Er entschuldigte sich sofort – tief beschämt –, daß er mich nicht besucht hatte. Zum Glück führte er keine Ausreden an.

Er sprach von Witold, der immer noch schwer verletzt und ohne Sprache in der Klinik lag. Er sprach auch von Problemen mit den Kindern, die durch den Tod ihrer Mutter sehr schwierig geworden waren. Einzig dem Hund gehe es gut.

Nun berichtete ich, daß ich bald entlassen werde und daß Frau Römer wieder im Lande sei und den Hund zurückbegehre.

Ernst Schröder seufzte tief.

»Ich werde ihn heute abend hinbringen und mit ihr reden. Wie sieht sie eigentlich aus, ich kann mich nur an ein zartes, rehäugiges Wesen erinnern?«

»Sie ist brustamputiert und hat blaue Haare«, sagte ich.

»Ach ja?« Ernst schwieg. Dann gestand er: »Dafür habe ich fast eine Glatze und einen Bierbauch.«

Später berichtete mir Frau Römer, daß er noch an jenem Abend bei ihr geschellt habe. Beide erkannten sich nicht. Sie hatte ihren Hund begrüßt und den fremden Mann kaum angeblickt. Als er seinen Namen nannte, sah sie befremdet zu ihm auf. Dann wurde sie blaß, rot, fleckig und scheckig und wieder blaß. Schließlich bat sie ihn in ihre Wohnung, und sie sprachen sich lange aus. Aber eine neue Liebe brach nicht aus.

Schließlich wurde auch ich nach Hause entlassen, aber durch die Operation hatte sich mein Leben auf einschneidende Weise verändert. Man hatte mir einen künstlichen Darmausgang angelegt, und trotz der ständig verbesserten hygienischen Hilfstechniken kam ich mir wie eine Aussätzige vor, die die Gesellschaft von Menschen meiden sollte. Wie Frau Römer bekam auch ich eine Rente auf Zeit, aber ich hatte wenig Hoffnung, je wieder in meinem Büro arbeiten zu können. Ich lebte zurückgezogen und verließ meine Wohnung nur, um das Nötigste einzukaufen und zu den Nachbestrahlungen und ständigen Kontrolluntersuchungen in die Klinik zu fahren. Gelegentlich griff ich zum Telefonhörer und sprach mit Frau Römer, einmal rief ich Kitty an.

Von der immer noch heftig um Witold Trauernden erfuhr ich, daß die Polizei den Fall Engstern abgeschlossen hatte. Mit vielen Fragezeichen versehen, wurde Witold als der einzig Schuldige bezeichnet. Kitty hatte erwogen, den Fall von einem Detektiv noch einmal gründlich durchleuchten zu lassen, aber sie hatte es wieder verworfen.

»Es nützt nichts mehr, wenn man ihn freispricht«, überlegte sie. »Seine Söhne? Die haben das Haus verkauft und Heidelberg verlassen, der eine studiert in Paris, der andere reist in Südamerika herum. Sollen sie sich doch selbst um alles kümmern ... Ich weiß noch nichteinmal, wie ich sie erreichen kann, wenn Rainer stirbt.«

Aber Witold starb nicht. Lange hatte man ihn als lebenden Leichnam an Schläuche und Maschinen angeschlossen; aber die Hoffnung, daß noch ein Rest seiner früheren Persönlichkeit wiederzuerwecken sei und er möglicherweise mehr als ein rein vegetatives Dasein führen könnte, war gleich Null. Nach Rücksprache mit den Söhnen, die entgegen Kittys Aussage immer mal wieder auftauchten und ihren Vater besuchten, stellte man nach Monaten das Beatmungsgerät ab. Wider Erwarten setzte die natürliche Atmung ein, und Witold wurde in ein Rehabilitationszentrum entlassen, von dort schließlich in ein Pflegeheim.

Als ich das erste Mal zu ihm fuhr, überlegte ich wie in jenem verliebten Sommer, was ich anziehen sollte. Würde er sich an mein blaugeblümtes Sommerkleid erinnern? Aber mir war nicht mehr nach weiblich Verspieltem zumute. Ich kleidete mich sehr unauffällig, sehr dezent. Ich war eine alternde Frau und sah auch so aus; vielleicht sollte ich für meine grauen Haare ernstlich Frau Römers Altweiberblau in Betracht ziehen.

Ich besuche Witold zweimal in der Woche und fahre ihn im Rollstuhl spazieren. Er starrt mich an, ohne daß man sagen könnte, ob in seinem Blick Freude, Erkennen oder

abgrundtiefer Haß liegt. Wieweit kann er sich erinnern?
Kein Arzt vermag es zu sagen. Die Krankenschwestern
behaupten, er freue sich über meine Besuche. Jeden Dienstag und Samstag sagen sie: »Rainer, heute kommt die Rosi!
Heute ist Wandertag!«

Er verstehe diese Worte durchaus. Zu mir sagt seine
Pflegerin immer wieder bewundernd: »Wirklich, Frau
Hirte, es ist so nett von Ihnen, sich um den armen Kerl zu
kümmern! Sie haben ein Herz aus Gold!«

Man zieht ihm die Windjacke über, eine starke Schwester hievt ihn in den Rollstuhl. Ich knie vor ihm und mache
ihm den Reißverschluß zu. Dann schiebe ich mit ihm los.
Manchmal erzähle ich ihm, daß ich ihn einmal sehr geliebt
habe.

Ingrid Noll
im Diogenes Verlag

Die Häupter meiner Lieben
Roman

Maja und Cora, Freundinnen seit sie sechzehn sind, lassen sich von den Männern so schnell nicht an Draufgängertum überbieten. Kavalierinnendelikte und böse Mädchenstreiche sind ebenso von der Partie wie Mord und Totschlag. Wehe denen, die ihrem Glück in der Toskana im Wege stehen! *Die Häupter meiner Lieben* ist ein rasanter Roman, in dem die Heldinnen ihre Familienprobleme auf eigenwillige Weise lösen.

»Eine munter geschriebene Geschichte voll schwarzen Humors, richtig süffig zu lesen. Ingrid Noll kann erzählen und versteht es zu unterhalten, was man von deutschen Autoren bekanntlich nicht oft sagen kann.« *Frankfurter Allgemeine Zeitung*

»Spätestens seit im Kino *Thelma & Louise* Machos verschreckt haben, floriert überall der biestige Charme gewissenloser Frauenzimmer. Ihre Waffen: flinke Finger, Tränen, Zyankali.« *stern, Hamburg*

»So schamlos amoralisch, charmant und witzig wurden Männer bisher nicht unter den Boden gebracht.« *SonntagsZeitung, Zürich*

Die Apothekerin
Roman

Hella Moormann, von Beruf Apothekerin, leidet unter ihrem Retter- und Muttertrieb, der daran schuld ist, daß sie immer wieder an die falschen Männer gerät – und in die abenteuerlichsten Situationen: Eine Erbschaft, die es in sich hat, Rauschgift, ein gefährliches künstliches Gebiß, ein leichtlebiger Student und ein Kind von mehreren Vätern sind mit von der Partie. Und nicht zu vergessen Rosemarie Hirte in der Rolle einer unberechenbaren Beichtmutter...

»Das kommt in den besten Familien vor: Wieder scheint dies die Quintessenz der Geschichte. Mord und Totschlag passieren bei Ingrid Noll ganz beiläufig, scheinbar naturnotwendig. Das macht ihre Bücher ebenso amüsant wie hintergründig.« *Darmstädter Echo*

»Ingrid Noll ist Deutschlands erfolgreichste Krimi-Autorin.« *Der Spiegel, Hamburg*

»Weit mehr als für Leichen interessiert sich die Autorin für die psychologischen Verstrickungen ihrer Figuren, für die Motive und Zwangsmechanismen, die zu den Dramen des Alltags führen.«
Mannheimer Morgen

»Die Unverfrorenheit, mit der sie ihre Mörderinnen als verfolgte Unschuld hinstellt, ist grandios.«
Der Standard, Wien

Der Schweinepascha
in 15 Bildern, illustriert von der Autorin

Die Ottomane, der Diwan,
die Pfeife und das Marzipan,
der Seidenkaftan und sein Fez,
fast stündlich frisch der Mokka stets,

zu später Stund ein Nabeltanz
mit rosa Tüll am Schweineschwanz –
verloren ist sein Paradies,
das früher einmal Harem hieß.

Der Schweinepascha hat es schwer... Sieben Frauen hatte er, doch die sind ihm alle davongelaufen – bis auf die letzte: die macht ihn zum Vater von sieben Schweinekindern.

Kalt ist der Abendhauch
Roman

Charlotte, eine lebenskluge Frau mit Charme und Witz, erwartet Besuch: Hugo, ihren Schwager, für den sie zeit ihres Lebens eine Schwäche hatte. Sollten sie doch noch einen romantischen Lebensabend miteinander verbringen können? Wird, was lange währt, endlich gut?
Von der Onkelehe über die Angst, ein altes Mädchen zu werden, bis hin zu einem Spätheimkehrer, der buchstäblich zu spät heimkehrt: Ingrid Nolls Heldin erzählt anrührend und tragikomisch zugleich von einer weitverzweigten Familie, die es in sich hat. Nicht zufällig ist Cora, die ihren Liebhaber einst in der Toskana unter den Terrazzofliesen verschwinden ließ, Charlottes Enkelin…

»Sie ist voller Lebensklugheit, Menschenkenntnis und verarbeiteter Erfahrung.«
Georg Hensel/Frankfurter Allgemeine Zeitung

»Eigenwilliger wurden Familienprobleme wohl noch nie gelöst.« *Newmag, München*

Donna Leon
im Diogenes Verlag

Venezianisches Finale
Commissario Brunettis erster Fall
Roman. Aus dem Amerikanischen von
Monika Elwenspoek

Skandal in Venedigs Opernhaus ›La Fenice‹: In der
Pause vor dem letzten Akt der ›Traviata‹ wird der
deutsche Stardirigent Helmut Wellauer tot aufgefun-
den. In seiner Garderobe riecht es unverkennbar nach
Bittermandel – Zyankali. Ein großer Verlust für die
Musikwelt und ein heikler Fall für Commissario
Guido Brunetti. Dessen Ermittlungen bringen Dinge
an den Tag, wonach einige Leute allen Grund gehabt
hätten, den Maestro unter die Erde zu bringen. Der
Commissario entdeckt nach und nach einen wahren
Teufelskreis aus Ressentiments, Verworfenheit und
Rache. Sein Empfinden für Recht und Unrecht wird
auf eine harte Probe gestellt.

»Mit ihrem ersten, preisgekrönten Kriminalroman
Venezianisches Finale weckt die aus New Jersey kom-
mende Wahlitalienerin Donna Leon großen Appetit
nach mehr aus ihrer Feder. Die Verfasserin krönt ihre
Detailkenntnisse und ihre geistreichen Italien-Ein-
blicke wie en passant mit dem Gespür und der klugen
Lakonie amerikanischer Crime-Ladies.«
Wiesbadener Tagblatt

Endstation Venedig
Commissario Brunettis zweiter Fall
Roman. Deutsch von Monika Elwenspoek

Ein neuer Fall für Commissario Brunetti: Die aufge-
dunsene Leiche eines kräftigen jungen Mannes
schwimmt in einem stinkenden Kanal in Venedig.
Und zum Himmel stinken auch die Machenschaften,

die sich hinter diesem Tod verbergen: Mafia, amerikanisches Militär und der italienische Machtapparat sind gleichermaßen verwickelt. Ja gibt es Verbindungen zur Drogenszene? Einen Giftmüllskandal?

Eine harte Nuß für Brunetti, der sich nicht unterkriegen läßt: Venedig durchstreifend und seine Connections nutzend, ermittelt er ebenso sympathisch wie unkonventionell. Dank seiner Menschenkenntnis und seinem souveränen Umgang mit den Autoritäten bringt er gelassen und engagiert Licht in die dunklen Machenschaften. Drohen doch andernfalls eine junge Ärztin, eine sizilianische Mamma, ein unverbesserlicher Kleinbetrüger und unschuldige Kinder zu Opfern von Schlendrian und Gewinnsucht zu werden.

»Aus Brunetti könnte mit der Zeit ein Nachfolger für Simenons Maigret werden.« *Radio Bremen*

Venezianische Scharade
Commissario Brunettis dritter Fall
Roman. Deutsch von Monika Elwenspoek

Eigentlich wollte Brunetti ja mit seiner Familie in die Berge fahren, statt den brütendheißen August in Venedig zu verbringen. Doch dann wird beim Schlachthof vor Mestre die Leiche eines Mannes in Frauenkleidern gefunden. Ein Transvestit? Wird Streitigkeiten mit seinen Freiern gehabt haben – so die allgemeine Meinung, auch bei Teilen der Polizei. Brunetti, so rechtschaffen, wie man es in Italien eben noch sein kann, schaut genauer hin. Stammt der Tote überhaupt aus der Transvestitenszene? Der Commissario lernt bei seinen Ermittlungen in einem Milieu, das auch den meisten Lesern weniger bekannt sein dürfte und darum nur um so spannender ist, weniger schnell zu urteilen, als die ach so ehrenwerten Normalbürger es tun.

»Weitermachen, Guido Brunetti, und weiterschreiben, Donna Leon!« *NDR, Hamburg*

Barbara Vine
im Diogenes Verlag

Barbara Vine (i.e. Ruth Rendell) wurde 1930 in London geboren, wo sie auch heute lebt. Sie arbeitete als Reporterin und Redakteurin für verschiedene Magazine. Seit 1965 schreibt sie Romane und Stories, die verschiedentlich ausgezeichnet wurden.

»Barbara Vine alias Ruth Rendell ist in der englischsprachigen Welt längst zum Synonym für anspruchsvollste Kriminalliteratur geworden.«
Österreichischer Rundfunk, Wien

»Ihre Romane spüren den finstersten Besessenheiten, den Obsessionen, Zwängen und emotionalen Abhängigkeiten, den Selbsttäuschungen und Realitätsverlusten von Liebes- oder Haßsüchtigen nach. Barbara Vine: die beste Reiseführerin nach Tory-England und ins Innere der britischen Kollektivseele.«
Sigrid Löffler/profil, Wien

»Barbara Vine erweist sich als exzellente Erzählerin.«
Verena Lueken/Frankfurter Allgemeine Zeitung

Die im Dunkeln sieht man doch

Das Haus der Stufen

Liebesbeweise

Es scheint die Sonne noch so schön

König Salomons Teppich

Astas Tagebuch

Keine Nacht dir zu lang

Alle Romane aus dem Englischen von Renate Orth-Guttmann